글릭 아우프

독일로 간 광부

KB191403

글뤽 아우프: 독일로 간 광부

1판1쇄 발행 2015년 7월 24일
1판2쇄 발행 2015년 12월 10일

지 은 이   문영숙
펴 낸 이   김형근
펴 낸 곳   서울셀렉션㈜
편   집   김유진
디 자 인   정현영

등   록   2003년 1월 28일(제1-3169호)
주   소   서울시 종로구 삼청로 6 출판문화회관 지하 1층 (우110-190)
편 집 부   전화 02-734-9567 팩스 02-734-9562
영 업 부   전화 02-734-9565 팩스 02-734-9563
홈페이지   www.seoulselection.com

ISBN   978-89-97639-61-8   43810

Glück Auf

글뤽
아우프

독일로 간 광부

문영숙 지음

서울셀렉션

차례

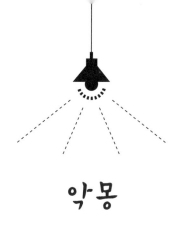

악몽

멀리서 천둥소리가 들린다. 점점 가깝게 들린다. 소리가 커진다. 쿵쿵 울린다. 돌가루와 탄가루들이 후드득 후드득 떨어진다. 우르릉 쾅쾅! 천장이 무너져 내린다. '쇠이쎄! 쇠이쎄!' 독일 광부들의 고함소리가 들린다. 작업반장의 비명이 귀청을 찢는다. 순간, 불이 모두 꺼진다. 막장 안이 암흑천지다.

"아재! 샘골아재! 어디 있어요?"

목이 터지도록 샘골아저씨를 부른다. 대답이 없다. 그때 피투성이가 된 아저씨가 석탄더미 속에서 간신히 기어 나온다. 온몸에서 검붉은 피가 뚝뚝 떨어진다.

"상우야! 빨리 나가! 빨리! 아, 아악!"

아저씨의 모습이 금세 사라진다.

"아재! 샘골아재!"

아무리 불러도 대답이 없다. 어둠 속에서 갑자기 아저씨의 커다란 눈동자가 나타난다. 눈물이 그렁그렁한 눈. 그 눈동자 속으로 내가 흐물흐물 빨려 들어간다. 무섭다. 너무 무섭다. 발버둥을 친다. 소리쳐도 목소리가 나오지 않는다. 가슴이 답답하다. 숨을 쉴 수가 없다.

"컥컥, 사…… 살려주세요! 사, 살려…… 으으윽! 아, 아악!"

몸부림을 치며 비명을 지르는데 누가 내 몸을 마구 흔들었다. 깜짝 놀라 눈을 떴다. 방안이 뿌옇다. 여기가 어디지? 정신을 차리고 눈을 비볐다. 황수형이 보였다. 형의 떡 벌어진 다부진 어깨를 보니 그제야 마음이 놓였다.

"야! 너 또 악몽 꿨지? 아무리 불러도 안 일어나더라. 또 그 아저씨였냐?"

나는 힘없이 고개를 끄덕였다. 시계를 보니 새벽 다섯 시 반이었다. 끔찍한 꿈에서 빠져나올 수 있게 깨워 준 황수형이 처음으로 고맙게 느껴졌다. 늘 제멋대로에 말썽만 일으키는 황수형과 한 방을 쓰게 되어 걱정이었는데, 도움을 받는 날도 있다니.

황수형은 어느새 식사를 마치고 도시락을 챙기는 중이었다. 나도 허겁지겁 일어나 딱딱한 검은 빵을 우적우적 씹으며 샌드위치를 비닐로 꽁꽁 쌌다. 대충 쌌다간 석탄가루가 새까맣게 들어가서 먹을 수가 없다. 부리나케 도시락 가방을 챙기고 숙소의 전기 스위치를 내렸다. 문 밖에서 황수형이 자전거를 꺼내며 투덜거렸다.

"빨리 나와서 네 자전거 좀 치워! 아 씨, 오늘도 늦겠어."

내 자전거가 형 자전거를 가로막고 있어서 짜증을 내는 모양이었다. 나는 얼른 뛰어나가 자전거를 치우고 길을 비켜주었다. 황수형은 자전거에 올라타고 바람처럼 내달렸다.

탄광으로 가는 아침반 광부들의 자전거 행렬이 아프리카 초원의 거대한 코끼리떼 같았다. 독일 광부들이 큰 코끼리라면 한국 광부들은 아기 코끼리였다.

길가의 드넓은 밀밭이 푸른 바다처럼 출렁거렸다. 갓 팬 밀 이삭에서 상큼한 풋내가 풍겼다.

'아, 이 길이 고향의 보리밭 길이었으면.'

자전거를 탄 채 이대로 땅 위로만 달린다면 얼마나 좋을까. 곧 천 미터도 더 되는 땅속으로 들어가야 한다는 사실이 끔찍하게 싫었다. 어느새 눈앞에 거대한 메르크슈타인 아돌프 탄광의 샤프트(수직갱도) 타워가 괴물처럼 버티고 서 있었다.

자전거에서 내리는 순간 꿈에 본 샘골아저씨의 얼굴이 떠올라 하마터면 중심을 잃고 넘어질 뻔 했다.

그날은 샘골아저씨와 내가 막장에서 일을 시작한 지 너 달 쯤 지났을 때였다. 아저씨는 호벨(자동채탄기계)의 전진속도에 맞춰 천장이 무너지지 않게 슈템펠(쇠기둥)을 세웠다. 호벨이 캐낸 석탄은 컨베이어벨트에 자동으로 실렸다. 나는 바닥에 떨어진 석탄을 삽으로 퍼 컨베이어벨트에 담았다. 막장 안은 항상 석탄분진과 돌분진으로 심한 안개

/ 악몽 \

가 낀 것처럼 시야가 흐렸다.

점심시간을 앞두고 있을 때였다. 갑자기 콰르릉! 쿵! 천둥소리가
났다.

"탄광이 무너진다아!"

"모두 나가라아!"

"쏴이쩨! 쏴이쩨!(이 똥 같은 녀석들아!)"

아우성과 함께 돌덩이와 석탄덩이가 앞을 가로막았다. 눈 깜짝할
순간이었다.

"아재! 샘골아재! 어디 있어요?"

목이 터지도록 아저씨를 불렀다. 대답이 없었다. 나도 모르게 오줌
이 줄줄 흘러내렸다. 두 발이 바닥에 달라붙어 옴짝달싹도 할 수 없었
다. 불이 모두 꺼졌다. 마이스터(작업반장)의 고함소리가 들렸다. 안전모
에 달린 비상등들이 반딧불처럼 깜빡이며 중앙통로로 흘러갔다.

"아재애! 아재 어딨어요? 아재!"

내 목소리는 절규와 울음이 뒤섞여 괴물이 울부짖는 소리처럼 들
렸다. 그때 우악스런 손이 나를 번쩍 들어올렸다. 거대한 공룡의 손
같았다.

"쏴이쩨! 아웃 슈네!(에이, 똥 같은! 빨리 나가!)"

마이스터가 나를 번쩍 들어 중앙통로 쪽으로 집어던졌다. 광부들
은 분진폭풍에 휩쓸리면서도 죽을힘을 다해 허우적거리며 앞으로
나아갔다. 초를 다투는 삶과 죽음의 소용돌이가 거대한 물결을 이

루었다. 탄광 엘리베이터에 실려 밖으로 나올 때까지 모두 넋이 나간 채 제정신이 아니었다.

"아재가 안 나왔어요! 샘골아재가 안에 있다구요! 아재를 구해야 해요!"

나는 마이스터에게 고함을 쳤다.

아저씨를 구하러 다시 막장으로 들어가려고 무작정 엘리베이터로 몸을 날렸다. 마이스터가 내 앞을 가로막으며 소리쳤다.

"아웃 슈네(빨리 나가)!"

"안 돼요! 아재가 막장에 있어요!"

마이스터가 엘리베이터 밖으로 내 등을 떠밀었다. 나는 땅바닥에 털썩 주저앉았다. 비상벨 소리가 계속해서 귀청을 찢었다. 안전펜스 가 쳐지고 경찰들이 아우성치는 광부들을 안전지대로 밀어냈다. 빨 간 헬멧을 쓴 구조요원들이 금세 몰려왔다.

'어떡해? 아재! 샘골아재, 죽지 마, 제발.'

구급차도 줄지어 달려왔다. 구조요원들이 초를 다투며 외쳐댔다.

"몇 명이나 갇혔나?"

"모릅니다!"

"당장 구조반을 투입시켜! 빨리!"

정신이 반쯤 나간 나는 부들부들 떨며 하느님, 부처님, 조상님을 다 불렀다. 아저씨는 어디 있는 걸까. 석탄더미 속에 묻혔으면 빠져나 오기 어려울 텐데. 가슴이 좁아들어 숨을 쉬기가 어려웠다.

/ 악몽 \

"아재, 어딨어요? 샘골아재!"

아무리 불러도 대답이 없었다. 아저씨에게 무서운 일이 생겼을까봐 겁이 나서 앉을 수도 설 수도 없었다. 엘리베이터가 열릴 때마다 아저씨가 실려 나오는 줄 알고 뛰어갔지만, 매번 다른 사람이었다. 아저씨의 광부번호는 2535번이었다. 부상자가 실려 나올 때마다 슈타이거(감독관)가 번호를 불렀다. 계속 다른 번호만 나왔다. 가슴이 바짝바짝 타들어가는 것 같았다.

그때였다.

"2535!"

분명히 아저씨 번호였다. 샤프트 앞으로 뛰었다. 들것에 시커먼 물체가 실려 나왔다. 검은 나무토막 같았다.

"2535! 긴급 이송!"

슈타이거가 명령했다. 구조대원들이 아저씨를 구급차에 태우는 것을 보고 나도 총알처럼 차 안으로 뛰어들었다. 아저씨는 석탄가루가 범벅이 되어 번호가 아니면 알아볼 수 없을 지경이었다.

"아재! 눈 좀 떠 봐요! 아재!"

내 목소리를 알아들었을까. 아저씨가 눈을 번쩍 떴다. 깜깜한 밤에 반딧불이 번쩍 하는 것 같았다.

"아재! 저예요. 상우예요 아재, 흑흑."

눈물이 쏟아졌다. 아저씨의 눈에서도 눈물이 주르르 흘렀다. 입술도 달싹거렸다. 무슨 말을 하려는 걸까. 분명 내게 할 말이 있는 거야. 내 귀를 아저씨 입에 가까이 댔다. 말은 들리지 않고 입김만 느껴졌다.

"아재! 저, 여기 있어요. 아재!"

아저씨의 입술이 다시 힘겹게 움직였다. 귀를 바짝 기울였다. 겨우겨우 토막말이 이어져 나왔다.

"꼭, 꼭 성공해서…… 꾸 꿈을…… 내 내 몫까……지."

"아재, 네, 알았어요. 이제 됐어요. 조금만 참아요. 아재, 흐흑."

내 말을 알아들었을까. 샘골아저씨의 눈이 스르르 감겼다. 순간 아저씨가 다시 눈을 뜨지 않을까봐 겁이 났다.

"아재! 아재! 정신 차려요!"

아저씨가 다시 눈을 떴다. 입술에 심한 경련이 일었다. 순간 '흡!' 숨을 들이키더니 얼굴을 옆으로 툭 떨궜다. 초점을 잃은 황망한 눈을 그대로 뜬 채 아저씨는 더 이상 움직이지 않았다.

구조대원이 아저씨의 가슴에 두 손을 대고 펌프질을 하듯 쾅쾅 눌렀다. 저 충격으로 아저씨의 심장이 다시 뛰어야 했다.

"아재! 안돼요, 아재! 제발."

간절한 바람도 소용없었다. 황망하게 치켜 뜬 눈은 이미 아저씨의 눈이 아니라 유령이었다. 그 눈이 무시무시한 동굴처럼 나를 빨아들였다. 그때 얼음 같은 찬바람이 내 가슴을 훑고 지나갔다. 등줄기로 찌르르 전기가 흐르는 것 같았다. 아저씨는 더 이상 숨을 쉬지 않았다. 그게 끝이었다.

/ 악몽 \

샘골아저씨의 장례가 끝나고 며칠이 지나도록 나는 아저씨가 쓰던 침대만 봐도 무서워서 숙소에 들어가기가 싫었다. 같이 일하는 한국 광부들은 아저씨와 정을 떼느라고 그처럼 무서운 거라며 위로해주었다. 살아있을 때 가까웠던 사이일수록 죽고 나면 더 무섭다는 말이 맞는 것 같았다.

숙소 관리자는 불안해하는 나를 황수형 방으로 보냈다. 황수형은 성격이 거칠고 싸움이 잦아서 혼자 방을 썼는데, 나이가 어린 나와는 부딪힐 일이 없을 거라고 했다. 그래도 하필이면 황수형이라니. 샘골아저씨도 황수형이라면 고개를 절레절레 흔들었다.

황수형은 처음 독일에 왔을 때부터 유독 튀는 사람이었다. 탄광 일을 시작하자마자 도저히 못해먹겠다고 일부러 사고를 냈다. 사고라도 당해서 한국으로 돌아가려고 했던 것인데, 정작 본인은 안 다치고 옆에 있던 광부가 부상을 당해 병원신세를 져야 했다. 황수형 잘못으로 엉뚱한 사람이 피해를 입은 꼴이었다. 그뿐만이 아니다. 걸핏하면 사람들과 시비가 붙었는데, 독일 광부들하고도 예외가 아니었다. 독일어를 못 알아들으니 더 그런 것 같았다. 근무 시간에 늦거나 전날 술을 너무 마셔서 아예 안 나온 적도 있었다. 자연히 슈타이거들 사이에서도 황수형은 요주의 인물이 되었다.

샘골아저씨는 황수형을 볼 때마다 막장일 알기를 소풍가는 것쯤으로 아는 한심한 사람이라고 혀를 쯧쯧 찼다. 나이는 나보다 세 살이나 많은데도 도무지 철딱서니가 없다고 걱정했다. 지금 내가 그 사람과 한 방을 쓴다는 걸 알면 얼마나 기가 막혀 할까. 황수형은 체격이 독일 사람 못지않게 크고 힘도 장사였다. 그런 황수형과 한 방을 쓰게 되자 처음에는 숨도 맘대로 쉴 수 없을 만큼 긴장되었다.

황수형과 함께 지낸 지 열흘 쯤 지났을 때였다. 막장 안에서 점심을 먹고 있는데 독일 광부들이 황수형을 힐끗거리며 키득거렸다. 그 중 한 명은 황수형을 향해 손가락질까지 했다. 나는 황수형이 눈치를 챌까봐 조마조마했다. 아니나 다를까. 황수형이 갑자기 벌떡 일어나 손가락질을 하던 독일 광부의 멱살을 잡고 뺨을 올려붙였다. 순식간에 일어난 일이었다. 두 사람이 서로 엉겨 붙어 싸움이 시작되었다. 황수형의 목소리가 막장을 쩌렁쩌렁 울렸다.

"니들이 잘나면 얼마나 잘났어? 왜 날보고 히죽대? 너 지금 나 무시했지? 내가 고작 이런 데서 땅이나 파다 죽을 사람으로 보여?"

싸움을 지켜보던 한국 광부들의 얼굴이 어두워졌다. 하지만 누구 하나 선뜻 나서서 말리는 사람이 없었다. 싸움실력으로는 독일 광부가 황수형에게 밀리는 것 같았다. 황수형이 독일 광부를 막 넘어뜨리려는 순간이었다. 마이스터가 나타나 호각을 불었다. 얼굴이 벌게진 독일 광부가 손가락으로 황수형을 가리키며 상황을 설명했다. 보나 마나 황수형이 또 징계를 먹을 것 같았다. 마이스터가 황수형에게 왜 그 사람을 때렸느냐고 따져 물었다. 대답은 못하고 거친 숨만 몰아쉬던 황수형이 대뜸 나를 쳐다봤다.

"야, 너 독일말 할 줄 알지? 네가 설명 좀 해. 내가 먼저 그런 게 아니라고. 저 새끼가 먼저 날 비웃었잖아. 너도 봤지? 저 새끼가 손가락질 하는 거 봤지? 하나도 **빼놓지** 말고 본 대로 말해."

황수형이 금방이라도 나를 패대기칠 것처럼 몰아붙였다. 괜히 남의 싸움에 말려들고 싶진 않았지만, 황수형의 부탁을 들어주지 않았다간 당장 함께 지낼 일이 더 걱정이었다. 나는 떠듬거리며 마이스터에게 독일 광부들이 먼저 황수형을 비웃었다고 말해주었다. 마이스터는 내 말을 듣고 독일 광부를 데리고 밖으로 나갔다.

그 일이 있고부터 황수형이 나를 대하는 태도가 조금 부드러워졌다.

막장에서 일을 끝낸 후 엘리베이터를 타고 지상으로 올라올 때까지, 나는 샘골아저씨 꿈 때문에 잠시도 마음을 놓을 수 없었다. 광부복을 벗고, 샤워를 하고, 옷을 갈아입는 동안에도 그 꿈이 너무 생생해서 다른 생각이 비집고 들어올 틈이 없었다.

자전거를 타고 숙소로 돌아오는 길에 황수형이 자전거 위에서 양팔을 새처럼 활짝 펴고 휘파람을 불며 묘기를 부렸다. 나를 향해 손도 흔들었다. 마치 내 마음을 꿰뚫어보고 우울해 하지 말라고 말하는 것 같았다.

'그래, 나도 때로는 형처럼 아무 생각 없이 살고 싶다구.'

숙소에 돌아오자마자 황수형이 소시지를 구웠다. 다른 때 같으면 허겁지겁 달려들었을 텐데, 오늘은 음식이 전혀 입에 당기지 않았다.

"야, 뭐해? 어서 먹어. 음, 쫀득쫀득 찰진 게 입에 쫙쫙 붙는다."

형은 김이 모락모락 나는 소시지를 입에 대고 호호 불었다.

"안 먹을 거냐? 내가 다 먹는다."

나는 얼빠진 사람처럼 형이 먹는 것을 멍하니 쳐다보고 있었다.

"도대체 그 아저씨랑 너랑 무슨 사이였냐? 친척이라도 돼?"

"친척은 아니고……."

뭐라고 말해야 좋을지 선뜻 떠오르지 않았다.

"빨리 잊어버려. 계속 그러고 있는다고 그 아저씨가 살아 돌아오는 것도 아니고. 옆에 있는 나까지 불안해진단 말이야. 내일부터 사흘이나 쉬는데 어디 바람이나 쐬러 가자."

나도 하루 빨리 샘골아저씨를 잊고 싶었다. 다 잊고 홀가분하게 놀러도 다니고 신바람 나게 즐길 수 있으면 얼마나 좋을까. 하지만 좋은 줄 알면서도 내키지 않는 건 또 왜 그럴까.

"왜 대답이 없어? 무슨 생각을 그렇게 하냐? 혼자 끙끙거리지 말고 차라리 나한테 털어놔 봐. 혹시 알아? 다 털어버리고 나면 꿈도 안 꾸게 될지."

황수형 말대로 먼지를 털어내듯 다 털어버릴 수 있으면 좋을 텐데. 그러면 정말 그 끔찍한 꿈도 영원히 사라질까. 그날 밤, 나는 처음으로 황수형에게 샘골아저씨와의 인연을 털어놓았다.

/ 악몽 \

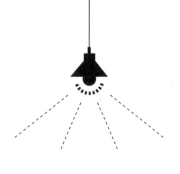

샘골 의용군

6.25 전쟁이 일어났다. 평화롭기 그지없던 지리산 자락이 무서운 곳이 되어버렸다. 그해 여름부터 거울처럼 맑은 계곡에서 멱도 못 감고, 피라미, 모래무지, 꺽지, 산천어, 가재도 잡을 수 없었다. 산에 맘대로 들어갈 수 없어서 산자락에 익어가는 머루, 다래, 개암도 하나도 못 먹고 산짐승들의 배만 불렸다.

지난겨울에는 토끼몰이도 못했고, 올해 봄에는 개구리사냥은커녕 춘궁기 보리서리도 할 수 없었다. 보리이삭을 똑똑 꺾어 몰래 불을 피우고 살짝 구워 손바닥에 싹싹 비비면, 파르스름한 보리알들이 말간 진주알처럼 쏟아졌다.

개구리사냥도 불이 필요했고, 보리서리도 불이 필요했다. 그러나 산자락에 연기가 피어오르면 개구리 뒷다리의 쫄깃쫄깃하고 담백한 고기맛보다 피용 피용 총알이 먼저 날아오고, 보리수염이 그을리기도 전에 따악 따악 총소리가 먼저 산자락을 울렸다.

총소리가 요란하면 요란할수록 내 마음은 풍선처럼 부풀었다. 총을 쏠 때마다 떨어지는 탄피는 전쟁이 아이들에게 준 선물이자 놀잇감이었다.

어머니는 탄피를 줍느라 온 동네를 쏘다니는 나를 볼 때마다 걱정이 태산 같았다.

"상우야, 비행기 소리 나면 얼른 집으로 뛰어와야 해. 어두워지면 절대로 밖에 나가지 말고. 알았지?"

어머니의 잔소리는 새벽부터 찧어대는 보리방아 소리보다 새로울 게 없었다.

산사람인 인민군과 아군이 주고받는 총소리가 요란한 다음날은 탄피가 지천이었다. 탄피는 내게 입안에서 살살 녹는 엿도 주고, 새 공책과 새 연필도 주는 마법의 화수분이었다.

탄피를 줍다가 해 질 녘이 되어서야 집으로 돌아올 때면, 가끔 산사람과 마주치는 날도 있었다. 어둑어둑한 성황당 길에서 고삐를 놓친 염소를 뒤쫓는 산사람을 만나기도 하고, 땅거미가 내려 나무들이 시커먼 그림자만 보일 무렵 구급약을 사느라 산길을 뛰어 내려오는 산사람과 마주치기도 했다. 재수가 좋은 날은 쫓던 염소를 붙잡아주고 놋쇠로 된 염소방울을 얻기도 했다.

"야, 너 몸이 참 날래구나야. 고맙다."

너덜너덜한 옷에 흙투성이인 것만 봐도 산사람이 분명한데, 들어보지도 못한 사투리까지 쓰니 영락없이 '난 북쪽에서 왔어.'라고 말

19

해주는 것 같았다. 그 낯선 사투리가 신기해서 헤헤 웃으며 머리를 긁적거렸더니 염소 목에서 방울을 떼어 내게 내밀었다.

"이거이 이제 필요 없으니까니, 너 가져 가라우."

억센 손으로 염소방울을 건네는데 이웃집 형처럼 눈매가 정겨웠다.

"가져도 돼요?"

"고럼. 가지라고 주디 않네. 누가 보기 전에 어서 가 보라우."

나는 꾸뻑 인사를 하고 집으로 뛰었다. 어른들은 왜 산사람을 무서워하는지 이해할 수가 없었다. 염소방울을 신나게 흔들며 마당어귀에 들어설 때였다.

어머니가 나를 보자마자 뛰어나왔다.

"어디 갔다 이제 오니? 얼마나 걱정했다고. 내가 단단히 일렀지? 밤에 나다니지 말라고!"

"엄마, 오는 길에 산사람을 만났는데 하나도 안 무서워요. 나한테 이 염소방울도 줬어요. 잘 가라고 인사도 하고. 엄마는 괜히 그래."

순간 어머니가 눈이 휘둥그레진 채 목소리를 낮추고 다시 물었다.

"뭐야? 누가 염소방울을 줬다고? 아이고 세상에!"

어머니는 내가 인민군이라도 된 것 마냥 두 눈을 크게 떴다. 어머니의 잔소리가 또 이어졌다.

"내가 너 땜에 한시도 마음을 놓을 수가 없어. 상우야, 이리 가까이 와 봐."

어머니는 도무지 안심이 안 된다는 듯, 내 앞에 쪼그리고 앉아 내

두 손을 꼭 잡고 눈을 맞췄다. 나에게 특별한 부탁을 하거나 나를 설득시킬 때면 어머니는 꼭 그렇게 했다.

"상우야, 산사람들은 다 빨갱이들이야. 누나도 밤만 되면 지서 옆에 있는 큰댁으로 피난시키는 거 알지? 그뿐이냐? 옆집 소도 면사무소 마당에 매어 놓았다가 아침이 되어야 찾아오잖아. 왜 그런지 몰라? 빨갱이들은 자기네 것도 아닌데 마구 빼앗아 간단 말이야. 우리도 씨앗으로 둔 곡식을 빼앗길까 봐 땅속에 묻은 거 잊었어? 그러니까 앞으로는 어두워지기 전에 빨리 집에 들어와야 해! 알겠지?"

"알았어요. 담부턴 일찍 일찍 다닐게요."

대답은 고분고분하게 해 놓고도 역시 탄피가 문제였다. 눈에 보이는 걸 놔두고 발길을 돌리기란 여간 어려운 게 아니었다. 탄피는 내게 하찮게 내버릴 수 없는 보물이고 돈이었다.

어떤 날은 미군 비행기가 대낮부터 기관총을 쏘아댔다. 그런 날은 더 좀이 쑤셨다. 기관총 탄피는 크기가 커서 엿을 더 많이 받을 수 있었다. 기관총 소리가 멎자마자 총알처럼 튀어나가는 내 등에 대고 어머니가 또 한 소리 했다.

"상우야, 아이구 저런, 쯧쯧. 엿 사먹는 재미에 위험한 줄도 모르고 애들이 죄다 탄피에 정신이 팔렸으니 어쩜 좋으냐? 이놈의 전쟁이 빨리 끝나야 할 텐데."

나는 능청스럽게 어머니의 잔소리를 한 방에 막았다.

"엄마, 엿 때문이 아니라 새 공책이랑 연필 사려고 그러지. 새 공책에 새 연필로 글씨 쓰면 더 잘 써진다고."

그 말이 생짜 거짓말은 아니었다. 낡은 공책은 썼다 지우고 또 썼다 지워서, 공책인지 찢어진 낙서장인지 분간할 수도 없었다. 몽당연필도 버리는 법이 없었다. 대나무 대롱에 몽당연필을 끼워 연필심이 다 닳을 때까지 썼다. 글씨를 쓰고 나면 가운데 손가락에 흑연이 새까맣게 묻어났다.

전쟁이 길어질수록 굶주림은 극에 달했다. 새싹이 뾰족뾰족 언 땅을 뚫고 나오기 무섭게 쑥이랑, 달래랑, 냉이까지 닥치는 대로 뜯어다 나물죽을 끓여 먹어도 늘 배가 고팠다. 아이들의 머리에는 도장부스럼이 동글동글 피었고, 얼굴에도 허연 마른버짐이 돌림병처럼 번져 나갔다. 여자들은 조심조심 산자락을 오르내리며 산나물을 뜯기도 했다.

초저녁부터 봄비가 부슬부슬 내리던 날이었다. 그날 밤은 총소리가 더 심하게 귀청을 찢었다. 어머니는 밤새 한숨을 쉬었다.

"아유, 또 아까운 목숨들 여럿 죽겠구나. 네 형은 어디쯤에 있는지 제발 무사해야 할 텐데. 어서 전쟁이 끝나야 맘을 놓지 원."

"우와! 오늘밤엔 탄피가 수북이 쌓이겠네."

똑같은 총소리가 내게는 탄피로 들리고, 어머니에게는 아까운 목숨으로 들렸다.

"에이그, 그저 입만 열면 탄피 타령. 내일은 고사리가 쑥쑥 올라오겠다. 비 그치면 엄마랑 고사리 꺾으러 가자."

나는 친구들이 탄피를 다 주워 갈까봐 고개를 절레절레 저었다.

"안 돼요, 엄마. 애들이 탄피를 다 주워가면 어떡하라구? 크레용도 사야 하는데."

나는 얼결에 크레용 핑계를 댔다.

이튿날 아침 일찍 어머니가 나를 불렀다.

"상우야, 비가 그쳤어. 얼른 고사리 꺾으러 가자. 탄피는 이따가 다녀와서 줍고."

친구들이 탄피를 다 주워갈까봐 조바심이 났지만, 어머니를 혼자 산에 가게 할 수가 없었다. 어머니는 벌써 샘골로 올라가고 있었다.

어쩔 수 없이 어머니의 뒤를 따랐다. 샘골 골짜기에는 고사리가 한 뼘이나 올라와 있었다. 먹고사리를 똑똑 꺾는 재미에 정신이 팔려 샘골 깊숙한 호랑이굴 아래까지 들어갔다. 고사리는 양지보다 음지에 있는 것이 더 통통했다. 바위 아래 통통한 고사리가 무더기로 보였다. 고사리를 꺾으려고 막 한 발을 내딛을 때였다.

바위 아래 다래덩굴 속에서 이상한 소리가 들렸다. 사람 신음소리 같기도 하고 짐승소리 같기도 했다. 얼기설기 얼크러진 다래 덩굴이 살랑살랑 흔들렸다. 혹시 산토끼인가. 얼른 돌멩이를 주워 들고 살금살금 다가갔다. 산토끼라면 한 방에 맞힐 거리였다. 어머니가 걱정스럽게 말했다.

"상우야, 왜 그러니? 뱀에 물리면 큰일 난다. 조심해!"

바로 그때였다. 다래 덩굴 속에서 젊은 남자 얼굴이 불쑥 나타났

/ 샘골 의용군 \

다. 광대뼈가 툭 튀어나온 데다 쑥 들어간 눈이 해골처럼 섬뜩했다.

"저, 나, 나 좀 도와 줘."

머릿속에 인민군이 퍼뜩 떠올랐다. 뒤따라온 어머니가 내 팔을 확 잡아당겼다.

"상우야, 어서 가자. 어서!"

"아주머니, 저 북쪽사람 아니에요. 제발 저, 저 좀……."

다래 덩굴을 헤치고 남자가 다리를 질질 끌며 기어 나왔다. 너덜너 덜한 바지가 핏물로 흠뻑 젖어있었다. 순간 내게 염소방울을 주던 그 산사람이 생각났다. 그런데 말투가 영 달랐다. 어머니가 깜짝 놀라 외마디소리를 질렀다.

"에구머니나!"

어머니의 얼굴이 백지장처럼 하얘졌다.

"상우야, 너 아무것도 안 본거야. 빨리 내려가자! 얼른!"

"안 돼. 엄마, 저 피 좀 봐. 저대로 그냥 놔두면……."

남자의 허벅지에서 피가 흘러내렸다.

"제발 저를 좀 도와주세요. 어젯밤에 산에서 도망치다가 총에 맞 았어요. 인민군에게 붙잡혀서 의용군으로 끌려 다니다 그만……."

그제야 어머니가 아저씨를 조심조심 살폈다.

"아유, 피를 너무 많이 흘렸네."

어머니는 돌아서서 속치마를 북북 찢었다. 남자들 앞이라면 버선 도 못 벗는 어머니가 종아리 위로 속치마를 올리다니.

"상우야, 어서 이걸로 다리를 묶어야 해."

어머니가 속치마 끈으로 다친 남자의 허벅지를 묶으라고 했다. 차마 그것까지 어머니가 할 수는 없었나 보다. 끙끙거리며 남자의 허벅지를 묶는 내 손이 덜덜 떨렸다. 다 묶고 나자 어머니가 물었다.

"이만하기 다행이에요. 걸을 수 있겠어요?"

남자가 고개를 저었다.

"다리에 부목을 대면 될 것 같은데……."

어머니가 주위를 둘러보더니 기다란 나뭇가지를 꺾어왔다. 어머니는 남자의 다리에 나무를 대고, 나는 속치마 끈으로 남자의 다리와 나무를 둘둘 감았다.

"여기 이대로 있으면 위험할 텐데 어디 숨을 데가……?"

바로 위 호랑이굴이 생각났다.

"엄마, 저기 호랑이굴!"

"응. 그리로 가자."

샘골 호랑이굴은 옛날에 호랑이가 새끼를 낳아 키운 곳이라고 했다. 어머니와 둘이서 간신히 남자를 부축해서 호랑이굴로 옮겼다. 마른 낙엽을 긁어다 바닥에 깔고 남자를 눕혔다. 어머니가 남자에게 말했다.

"일단 여기 숨어 있어요. 참, 집은 어디에요?"

"삽다리라고. 충청도 예산입니다. 폭격으로 부모님이 두 분 다 다치셨는데, 피난을 가다가 인민군에게 붙잡혔어요. 부모님이 어찌 되셨는지 빨리 가 봐야 하는데······."

"아휴 저런, 일단 다리가 나을 때까지 여기 꼼짝 말고 숨어있어요."

"고맙습니다. 정말 고맙습니다."

남자가 누운 채로 인사를 했다.

"엄마, 밥은 어떡해?"

"쉿! 넌 아무것도 못 보고 아무것도 모르는 거야. 아무에게도 절대
로 말하면 안 돼. 어서 내려가자."

어머니는 호랑이굴에 남자를 숨겨 놓고 정성껏 죽을 쑤었다. 산사
람은 다 나쁜 빨갱이라서 절대 만나서는 안 된다던 어머니가 남자의
끼니를 정성껏 챙겼다. 나는 날마다 나무하러 가는 척하며 죽을 나
뭇짐 속에 숨겨서 숨바꼭질하듯 호랑이굴을 드나들었다.

며칠 후부터는 죽 대신 밥을 날랐다. 어떤 날은 나물밥, 어떤 날은
무밥이었다. 어머니는 형이 입던 헌 옷도 챙겨주었다. 남자는 하루가
다르게 기운을 차렸다.

마지막으로 밥을 전하던 날이었다. 그날은 남자가 형의 옷으로 말
끔하게 갈아입고 굴 입구까지 나와 있었다.

"네 덕분에 살았어. 이제 걸을 수 있어. 어머니께도 고맙다고 전해
드려."

나는 누가 볼까봐 남자와 함께 굴 안으로 들어갔다.

"이름이 뭐니?"

"박상우요."

"몇 학년?"

"4학년이요."

나는 금세 누가 잡으러 올 것만 같아 굴 밖을 살폈다. 남자도 나처럼 몹시 불안해 보였다.

"나는 고등학교 3학년이었는데……."

나는 그제야 피투성이였던 너덜너덜한 옷이 교복이었다는 걸 알아챘다. 염소방울을 주던 산사람의 옷과는 판이하게 달랐다. 남자가 내 손을 덥석 잡았다.

"상우야, 잊지 않을게. 정말 고마워."

뼈만 앙상한 남자의 손이 심하게 떨렸다.

"아저씨, 이제 가도 되죠?"

남자가 물기 어린 눈으로 고개를 끄덕였다. 나는 누가 볼까봐 번개처럼 산을 내려왔다. 만약 누가 나를 보면 산사람을 숨겨 줬다고 경찰서에 고발이라도 할까 봐 겁이 났다.

다음날, 남자는 온데간데없이 사라졌다. 그 후 한동안 낯선 사람 기척만 들리면 간이 콩알만 해져서 가슴이 두근거렸다. 어머니도 마찬가지였다. 전쟁의 소용돌이에서 우리 마을이 자유로워진 후에야, 어머니는 가끔 그 남자가 살아있을지 궁금하다고 했다.

그날 아저씨를 내버려두고 산을 내려왔다면, 나는 이역만리 독일 땅에 오지도 않았을 테고, 더더구나 남의 나라 땅속에서 두더쥐처럼 석탄을 캐는 광부는 꿈에도 생각지 않았을 터였다.

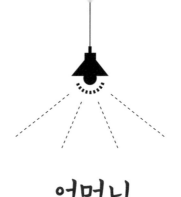

어머니

나는 6.25 전쟁이 휴전되고 나서 2년 후에 초등학교를 졸업했다. 중학교에 가고 싶었지만 가난 때문에 엄두도 내지 못했다. 학교 문턱도 못 넘은 형에 비하면 나는 초등학교라도 졸업했으니 그나마 다행이었다.

진달래가 온 산을 붉게 물들인 이른 봄. 아침나절에 나무를 한 짐해다 놓고 꽁보리밥으로 점심을 때운 후, 다시 나무지게를 걸머질 때였다. 양복을 입은 말쑥한 신사가 우리 집을 기웃거렸다. 나는 지게를 진 채 물었다.

"누구 찾아 오셨어요?"

신사가 나를 위 아래로 훑으며 유심히 살폈다.

"저, 여기가 상우네…… 아 맞다. 너 상우지?"

그때 어머니가 부엌에서 마당으로 나오며 물었다.

"누가 왔냐?"

신사가 어머니를 보자마자 마당에 넙죽 엎드려 큰절을 했다.

"아주머니! 저예요. 그간 안녕하셨어요?"

"아니, 누구신데 나한테 큰절까지."

"저 기억 안 나세요? 전쟁 때 샘골 호랑이굴에……."

그제야 어머니의 눈이 휘둥그레졌다. 아저씨는 그때와 달라도 너무 달랐다. 얼굴에 살이 올라서 해골 같던 모습은 상상도 할 수 없고, 머리를 깔끔하게 뒤로 빗어 넘기고 신사복을 입고 있었다. 머리모양도 신사복도 우리 동네에선 보기 드문 차림새였다.

"진작 찾아뵙고 인사를 드리고 싶었는데 이제야 찾아 봬서 너무 죄송합니다."

아저씨가 울먹거리며 말했다.

"살아있었군요. 다행이에요. 부모님은 만났어요?"

"제가 의용군에 붙잡혀 간 뒤에 두 분 다 돌아가셨대요. 제가 돌아갔을 때는 이미……."

"아유, 저런. 잘 왔어요. 어서 들어와요. 날씨가 아직 쌀쌀해요. 상우야, 너도 오늘은 나무 그만 해라."

나는 나무지게를 내려놓고 아저씨를 방으로 안내했다. 아저씨가 어머니에게 누런 종이뭉치를 내밀었다.

"돼지고기 한 근 끊어 왔어요."

"세상에, 이 비싼 고기를."

어머니가 돼지고기에 김치를 숭숭 썰어 넣고 국을 끓였다. 아버지

어머니

와 형이 산밭에서 돌아올 때가 되자 우리 집에는 잔칫집처럼 고깃국 냄새가 퍼졌다. 산골에서 고기 맛을 보는 날은 설날과 추석날이 고작이었다. 저녁을 먹고 나자 모두 전쟁 때 이야기로 떠들썩했다. 말수가 적은 아버지도 전쟁 이야기를 할 때는 담배조차 태우지 않았다.

그날 밤 어머니는 식구들에게 샘골아저씨와 만났던 일을 모두 털어놓았다.

"그때 난 빨갱이인 줄 알고 얼마나 무섭던지. 아유, 그때 생각하면 지금도 다리가 후들거려요."

"그때 상우가 아니었으면……."

어머니가 아저씨의 말에 고개를 끄덕였다.

"맞아요. 그때 상우 얘가 그대로 놔두면 죽을 거라면서……."

"엄마, 나도 무서웠어요. 엄마가 산사람들은 다 무서운 빨갱이라고 절대 만나면 안 된다고 했는데, 아저씨 다리를 보니까 금방 죽을 것 같아서."

"그래. 샘골에 호랑이굴이 있어서 다행이었지."

어머니 말에 아저씨가 무릎을 꿇으며 말했다.

"그때 저를 도와주지 않으셨으면 상우 말대로 죽었을 거예요. 이제야 찾아뵈어서 정말 죄송합니다."

어머니가 고개를 저었다.

"전쟁 중에 살아남은 것만도 고맙고, 찾아준 것도 고맙지요. 아유, 다시는 그런 끔찍한 전쟁이 일어나지 말아야지."

샘골아저씨가 내 머리를 보고 말했다.

"상우는 아직 중학교에 안 갔어요? 까까머리가 아니네요."

아저씨의 말에 갑자기 눈물이 핑 돌았다. 중학생이나 고등학생은 다 머리를 빡빡 깎아야 했다. 내 머리를 보고 중학교에 못 간 사실을 알다니, 빡빡머리가 그립기는 처음이었다.

"큰애는 학교 문턱도 못 밟았는데 뭘. 중학교에 보낼 형편이 되어야지."

아버지가 마른기침을 하며 일어섰다. 어머니가 아버지 눈치를 살피며 이부자리를 펴려고 장롱문을 열었다.

"상우야, 어서 아저씨 모시고 건넛방으로 가거라. 먼 길 오느라 고단할 텐데 어서 가서 쉬어요."

나는 샘골아저씨와 함께 건넛방으로 갔다. 방이 다른 때보다 더 썰렁하게 느껴졌다. 옷걸이에 교복이 걸려 있다면, 책상 위에 책가방이 떡하니 놓여 있다면, 책꽂이 어디쯤에 중학생 모자가 걸려 있다면, 아저씨에게 알파벳도 배웠다고 혀 꼬부라진 미국말을 흉내라도 낼 수 있다면 얼마나 좋을까. 중학생이 아니냐고 물어보지만 않았어도 내가 이렇게 초라하지는 않을 것 같아, 은근히 아저씨가 원망스럽기까지 했다.

"군대 갔다던 형은 집에 없니?"

"이웃동네로 머슴살이 갔어요."

대답을 하면서도 머슴살이라는 말이 몹시 창피했다.

어머니

"상우야, 올해 중학교에 못 들어갔다고 포기하면 안 돼. 1, 2년 늦어도 공부하는 데 아무 상관없어. 도시애들은 구두닦이도 하고 신문팔이도 해 가며 뒤늦게 공부하는 애들 많아."

날 위로하는 말인 줄 알면서도 코끝이 시큰했다. 아저씨가 자리에 누우면서 말을 이었다.

"상우야, 진짜 불행한 게 뭔지 아니? 꿈이 없는 거야. 꿈이 없으면 내일도 모레도 그 후에도 네 인생은 달라질 게 없어. 꿈부터 가져. 중학교에 꼭 가겠다는 결심을 하고, 중학교를 졸업하면 뭘 할지 목표를 정해. 목표를 정하고 나면 어떻게든 길이 열릴 거야."

"길이 열린다구요?"

퉁명스런 내 물음에 아저씨는 확신을 주고 싶은 모양이었다.

"그래, 마음가짐이 가장 중요해. 목표를 세우고 나면 목표를 향해서 노력하게 되잖아. 목표가 있는 것과 없는 것과는 천지차이야."

아저씨가 이불깃을 끌어올리며 돌아누웠다. 나는 멍하니 어둠 속을 응시했다. 내 앞길이 마치 깜깜한 어둠 속 같았다. 목표를 정하고 나면 빛이 보일까.

잠시 후 자는 줄 알았던 아저씨가 나를 불렀다.

"상우야, 자니?"

"아뇨."

"나도 지금은 동사무소에 다니고 있지만 기회가 되면 야간대학이라도 다닐 생각이야. 내년엔 꼭 중학생이 돼서 만나자. 알았지?"

꼭이란 말이 가슴에 턱 걸렸다. 목표를 세운다고 꿈꾸는 일들이 다 이루어진다면 얼마나 좋을까. 중학교에 다니는 친구들을 보면 그저 원망스러웠다. 하늘에 떠가는 구름을 보면 나도 훨훨 날아가고 싶고, 기적을 울리며 달리는 기차를 보면 무작정 집을 나가고 싶기도 했다. 나무를 팔러 읍내에 갈 때면 중학생 교복을 입은 친구들을 피해 골목으로 숨어 다녔다.

목표부터 정해놓고 그걸 이루기 위해 노력만 하면 정말 길이 열릴까. 나도 중학생 교복을 입고 중학생 모자를 쓸 수 있을까.

"왜 대답이 없어? 잠들었냐?"

자는 줄 알았는데 여태 내 대답을 기다렸나 보다. 내게 관심을 갖고 걱정해 주는 아저씨가 고마웠다.

"아니에요. 고맙습니다."

"고맙긴. 내가 도와줄 수 없어서 안타깝다. 당장 중학교 입시준비 시작해. 공부하면서 답답하거나 궁금한 게 있으면 언제든지 편지하고."

"네."

이튿날 아저씨는 서울로 올라갔다. 그 후부터 우리 집에서는 아저씨를 샘골아저씨라 불렀다.

아저씨가 돌아간 후부터 중학생이 되겠다는 꿈을 꾸기로 했다. 꿈을 꾸는 건 돈이 드는 일도 아니니까. 마음마저 가난하게 살고 싶지는 않았다. 중학생 모자를 쓰고 신문배달을 하는 내 모습을 상상하

/ 어머니 \

는 게 나쁘지 않았다. 나무를 할 때도, 밭일을 할 때도, 심지어 그냥 길을 걸을 때도, 가슴속에 꿈이 있다는 게 꿈이 없을 때보다 훨씬 나 자신을 소중하게 느끼게 해줬다.

가난한 집에 태어났다고 원망만 하던 내가 밤마다 호롱불 밑에서 입시공부를 했다. 졸음이 오면 중학교 배지를 달고 멋진 모자를 쓴 내 모습을 상상하며 잠을 쫓았다.

가을이 되자 추수가 끝난 빈 논에서 벼이삭을 탄피처럼 주워 모았다. 샘골아저씨는 편지를 보낼 때마다 입시준비를 잘하고 있느냐고 물었다. 지치고 힘들 때마다 아저씨의 편지를 읽으면서 용기를 얻었다. 나를 지켜보고 격려해주는 사람이 있다는 게 무척 힘이 되었다.

첫눈이 내리고 찬바람이 몰아칠 무렵, 입시철이 시작되었다. 입시원서를 내려고 난생 처음 전주로 길을 나섰다. 부모님께는 전주에 사는 친구를 만나러 간다고 거짓말을 했다. 가까운 읍내 중학교를 포기하고 전주에 있는 중학교를 선택한 이유는 샘골아저씨가 말한 신문배달 때문이었다. 신문배달을 해서 학비를 벌려면 읍내보다는 사람이 많이 사는 도시라야 했다. 합격하면 중학교에 보내줄까? 일단 시험부터 보고 합격을 한 다음에 부모님께 알리기로 했다.

드디어 입학시험을 치르는 날, 첫차를 타고 전주로 향했다. 시험장에 도착하니 부모들이 교문 앞에서 저마다 자식들의 합격을 빌고 있었다. 혼자 온 사람은 나 하나뿐인 것 같았다. 과연 내가 합격 할 수 있을까. 조마조마한 마음으로 시험지를 받았다. 다행히 크게 어려운 문제는 없는 것 같았다. 시험을 끝내고 집으로 돌아오는데 꿈을 향해 한 발 내디뎠다는 자신감이 생겼다.

다음날부터 하루하루 초조하게 합격통지서를 기다렸다. 집에서 알면 뭐라고 할까. 오르지도 못할 나무를 왜 쳐다봤느냐고 아버지가 혼을 내실까.

며칠 후 꿈 같은 합격통지서가 날아왔다. 두 손에 든 합격증을 보는데 눈물이 왈칵 쏟아졌다. 하지만 기쁨도 잠시, 두려움이 앞섰다. 몰래 시험을 쳤다고 야단을 맞지는 않을까. 아버지가 무서워서 어머니에게만 먼저 말했다. 어머니한테 혼나는 건 무섭지 않았다.

"엄마, 나, 전주 동중학교 시험을 봤는데……."

어머니가 눈이 휘둥그레진 채 놀라 물었다.

"뭐라고? 그래서?"

"합격은 했는데……."

"아이고, 내 새끼. 합격을 했단 말이냐?"

내 말이 끝나기도 전에 어머니가 내 등을 두드렸다.

"부모 잘 만났으면 벌써 중학생이 되었을 텐데……. 장하다, 장해."

어머니에게서 소식을 들은 아버지는 큰 기침을 하면서 담뱃대만 화롯가에 탕탕 두들겼다. 어머니는 이튿날 손수 짠 삼베와 무명베를 모두 장에 내다 팔았다.

"시험에 붙었으니 무슨 수를 써서라도 중학교에 보내야 할 텐데."

어머니의 한숨소리에 아버지가 중얼거렸다.

어머니

"큰 애도 못 보냈는데……."

아버지가 말을 끝맺기도 전에 어머니가 말꼬리를 올렸다.

"큰 애를 못 보냈으니 작은 애라도 꼭 보내야죠!"

아침 일찍 서둘러 집을 나선 어머니가 날이 저물어도 돌아오지 않았다. 아버지는 사립문을 들락날락하며 헛기침만 해댔다. 밤새 기다려도 어머니한테서 소식이 없었다. 아버지는 뜬눈으로 밤을 지새우고, 나는 새벽까지 기다리다가 깜빡 잠이 들었을 때였다.

어머니의 들뜬 목소리가 들렸다. 얼른 일어나 방문을 열었다.

"상우야, 네 등록금 해결됐다. 아무 걱정 말고 중학교 갈 준비하자."

나는 신발도 신지 않고 어머니 품으로 달려들었다. 어머니가 나를 끌어안고 말했다.

"에이그 내 새끼, 가난이 원수지. 그동안 말도 못하고 혼자서 공부하느라 얼마나 애를 썼을꼬? 쯧쯧."

어머니의 말에 뜨거운 눈물이 마구 솟구쳤다. 어머니는 아랫마을 심부자네 집에 가서 등록금을 빌려주기 전까지는 얼어 죽어도 꼼짝할 수 없다며 새벽까지 대문 앞에서 버텨, 결국 쌀 한가마니 값을 빌려왔다.

"자식을 가르치고 싶은 이 어미 마음을 모른 척할 수야 없지. 부모 마음은 다 같으니까."

아버지는 돈이 생겨도 형 때문에 꺼리는 게 분명했다. 형도 꿈을 품고 목표를 세웠더라면, 그래서 나처럼 시험이라도 봤더라면 달라지지 않았을까.

그해 설에는 중학교 등록금을 마련하느라 설음식도 차리지 않았다. 설 바로 다음날, 샘골아저씨가 세배를 하러 왔다.

"상우야, 중학교 시험에 합격했다며? 많이 도와주지 못해 미안하다. 이걸로 교복이나 해 입어라."

샘골아저씨가 교복 값을 내놓았다.

"아재……. 정말 고맙습니다."

목이 메여 말이 잘 나오지 않았다. 내가 중학생이 된다는 사실이 감격스러웠고, 내게 꿈을 심어준 아저씨가 고마웠다.

"상우야, 꿈은 더 큰 꿈을 꾸기 위해 필요한 거야. 이 꿈을 이루면 또 다른 꿈이 보이거든. 노력해도 안 되면 할 수 없지만, 노력을 안 하면 아무것도 이룰 수 없어."

중학교 시험에 붙고 나니 아저씨의 말이 더욱 가슴에 콕콕 박혔다. 어머니는 시내 변두리에 자취방을 얻어 주었다.

입학식 날, 그토록 부러워하던 교복을 입고 학교 배지가 달린 모자를 쓰고 당당하게 등교를 했다. 나도 모르게 어깨가 쫙 펴지는 것 같았다. 그러나 신입생의 설렘도 잠시였다.

이튿날부터 새벽에 일어나 신문배달을 시작했다. 신문을 돌리다가 같은 학교 아이들과 마주치기라도 하면 나뭇짐을 지고 숨어 다닐 때처럼 창피했다. 어른들은 고학생을 기특하게 여겼다. 하지만 신문배달로

번 돈만으로는 수업료의 절반에도 못 미쳤다. 학용품도 사야하고 방세도 내야 해서, 수업료 미납자라는 꼬리표가 떨어질 날이 없었다. 구독자가 말도 없이 이사를 가는 바람에 쥐꼬리만 한 내 월급에서 구독료를 물어내야 할 때도 있었다. 고학생의 푼돈마저 떼어먹는 어른들은 어른 같지도 않았다.

형편이 갈수록 쪼들려 석간신문도 돌리게 되었다. 일이 고되니 수업시간에도 꾸벅꾸벅 졸았다. 점심을 굶는 날이 태반이었다. 석간까지 돌리고 자취방에 돌아오면 그대로 곯아떨어졌다. 그래도 이튿날이 되면 가슴속에 심은 꿈의 씨앗이 허기진 나를 일으켜 세웠다.

주말이나 방학에 집에 갈 때는 기차표를 끊을 돈이 없어 무임승차를 했다. 검표원을 따돌리는 요령도 점점 늘었다. 그러나 매번 성공할 수는 없었다. 검표원의 눈을 피해 기차 지붕으로 도망치기도 하고, 눈 비오는 날이면 기차 지붕에서 목숨과 맞바꾸는 위험도 감수했다.

변두리 달동네 자취방에는 수도시설이 없어서 마실 물과 밥물도 귀했다. 연탄 살 돈이 없어 한겨울엔 방안에 있는 잉크도 얼었다. 낡아 빠진 솜이불 하나로 추위를 버티려면 얼어 죽을 것만 같았다.

기온이 갑자기 내려간 어느 날, 도저히 견딜 수 없어 있는 돈을 긁어모아 연탄을 사다 불을 피우고 잠이 들었다. 따끈한 구들에 누우니 노곤한 몸이 금세 잠 속으로 깊이 빠져들었다. 눈을 떠보니 창밖이 환한 아침이었다.

'신문배달을 나가야 하는데…….'

급히 일어나려는데 머리가 빙빙 돌았다. 방바닥 틈새로 연탄가스가 들어온 것이다. 간신히 기어서 방문을 열고 밖으로 나왔다. 바깥바람을 들이켜는데 눈앞이 점점 가물가물했다. 그리고 정신을 잃었다.

시간이 얼마나 흘렀을까. 누가 내 몸을 흔들었다. 눈을 떠보니 길을 가던 아주머니였다.

"학생인 것 같은데 이렇게 추운 날 밖에서 자면 얼어 죽어요."

정말로 팔다리가 얼어서 잘 움직여지지 않았다. 가까스로 방으로 들어와 다시 쓰러졌다. 정신을 차렸을 때는 창호지 문에 달린 손바닥만 한 유리 너머로 오후 햇살이 방안을 기웃거렸다.

그 후, 연탄도 때지 못하고 찬 방에서 추위를 견딜 수 없어 신문배달을 그만두고 집으로 내려갔다. 방학 동안 나무를 해다 읍내에 팔면 신문배달보다 나을 것도 같았다. 한겨울이라 나무도 꽁꽁 얼어서 생솔가지에 낫을 대는 순간 얼음이 깨지듯 딱딱 소리가 났다. 그 소리를 듣고 산지기가 달려와 언 손을 불며 해 놓은 나뭇짐을 빼앗기는 날도 있었다.

3학년이 되자 학교에서는 고등학교 입시반을 만들어 그 애들에게만 열을 올렸다. 열외로 밀려난 나는 또 벽에 부딪힌 기분이었다.

초등학교 2학년 때 담임선생님이 꿈이 뭐냐고 물은 적이 있었다. 그때 내가 아는 직업이라곤 면서기와 선생님밖에 없었다. 그때부터 내 꿈은 선생님이었다. 그 꿈을 이루려면 고등학교에, 그리고 대학교

어머니

에도 들어가야 했다.

고등학교 입시를 앞두고 어머니와 아버지는 마주앉기만 하면 볏을 꼿꼿이 세운 수탉들 같았다. 어머니가 세운 볏이 아버지를 압도하는 것 같았지만, 어머니라고 뾰족한 수가 있는 건 아니었다.

"기왕 한 발 내디뎠으니 고등학교에도 가야지. 여기서 그만두면 안 가느니만 못한데……."

"중학교도 감지덕지지. 큰애 보기가 민망해서 원."

"중학교만 마치자고 그 고생을 했겠어요?"

"난 이제 몰라. 제 힘으로 다닌다면 몰라도."

"언젠 영감이 나섰어요? 나 원 참."

부모님의 높은 언성이 다 듣기 싫었다. 하지만 예전처럼 나무꾼으로 살면서, 학교에 다니는 친구들을 부러워하거나, 남의 집 머슴살이를 가기는 더 싫었다.

나는 넋두리를 하듯 샘골아저씨에게 긴 편지를 보냈다. 아저씨는 서울로 올라와 일을 하면서 야간학교라도 알아보는 게 어떻겠냐고 했다.

그 말에 아저씨 주소만 달랑 들고 완행열차를 탔다. 난생 처음 서울역에 내렸는데, 신문팔이와 거지들만 잔뜩 보였다. 하지만 아저씨가 일하는 동사무소를 찾아가는 동안 낯설고도 신기한 서울 풍경에 가슴이 부풀었다.

일을 끝낸 아저씨와 함께 시내버스를 탔다. 버스는 산동네의 비탈진 언덕길을 할딱거리며 올랐다. 우리는 종점에서 내렸다. 아저씨네 집은 종점에서도 한참 멀었는데, 등산하듯 산길을 올라가야 했다. 길이 너무 가팔라서 미끄러지지 말라고 곳곳에 연탄재가 뿌려져 있었다. 아저씨네 집은 오르막길의 맨 꼭대기였다. 문을 열고 들어가니 바로 부엌이 보이고, 부엌에서 방으로 들어가게 되어 있었다. 배가 많이 부른 아주머니가 방문을 열었다.

"여보, 얘가 상우야. 아주머니한테 인사해라."

"안녕하세요?"

"어서 와. 먼 길 오느라 고생했겠네."

아주머니는 배가 불러서 일어났다 앉았다 하는 것도 몹시 힘들어 보였다. 방은 겨우 두 사람이 누우면 꽉 찰만큼 작았다. 아주머니가 부엌에서 저녁을 준비하는 동안 방안을 둘러보았다. 작은 창문 옆에 아저씨와 아주머니의 옷이 몇 벌 걸려 있고, 한쪽에 이불과 베개가 개켜져 있었다. 문 바로 옆에는 양은으로 된 동그란 상이 놓여 있었다. 밥이 끓는 소리가 나고 잠시 후 아저씨가 부엌에 대고 말했다.

"여보, 상은 내가 펼게."

아저씨가 접혀 있던 상을 펴자, 아주머니가 부엌에서 수저와 반찬을 하나씩 방으로 들여보냈다. 반찬은 콩나물국과 김치와 멸치볶음 세 가지였다.

"배고프지? 어서 먹자."

아저씨가 먼저 수저를 들었다. 나는 밥을 먹으면서 당장 어디서 자야할지 걱정스러웠다.

그날 밤, 좁은 방 안에 셋이 누웠는데, 자다가 혹시라도 아주머니의 배를 걷어찰까 봐 조심스러웠다. 아저씨가 미안해하며 내게 말했다.

"미리 이야기했으면 일자리도 알아보고 잘 곳도 찾아 놓을 걸. 이렇게 갑자기 올라올 줄 몰랐다. 다음 달이 산달이야. 우리 집은 비좁아서 같이 있을 수도 없고……. 하여튼 며칠 기다려 봐. 네가 일할 곳을 찾아볼게."

나는 무작정 올라온 걸 후회했다.

다음 날 아저씨가 출근하고 나니 아주머니와 단둘이 있기가 불편했다. 친구를 만나러 간다며 아침도 먹지 않고 아저씨 집을 나왔다. 버스정류장까지 걸어 내려와서 아저씨 집을 올려다보니 까마득했다.

'아재도 어렵게 살면서 나까지 돕다니.'

그동안 힘든 내색 한 번 없이 날 도와준 아저씨가 너무 고마웠다. 혼자 버스를 타고 이리저리 돌아다니다가 결국 서울역에서 밤을 지새웠다. 이튿날 아저씨가 일하는 동사무소로 갔다.

"어디 갔었어? 얼마나 걱정했다고. 어디서 잤니?"

"친구 집에서 잤어요."

"다행이다. 그럼 친구 집에서 며칠 지내고 있어봐. 일단 먹여 주고 재워 주는 일자리를 찾아볼게. 학교는 그 다음에 알아보자."

아저씨의 말에 고개를 끄덕였지만, 나를 재워 줄 친구는 없었다. 아저씨와 헤어져 곧바로 서울역으로 갔다. 집으로 내려가는 기차표를 끊는데 눈물이 주르르 흘렀다. 배에서는 쪼르륵 쪼르륵 소리가 났다. 눈물을 닦으며 호떡 하나로 허기를 채웠다.

집에 돌아오자마자 일자리가 생기면 불러 달라고 아저씨에게 편지를 보냈다.

고등학교 입시도 끝나고 해도 바뀌었지만 아저씨에게서는 일자리 구하기가 하늘에 별 따기만큼 어렵다는 편지만 왔다. 할 수 없이 또 나무지게를 지고 장마당을 들락거렸다.

"공무원 시험이나 준비해 봐라."

어머니가 어디서 듣고 와서 조심스럽게 말했다. 그 무렵 기독교재단에서 운영하는 야간 고등학교가 새로 생겨서 학생을 모집한다는 광고가 날아들었다. 낮에 일하고 밤에 공부할 수 있다니. 무조건 원서를 냈고 바로 입학이 되었다. 나무장사며 신문팔이며 돈 되는 일은 가리지 않고 해서 학비를 벌었다. 모내기철엔 모를 심고, 추수철엔 탈곡기를 돌렸다.

기독교재단 학교라서 봉사활동도 많았다. 특히 아이들을 가르치는 봉사활동에 열심히 참여했다. 몸은 고달팠지만 선생님이라는 내 꿈에 한 발 다가서는 일이라고 생각하니 보람이 컸다.

고등학교를 졸업한 바로 다음 해에 영장이 나와 군대에 들어갔다. 군대에 있는 동안은 밥걱정을 할 필요가 없어서 좋았다. 일요일엔 부대에서 가까운 교회에 나가 주일학교 아이들을 가르쳤다.

어머니

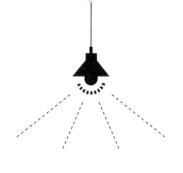

하늘을 날다

제대를 하고 고향에 내려가니 형님은 장가를 들어 새살림을 차렸다. 어머니는 여전히 보릿고개를 넘기기 위해 산과 들을 헤집으며 나물을 뜯고, 아버지는 등이 굽은 채 나뭇짐을 지고 장마당을 들락거렸다.

"아버지, 지게질이 힘겨워 보여요. 어머니, 다리는 왜 절뚝이세요?"

"농사꾼과 지게는 바늘과 실이다. 내 다리는 그동안 많이 써먹어서 닳고 닳아 그렇지. 이제 아버지도 나도, 텃밭 일구는 일도 힘에 부치는구나."

대나무처럼 꼿꼿하던 어머니의 목소리가 버드나무처럼 힘이 없었다. 이제야 철이 들어 어머니의 약해진 모습이 보이는 걸까. 동구 밖 느티나무도 작아 보이고, 국민학교 운동장도 좁아 보였다. 아버지의 굽은 등은 막내아들이 기대기에는 좁아 보였고, 어머니의 가슴도 예전의 마냥 넓고 포근한 가슴이 아니었다.

　제대인사도 할 겸 앞일도 의논해 보고 싶어 샘골아저씨를 찾아갔다. 아저씨네 집은 조금 큰 방으로 옮긴 걸 빼고는 예전 그대로였다.

　"수고했다. 남자는 군대를 다녀와야 남자로 인정받는 거지."

　"제대는 했는데 앞길이 캄캄하네요."

　아저씨에게 또 다시 궁핍한 마음을 내보이는 게 미안했다. 그래도 어쩔 수 없었다. 아저씨가 아니었으면 나도 형처럼 머슴살이로 만족했을지도 몰랐다.

　"나라 사정도 갈수록 힘들고 국민들 살림살이도 나아지는 게 없으니 정말 큰일이다. 경제개발 5개년 계획을 발표한 지가 1년이 넘었는데 해마다 빚만 늘어난다고 아우성이야."

　아저씨의 말을 들으니 서울로 올라오며 걸었던 실낱 같은 기대감이 연기처럼 사라지는 것 같았다.

　"시골은 더한 것 같아요."

　"그러게 말이다. 외환보유액이 1억 달러도 못 미쳐서 대한민국이 전 세계 꼴찌에서 두 번째로 가난하단다. 미국에서 해주던 무상원조도 중단되고."

　"이제 강냉이가루도 못 받는 건가요?"

　미국에서 원조로 주던 강냉이가루는 가난한 집 아이들의 급식이었다. 2교시가 끝날 쯤부터 급사아저씨가 숙직실에서 동네 옹달샘을 통째로 옮겨 놓은 것 같은 커다란 가마솥에 강냉이죽을 끓였다. 점

하늘을 날다

심시간이 되면 당번들이 양동이를 들고 숙직실에 가서 강냉이죽을 받아 왔고, 조그만 양재기를 든 가난한 집 아이들은 줄을 서서 강냉이죽을 한 국자씩 받아 점심을 때웠다.

"이제 공짜로 주는 건 없을테니 국민들을 굶기지 않으려면 꾸어오든지 해야겠지."

한국전쟁 중에도, 휴전이 된 후에도, 미국은 우리를 무조건 도와준다 생각했는데 왜 갑자기 무상원조를 끊었는지 궁금했다.

"이유가 있을 거 아니에요?"

"케네디 대통령이 군사정권에게는 무상원조를 해 줄 수 없다고 했대. 자세한 내막이야 알 수 없지. 북한은 중국, 소련하고 손을 잡아서 우리보다 훨씬 잘산다던데. 취직자리가 있어야 젊은 사람들이 돈을 벌어 가난에서 벗어날 텐데 참 큰일이야."

아저씨는 한숨을 쉬었다. 우리나라 경제사정은 차라리 안 들은 것만 못했다.

"수출만이 살길이라고 떠드는데 지금 유일한 수출품이 가발이래. 여자들은 가발공장에 취직이라도 하지. 정작 가정을 이끌어야 하는 남자들은 갈 곳이 없어."

"막노동이라도 하면서 공무원시험 준비를 할까 봐요."

"요즘 공무원 시험 보려는 사람들이 줄을 섰다더라."

아저씨를 만나면 무슨 돌파구가 생기지 않을까 싶었는데 점점 더 암담해 지기만 했다.

며칠 동안 서울을 배회하다 시골로 내려갔다. 아예 작업복을 마련해서 다시 올라올 참이었다.

집에 가니 어머니가 밤에도 머리에 흰 수건을 쓰고 있었다.

"어머니, 머리 아프세요?"

"아니다. 머리를 솎아 팔았더니 낭자가 헐거워서 안 그러냐?"

"네? 머리를 팔아요?"

어머니의 말을 듣고 깜짝 놀랐다. 오 헨리의 『크리스마스 선물』도 아니고 머리를 솎아 팔다니. 머리카락을 누가 산단 말인가?

"엿장수들이 머리카락 사들이느라 난리도 아니다. 며칠 전엔 서울에서 가발공장 사장이란 사람이 내려와서 동네 아가씨들이 들썩들썩 하단다. 가발공장에 취직시켜 준다고 실습용 머리가 필요하대서 딸 가진 엄마들은 머리를 아예 싹둑싹둑 잘라 보내는 바람에 동네 여자들이 거의 다 수건을 썼더구나."

가발공장만 취직이 된다더니 지리산 골짜기에 사는 여자애들까지 데려가려고 난리를 치는 모양이었다.

며칠 후 아랫집 순이 어머니가 분통이 터진다며 새벽 댓바람에 어머니를 찾았다.

"아이고, 형님. 큰일 났어요. 글쎄 실습용으로 쓴다고 머리를 다 잘라가더니 그 놈이 사기꾼이래요. 머리만 몽땅 가지고 줄행랑을 쳤다네요. 아이고 우리 순이 어떡하나 몰라. 취직시켜 준다기에 좋아서 머리까지 싹둑 잘라줬더니만."

"저런 저 몹쓸 놈. 그렇게 나처럼 숨기만 하라니까 냉큼 자르더니만. 어쩌겠어, 머리는 또 자라니 그나마 다행이지."

온 동네가 머리카락 사기꾼 이야기로 발칵 뒤집혔다. 어린애들은 학교에서 쥐꼬리를 가져오라고 했다며 집집마다 쥐를 잡느라 난리였다. 가뜩이나 식량이 부족한데 쥐가 식량을 축낸다며 나라에서 쥐잡기 운동을 펼친 때문이었다.

며칠 후 코가 석자는 빠져 있던 순이 어머니가 생글생글 웃으며 마당으로 들어섰다.

"형님, 드디어 우리 순이가 취직이 되서 서울로 가게 됐어요."

"그 사기꾼이 약속을 지켰남?"

"아니에요. 쥐털로 인조밍크를 만드는 공장인데, 헝겊으로 곰인형도 만든대요. 우리 순이가 어려서부터 손끝이 야물다 했더니 이제 솜씨를 맘껏 써먹을 수 있게 됐어요."

"다행이구먼. 근데 남자들은 취직이 안 되나? 우리 상우는 고등학교까지 나왔는데 저러고 있으니."

어머니가 내 걱정을 하는 걸 보니 하루라도 빨리 서울로 올라가야 했다. 막노동을 하면서 동가식서가숙으로 하루는 남대문, 하루는 동대문을 서성거렸다. 마음은 공무원시험을 준비하고 싶었지만 집도 없는 상황에서 공부가 될 리 없었다.

막노동을 시작한 지 두어 달이 지났는데도 취직을 할 수가 없었다. 아저씨는 나를 볼 때마다 미안해했다.

"상우야, 너를 볼 면목이 없다. 아무리 애를 써도 도대체 일자리가 없어."

"아재, 괜찮아요. 이제 제 일은 제가 알아서 해야죠. 아재랑 같은 서울 하늘 아래서 지낼 수 있는 것만 해도 큰 힘이 돼요."

"네가 아니었으면 내가 살아있기나 하겠냐. 하여간 계속 마땅한 자리를 찾아보자."

막노동이라도 거르지 않고 날마다 일이 있으면 다행이었다. 어떤 때는 며칠씩 일이 없어 놀 때도 있었다. 그런 날이면 갈 데도 없고 답답해서 아저씨를 찾아가곤 했다.

그러던 어느 날이었다. 아저씨가 나를 보자마자 기다렸다는 듯 말을 꺼냈다.

"상우야, 너 나랑 독일에 가자. 애들은 부쩍부쩍 크는데 단칸방에서 먹고 살기도 힘들고 이대로는 도저히 안 되겠어."

나는 독일이란 말에 깜짝 놀랐다. 아저씨가 신문을 내밀었다.

"독일에서 광부를 모집한대. 가기만 하면 큰돈을 벌 수 있어."

신문기사는 독일에 갈 광부를 모집하는데 수천 명의 지원자가 몰렸다는 내용이었다. 마감시간이 되면 더 많은 사람들이 몰릴 거라고 했다. 자격 조건은 35세 미만의 신체 건강한 대한민국 남자로 군대를 다녀온 광부 경력자라야 한다고 적혀 있었다.

더 볼 것도 없었다. 이미 찬밥 더운밥 가릴 처지가 아니었다.

"아재, 저도 갈래요. 언제까지 막노동만 할 수는 없어요."

/ 하늘을 날다 \

"그래. 거기 한 달 월급이 지금 내 월급의 열 배도 넘는대. 독일 가서 1년만 고생하면 서울에서 집도 너끈히 살 수 있다고 난리야. 게다가 3년만 일하고 돌아오면 우리나라 탄광에서 선진기술자가 될 수 있다니까 앞길도 보장이 되는 거지."

"근데 아재, 광부경력이 없으니 어떡하죠?"

"내가 벌써 알아봤어. 경력은 돈만 주면 해결할 수 있대."

돈의 위력은 어디서든 통하는 모양이었다. 얼마가 들더라도 꼭 가고 싶었다. 외국에 간다는 것만도 가슴 떨리는 일인데, 돈까지 번다니 망설일 이유가 없었다. 광부 지원자들 중에는 명문대 졸업자들도 많고 국회위원 비서관, 선생, 공무원도 있어서 경쟁이 치열하다고 했다. 그런 고학력자들까지 광부에 지원한다니 나라 체면이 말이 아니라는 생각도 들었다. 그들에 비하면 막노동으로 다져진 나야말로 딱 들어맞는 조건을 갖춘 게 아닐까.

당장 지원서를 작성했다. 아저씨는 신체검사일이 열흘 밖에 남지 않았다며 내 체중이 미달될까 봐 걱정했다. 그날부터 닥치는 대로 먹었다. 검사 당일에는 물도 많이 마셨다. 저울에 올라서는 순간 바짝 긴장했는데, 다행히 아슬아슬하게 기준체중을 통과했다. 혈액, 소변, 가슴둘레 등 기초적인 신체검사가 끝나고 체력측정이 있었다. 역기 들기, 턱걸이에 이어 40킬로짜리 모래가마니 들기에서 많은 사람들이 탈락했다. 하지만 아직 면접이 남아 있었다. 대부분 가짜 광부들이라 면접에 대비해 손에 시커먼 석탄을 묻히기도 했다. 다들 절박

해 보였다.

결과는 아저씨와 나 둘 다 합격이었다. 이제 광부경력 증명서가 필요했다. 아저씨 말대로 뒷돈만 주면 책상머리에서 광부경력자가 될 수 있었다. 현장교육은 강원도 태백과 장성에 있는 탄광에서 한 달 동안 받았다. 일주일 동안 이론교육과 안전교육을 받은 뒤, 3주 동안 탄광을 둘러보고 직접 일을 해 보았다. 배경이 좋은 사람들은 현장교육을 받지 않았다는 말도 들렸다.

교육이 끝나고 며칠 후에 독일 루르광업회사에 취직이 되었다는 소집장이 날아왔다. 루르광업회사. 이름만 들어도 가슴이 뛰었다.

"아재, 모두 아재 덕분이에요."

"상우야, 이제부터가 시작이야."

아저씨가 내 손을 꼭 쥐고 잘해보자고 말했다. 그런데 이번엔 독일까지 가기 위한 경비가 문제였다. 소집공문에는 출발할 때까지의 합숙비용과 독일에서 구하기 힘든 개인 약품, 한국문화를 소개할 수 있는 오락물도 지참하라고 씌어 있었다. 게다가 지참금도 50달러나 준비해야 한다고 했다.

비빌 언덕은 가족 밖에 없었다. 고향으로 내려가서 독일에 가겠다고 했더니 식구들은 모두 어리둥절했다. 부모님은 한숨만 쉴 뿐 대답이 없었다. 어머니가 혼잣말처럼 중얼거렸다.

"네 형이 얼마 전에 소를 사느라 쌈짓돈까지 탈탈 털어서 보태줬어. 네 형도 이제 딸린 식구들이 있으니 소라도 키워서 살림 밑천을 만들

하늘을 날다

어야지. 그러니 어떡하냐?"

나는 마음이 급했다. 없던 광부경력 서류까지 만들었는데 무슨 수를 써서라도 꼭 독일에 가야 했다. 나는 급히 형님을 찾아갔다.

형님의 꿈은 아버지처럼 욕심 없이 사는 건지도 몰랐다. 아버지는 송충이는 솔잎을 먹어야 하고, 오르지 못할 나무는 쳐다보지도 말라고 했다. 형님은 아버지의 바람대로 묵묵히 일만 하다가 머슴살이로 장가 밑천을 만들었다. 이제 겨우 장가를 들어 새살림을 차린 형님에게 내 꿈을 이루기 위해 도와달라는 말을 하려니 입이 떨어지지 않았다. 그래도 달리 도움을 청할 사람이 없었다. 얼굴이 화끈거렸지만 용기를 냈다.

"형, 나 좀 도와줘. 합숙비용과 지참금이 없어서 그래."

일을 너무 많이 해서 키도 나보다 작은 형님이 대들보를 멍하니 쳐다보며 깊게 한숨을 내쉬었다.

"그렇게 먼 곳까지 꼭 가야겠니? 고등학교까지 나와서 하필이면 광부냐? 네가 광부 일을 할 수 있겠어?"

"형, 명문대학 나온 사람들도 지금 독일에 가려고 난리야. 샘골아재랑 함께 가. 가기만 하면 우리도 잘살 수 있어."

"근데 무슨 수로 너를 도와주냐? 팔만한 땅도 없고, 빚을 얻을 데도 없고……."

"형, 미안한데……. 소 있잖아. 소 팔아서 주면 안 돼?"

내 말에 형님의 눈이 황소 눈만큼 커졌다.

"뭐? 소를 팔아 달라고? 얘 좀 봐. 너 정신이 있는 소리야? 소를 팔다니!"

형님이 기가 막힌다는 듯 헛웃음을 웃었다. 바느질을 하며 듣고 있던 형수도 놀라서 바늘에 찔렸는지 '아얏!' 하며 손가락을 입술로 가져갔다.

"도련님, 소는 절대 안돼요. 우리 결혼하고 처음으로 마련한 살림 밑천이에요. 그런 소를 어떻게 팔아요?"

형수도 분명하게 자기주장을 할 줄 안다는 걸 나는 처음 알았다. 형님도 말이 없는 편이었지만 형수는 더 없었다. 형수 입에서는 언제나 '네'라는 말밖에 들어본 적이 없었으니까. 나는 더 이상 조를 수가 없었다.

형님이 커다란 눈을 껌벅거리며 말했다.

"여기저기 알아볼 테니 며칠만 기다려 봐."

나는 형수 보기가 민망해서 얼른 일어나 터덜터덜 집으로 돌아왔다.

이튿날 아버지가 내게 나무라듯 물었다.

"네 형한테 소를 팔아달라고 했다며?"

어머니가 아버지 말에 깜짝 놀라 되물었다.

"뭐? 소를? 아이고, 세상에! 네 형이 장가가서 처음으로 마련한 송아진데 그 소를 팔아달라고 했단 말이냐? 학교 문턱도 못 밟아본 네 형한테 어떻게 그런 말을……."

어머니도 소는 절대 안 된다고 고개를 저었다. 학교 문턱이란 말에

하늘을 날다

가슴이 찔렸다. 누가 봐도 학교 문턱을 세 번이나 넘은 내가 오히려 형을 도와야 마땅했다. 그런데 형에게 손을 내밀다니 내가 생각해도 낯이 부끄러웠다.

"내가 여기저기 알아보마. 돈을 벌러 가는데도 돈이 없어 이리 어려우니 원."

어머니는 하루 종일 돌아다니다가 저녁 늦게 빈손으로 돌아왔다. 아버지가 길게 한숨을 내쉬며 혼잣말처럼 중얼거렸다.

"송충이는 솔잎을 먹어야 하는 법인데……."

나는 아버지의 체념이 진절머리 나게 싫었다. 어쩌면 형님도 아버지 때문에 현실에 안주하는 지도 몰랐다. 형님한테 큰 잘못을 저지른 것 같아 마음이 편치 않았다. 어머니가 돈을 빌려오기만 기다려야 했다. 내가 고비에 처할 때마다 어머니가 앞장섰는데, 형님이 장가를 간 후부터 어머니도 예전의 모습을 조금씩 잃어갔다. 암담한 하루가 또 저물었다.

이튿날 저녁에 형님과 형수가 집으로 찾아왔다. 눈치만 보고 있는 내게 형님이 먼저 말했다.

"아무래도 방법이 없다. 네가 돈을 벌러 간다는데 어쩌겠니? 소를 팔아줄게. 네가 잘되는 길이라면 형인 내가 도와야지."

형수가 형님의 말을 이었다.

"도련님, 월급타면 제일 먼저 소 값부터 보내주세요."

"죄송합니다, 형수님. 당연히 소 값부터 먼저 보내야죠. 정말 죄송합니다."

나는 형님 손을 덥석 잡았다. 소를 판다는 건 농부들에게 전 재산을 판다는 것과 다를 바 없었다. 형님은 소 한 마리에 곡식까지 팔아서 내게 주었다.

"형, 고마워. 정말 고마워 형."

나는 소를 판 돈으로 생전 처음 양복을 입을 수 있었다. 와이셔츠와 넥타이는 먼 친척 동생의 것을 얻었고, 굽이 거의 닳은 구두는 형님 친구가 신던 것을 구해 겨우 구색을 갖췄다.

고향을 떠나기 하루 전날, 온 식구가 다 쓰러져가는 초가에 옹기종기 모여 앉았다. 어머니는 고추장과 된장을 꽁꽁 싸서 짐 속에 넣어 주었다. 형님은 장기와 윷을 내놓았다.

"한국문화 하면 장기랑 윷이지. 윷은 내가 정성들여 깎았다."

"도련님, 이건 한복 입은 인형이에요."

형수가 인형을 가방 안쪽에 챙겨 넣었다.

어머니가 내게 힘주어 말했다.

"형제간의 우애가 제일이다. 상우 너, 네 형수한테 고마워해야 해."

"형수님, 고맙습니다."

형수에게 인사를 하는데 목이 메어 말이 잘 나오지 않았다.

"자, 어서 자거라. 내일 일찍 서둘러야지."

아버지가 먼저 자리에서 일어났다. 나는 건넛방으로 가서 자리에 누웠지만 잠이 오지 않았다.

하늘을 날다

'독일은 얼마나 먼 나라일까? 내가 다시 고향 땅을 밟을 수 있을까? 사랑하는 가족들 품에 다시 돌아올 수 있을까? 아냐, 가기도 전에 무슨 재수 없는 생각을. 이제 내가 집안을 일으키고 형님도 도와야지!'

마음을 다잡고 불길한 생각을 떨쳐내려 해도 교육 받는 동안 들었던 탄광사고들이 자꾸만 떠올라 눈이 더 말똥말똥해졌다. 벌떡 일어나 지도책을 펼쳤다. 세계지도에서 독일을 찾았다. 지도에서는 루르라는 지방이 어디쯤인지 알 수가 없었다. 루르광업회사이니, 지역이 아니라 단순한 회사 이름인지도 몰랐다.

그때 문 밖에서 아버지의 헛기침 소리가 들렸다.

"상우 자냐?"

늘 일찍 주무시는 아버지가 어쩐 일인가 싶어 얼른 일어나서 문을 열었다.

"아직 안 주무셨어요?"

아버지는 딱히 할 말이 있는 것 같지는 않았다. 썰렁한 방 안을 한 바퀴 둘러보더니, 조용히 내 등을 토닥였다.

"가거든 첫째도 둘째도 몸조심해라. 애비 노릇도 제대로 못 해 줬는데 그 먼 곳까지 보내야 하다니 원……."

아버지는 어서 자라며 문을 닫고 나갔다. 나는 왠지 더욱 잠을 이룰 수가 없었다.

이튿날 식구들과 작별을 했다. 어머니가 큰길까지 따라 나와 고쟁이에서 꼬깃꼬깃한 종이돈을 꺼내 내 손에 쥐여 주었다.

"봄에 고사리 팔아서 모은 돈이다. 거기도 빵 같은 거 사먹는 데 있겠지? 가서 배곯지 말고 먹고 싶은 거 있으면 이 돈으로 사 먹어라."

어머니가 내민 돈을 주머니에 넣고 돌아서는데 눈앞에 안개가 낀 듯 부옇게 보였다. 늘 보아온 고향의 나무들, 산들, 그리고 바람결까지 이별의 손짓처럼 느껴졌다. 쓰러져 가는 고향집 토담에서 풍겨오는 흙내음, 감나무와 호두나무, 뒤뜰의 밤나무까지 자꾸만 내 발길을 붙잡았다.

서울에 올라와 수유리에 있는 재건국민운동훈련원에서 독일에 대한 일반상식과 교양을 배우기 위해 합숙교육을 받았다. 기생충 검사는 필수였다. 의학이 발달한 독일에는 기생충이 없어서, 기생충이 있는 한국 광부들이 입국할 경우 전염될 위험을 미리 막으려고 철저하게 하는 거라고 했다. 기생충이 발견되면 즉시 출국금지였다.

합숙교육이 끝나고 드디어 출국일이 다가왔다. 전용버스를 타고 김포공항으로 달렸다. 창밖으로 보이는 한강물이 한편으로는 신이 나서 출렁거리고, 한편으로는 슬픔에 젖어 우는 것 같았다. 훈련을 받을 때는 하루라도 빨리 가고 싶었는데, 막상 비행기를 타려니 설렘과 불안감이 시소처럼 오르내렸다.

김포공항도 난생 처음 가보는 곳이었다. 공항에는 독일로 떠나는 광부들과 배웅을 하러 나온 가족들로 많은 인파가 북적거렸다. 양복에 넥타이를 매고 까만 선글라스를 쓴 광부들은 마치 새신랑처럼 말

하늘을 날다

쑥했다. 카메라까지 목에 건 차림새에서 어디를 봐도 지하 탄광에서 석탄을 캐기 위해 떠나는 광부의 모습은 상상할 수 없었다.

안내인의 지시에 따라 모든 수속을 마치고 탑승구로 들어갈 때가 됐다. 광부들보다 배웅하러 나온 사람들이 더 눈물을 글썽였다.

"부디 몸조심하고 잘 지내다 와라."

"편지 자주하고 몸조심해."

"끼니 거르지 말고 꼭꼭 챙겨먹고."

먼 곳으로 아들을 떠나보내는 부모들에게는 밥 굶지 말고 건강하게 잘 지내라는 게 공통의 인사였다. 가족들이 배웅 나올 형편이 안 되는 나와 샘골아저씨는 서로에게 격려 인사를 했다.

탑승구로 들어가자, 드넓은 비행장에 루프트한자라는 독일 비행기가 우리를 기다리고 있었다.

"아재, 진짜 우리가 독일로 가네요."

"그래. 우리 꼭 성공해서 돌아오자."

드디어 비행기 트랩에 올랐다. 환송대에서 광부들의 가족과 친지들이 비행기를 향해 손을 흔들었다.

얼마 후, 비행기가 엔진소리를 내기 시작했다. 그런데 한참을 기다려도 제자리였다.

"왜 안 뜨지?"

"잠자코 기다려 봐."

모두들 호기심으로 눈이 반짝반짝했다.

"엔진소리는 나는데 아까부터 제자리야."

"이거 비행기가 못 뜨는 거 아냐?"

"에이, 부정 타게 누가 재수 없는 소리를 해?"

바로 그때였다. 지축을 흔드는 것 같은 엔진소리가 났다.

"와! 뜬다. 떠!"

마침내 하늘로 날아올랐다. 내 몸도 하늘로 부웅 떠오르는 것 같
았다. 무서워서 두 눈을 꼭 감았다.

눈을 뜨니 어느덧 창공이었다. 모두 창문 쪽으로 목을 길게 뺐다.

"야! 집들이 게딱지 같네."

"저기가 인천 앞바다야?"

"저 구름 좀 봐! 꼭 바다 같아."

"어! 비행기가 구름 위로 올라갔어. 우리가 구름 위에 있나봐."

비행기가 신비한 구름밭 위를 날았다. 그 위로는 무한한 창공이었
다. 내가 하늘을 날고 있다니. 생각만 해도 가슴이 부풀었다. 이제
곧 독일 땅속에서 3년을 보내야 한다. 창공과 지하. 말 그대로 하늘
과 땅 차이다. 선생님이 되겠다던 꿈은 이제 그저 꿈으로만 남을 게
뻔했다. 가난에서 벗어나야 하고, 형님에게 빌린 소 값을 보내야 하
고, 평생 땅만 일군 부모님께 보답해야 했다.

얼마 후 승무원들이 음료를 나누어 주었다. 나는 무조건 사양했
다. 음료를 사 먹을 만한 돈도 없었고, 배도 고프지 않았다. 얼마나
갔는지, 어디쯤 날고 있는지, 도무지 알 수가 없었다. 식사를 주는

/ 하늘을 날다 \

데도 돈을 받는 줄 알고 무조건 고개를 저었다. 나중에야 그 모든 게 공짜라는 걸 알고 마음 놓고 먹었다.

비행기는 미국 알래스카에서 기름을 채우고, 열아홉 시간 후에 마침내 독일의 뒤셀도르프 공항에 도착했다.

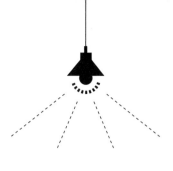

첫 월급

심각함이라곤 눈곱만큼도 찾아볼 수 없던 황수형이 제법 진지하게 고개를 끄덕였다.

"그랬구나, 전쟁 때 만난 사이였구나. 네 말 들어보니까 난 전혀 다른 세상에서 살다 온 것 같다. 난 여기 오기 전까지 고생이 뭔지, 배고픔이 뭔지 생각할 필요가 없었거든. 전쟁 났을 때도 굶어본 적이 없었어. 우리 가족은 부산까지 차로 피난을 갔으니까. 아버지 덕에 정말 호강하고 살았지. 여기 와 보니까 지참금도 없어서 빚을 내서 온 사람들이 많더라. 그 아저씨 빚은 없었냐?"

"있었죠. 겨우 그 빚만 갚고……."

빚을 얻지 않고 온 사람은 황수형뿐인 것 같았다. 나는 형님에게 빚을 졌지만 샘골아저씨는 친척한테 돈을 빌렸다고 했다. 겨우 빚만 갚고 저세상으로 간 아저씨가 더 안타까웠다. 나도 모르게 눈가가 젖어 들었다.

"또 울어? 이제 그만 좀 울어라. 아저씨만 죽은 게 아냐. 내가 아는 사람도 둘이나 죽고 다친 사람도 여럿 있어. 우리도 언제 죽을지 몰라. 그렇게 약해 빠져선 안 된다는 소리야. 알겠냐?"

황수형에게 눈물을 보이지 않으려고 얼른 눈가를 훔쳤다. 눈물을 맘대로 조절할 수는 없을까. 슬픈 생각을 하면 나도 모르게 콧등이 시큰해졌다. 황수형은 눈물이 없을까. 그래서 태평스럽게 살 수 있는 걸까.

"나도 처음에 막장에 들어간 날은 죽을 것 같았어. 난 말야. 우리 집에서 아침이든 낮이든 내가 일어나고 싶을 때 일어났어. 내가 눈 뜨면 식모가 언제라도 밥을 차려 대령했지. 다들 내 한 마디면 껌뻑 죽었다고. 독일에 와서 내가 이렇게 변할 줄 상상도 못했어. 내 손으로 밥을 차려먹고 도시락을 싸다니. 아, 그건 약과지. 막장은 어떻고. 진짜 끔찍해."

황수형이 도리질을 쳤다. 형이 진절머리치는 모습은 처음이었다. 고생을 밥 먹듯 했던 나도 막장이 끔찍하긴 마찬가지였다.

첫 출근하던 날이 생각났다. 새벽 네 시에 일어나 간단히 아침을 먹고, 점심 도시락을 챙겨 탄광으로 향했다. 탈의실에 들어가니 한쪽 벽면 전체에 온통 번호판이 달린 스위치가 붙어 있었다. 교육 받은 대로 내 번호를 찾아 스위치를 눌렀다. '메르켄 눔머 1622'를 누르자 천장에서 체인에 매달린 광부복과 바구니가 내려왔다. 나와 같은 아침반 광부들도 저마다 자기 번호를 찾아 스위치를 눌렀다. 천장

62

에서 여러 개의 체인들이 대롱대롱 내려왔다. 체인에 걸린 광부복과 석탄을 캐는 장비들을 보는 순간, 목을 매단 시체들이 흔들흔들 내려오는 것 같았다. 맨 위에 걸린 헬멧은 사람의 머리, 헬멧 바로 밑에 매달린 옷은 사람의 몸통, 맨 아래 달린 바구니의 발목 보호대와 정강이 보호대, 특수 제작된 안전화까지, 어쩌면 그렇게 목을 맨 시체의 형상과 똑같은지 첫날부터 섬뜩하게 느껴졌다.

옷과 장비를 순서대로 착용하는 데만도 시간이 꽤나 걸렸다. 옷을 다 입고, 발목 보호대와 정강이 보호대에, 좁은 통로에서 석탄을 캘 때 깔고 앉을 엉덩이 보호대를 챙기고, 안전모에 달린 헤드랜턴과 배터리를 점검했다. 마지막으로 가스유출에 대비한 가스마스크를 준비한 다음, 물과 도시락까지 챙기니 탄광에 들어가기도 전에 땀이 났다.

아침 여섯 시에 시작해서 오후 두 시까지 지하 탄광에서 여덟 시간을 버텨야 하니 가장 중요한 게 물이었다. 예비교육 때 물은 생명수라고 배웠다. 막장 안은 지열이 35도에서 40도를 오르내렸다. 땀을 많이 흘리기 때문에 보통 5리터 정도의 물을 여러 개의 물통에 나눠 준비해야 했다.

샤프트 앞에 섰을 때부터 등에서 땀이 줄줄 흘렀다. 야간 근무를 끝낸 광부들이 엘리베이터에서 내리며 구호처럼 외쳤다.

"글뤽 아우프!"

엘리베이터를 타려는 광부들도 똑같이 외쳤다.

"글뤽 아우프!"

/ 첫 월급 \

독일어로 '살아서 지상에서 만나자'는 뜻이었다. 하얀색 안전모를 쓴 작업반장 마이스터가 노란색 안전모를 쓴 광부들의 인원수를 체크했다. 3층으로 된 엘리베이터에 각층마다 열다섯 명씩 태웠다. 나는 샘골아저씨와 같은 칸에 탔다.

마이스터가 신호를 보내자 승강기의 철문이 닫혔다. 샤프트가 어둠을 뚫고 지하로 내려갔다. 갑자기 귀가 먹먹해졌다. 예비교육 때 배운 것처럼 어금니를 꽉 물고 침을 꿀꺽 삼켰다. 지하 1천 미터가 넘는 막장까지 한 시간쯤 걸렸다. 예비교육을 받을 때 들어와 봤던 곳인데도, 온몸이 긴장되어 내 숨소리가 내 귀에 커다랗게 들렸다.

엘리베이터가 멈추고 문이 열렸다. 운동장처럼 넓은 지하 광장에 전깃불이 환했다. 환승역처럼 사방으로 레일들이 깔려 있었다. 작업반장의 안내에 따라 길게 이어진 갱차에 올라탔다. 석탄을 캐는 탄광까지 광부들을 실어 나르는 기다란 기차였다. 반대쪽 레일 위로 석탄을 실은 기차들이 분주하게 움직였다.

머리 위를 올려다보자 두꺼운 암반층이 무너져 내릴까 덜컥 겁이 났다. 두더쥐처럼 한 시간쯤 땅속을 달렸다. 여러 갈래로 갈라진 통로를 지날 때마다 얼음처럼 찬바람이 들어왔다. 안으로 들어갈수록 불빛도 희미하고 습기로 후텁지근했다.

드디어 막장에 도착했다. 숨이 갑갑하고, 공기도 무겁고 축축했다. 마이스터를 따라 기차에서 내려 지시를 기다렸다.

탄광일은 지하갱도를 뚫고 넓히는 굴진작업, 석탄을 캐내는 채탄작업, 천장이 무너지지 않게 슈템펠 기둥을 세우는 슈템펠 작업, 각종 기계를 수리하고 갱도를 이어나가는 보갱작업, 캐낸 석탄을 실어나르는 운반작업, 석탄을 선별하는 선탄작업까지, 여러 단계로 나뉘었다.

채탄작업은 호벨이라는 자동채탄기가 하는데, 호벨에는 타원형의 톱니바퀴가 달려있어서 그 톱니바퀴가 돌아가면서 탄층을 부쉈다. 독일의 탄광은 우리나라처럼 깊은 산속에 있지 않고 평야지대에 있는데, 탄층의 형태도 시루떡처럼 옆으로 층을 이루고 있기 때문에 수평으로 탄을 캐내는 호벨작업이 편리했다.

호벨이 캐낸 석탄은 자동으로 컨베이어벨트에 담겼다. 나는 바닥에 떨어진 석탄을 삽으로 컨베이어벨트에 퍼 담는 일을 했다. 석탄삽은 보통 삽보다 두세 배는 크고 넓었다.

아저씨는 호벨이 뚫고 지나간 자리에 천장이 무너지지 않도록 슈템펠 기둥을 세우고 빼내는 작업을 했다. 가장 힘들고 위험한 대신 돈을 많이 벌 수 있는 일이었다. 쇠로 된 슈템펠 기둥은 무게만도 80킬로가 넘고 길이도 2미터나 되었다. 40킬로짜리 모래가마니 들기 시험을 왜 봤는지 이해가 됐다. 나는 아무리 돈을 많이 준다 해도 슈템펠 작업은 엄두를 낼 수 없었다.

막장 안은 너무 요란했다. 호벨의 톱니바퀴소리, 망치소리, 컨베이어벨트소리, 삽질소리, 곡괭이소리에 마이스터의 고함소리까지, 시끄러운 소리들이 빠져나갈 구멍이 없으니 막장 안에서 서로 부딪치고 휘돌아쳐 바로 옆 사람과도 말을 주고받을 수 없었다.

나는 삽질이 힘들어 팔이 떨어져 나가는 것 같았다. 잠시만 멈칫거리면 금세 석탄이 산처럼 쌓였다. 마이스터는 내게 빨리빨리 하라고 재촉했다. 거인처럼 몸집이 큰 마이스터의 목소리는 커다란 회색곰을 연상시켰다. 마이스터의 고함소리에 탄광이 무너지지 않을까 걱정이 될 정도였다.

정신없이 삽으로 석탄을 퍼 담는데 갑자기 석탄부스러기와 돌부스러기들이 와르르 떨어졌다. 금세 먼지가 자욱했다. 나는 '사람 살려'하고 소리치며 통로 쪽으로 뛰었다. 내 옆에 있던 광부들도 모두 덩달아 놀라 뛰쳐나왔다.

"쏴이쩨! 쏴이쩨!"

마이스터가 플래시를 비추며 소리쳤다. 천둥이 치는 것 같았다. 마이스터는 빨리 제자리로 돌아가라며 화를 냈다. 나중에야 막장 안에는 석탄부스러기와 돌가루들이 늘 떨어진다는 것을 알았다.

쉬는 시간에 샘골아저씨가 안전화를 거꾸로 쳐들고 땀을 쏟아내며 물었다.

"아까 왜 도망쳤냐?"

"탄광이 무너지는 줄 알았어요."

"난 쏴이쩨 쏴이쩨 소리치는 마이스터의 고함에 더 놀랐다."

아저씨가 우리보다 먼저 온 광부에게 쏴이쩨가 무슨 말이냐고 물었다.

"그거요? 욕이에요, 욕. 이 똥 같은 녀석들아! 그런 뜻이래요."

"왜 하필 똥일까요?"

"나라마다 욕하는 데도 특징이 있겠지. 우리는 욕할 때 개 같은 놈이라고 하잖아. 독일에선 똥 같은 놈이 그런 뜻인가 봐."

그 말을 듣고 나니 '솨이쎄'라는 욕은 듣고 싶지 않았다.

잠깐 쉬는 시간과 식사시간에만 샘골아저씨를 만날 수 있었다. 하지만 만나도 쉽게 말을 내뱉을 수가 없었다. 목구멍이 석탄가루로 꽉 막힌 것 같았다. 공기가 희박한 곳에서는 최대한 산소를 아끼기 위해 말을 삼가라고 했는데, 안 그래도 목소리가 잘 나오지 않았다.

아저씨가 물을 입안에 넣고 가글을 하고 나서 퉤 하고 뱉어 냈다.

"아재, 아직 점심도 못 먹었는데 물이 두 병밖에 안 남았어요."

"예비교육 때 말했잖아. 물을 자주 마시면 갈증이 더 심해진다고."

"하지만 도저히 못 참겠어요. 아, 정말 이렇게 지독한 곳인 줄 몰랐어요."

"다들 마찬가지야. 어서 다시 시작하자. 난 슈템펠을 60개 세워야 하는데 여태 20개도 겨우 세웠어. 독일 사람들이나 번쩍번쩍 들지, 한국 사람 체격으로는 개미가 전봇대를 드는 격이니 참 내. 땀 때문에 미끄러워서 들리지도 않아. 슈템펠을 끌어안고 울어도 소용없고."

아저씨가 거꾸로 세워놓았던 안전화를 신고 일어났다. 다시 삽질을 하러 가기가 끔찍했다.

막장은 지하 무덤 같았다. 언제 천장이 무너져 내릴지, 돌더미에

첫 월급

깔려 죽을지, 슈템펠이 튕겨 나갈지, 한순간도 긴장을 놓을 수가 없었다. 석탄을 캐는 막장의 넓이는 겨우 5, 6미터 남짓, 길이는 1백 50여 미터. 그마저도 호벨이 차지하고 난 나머지가 광부들의 생존공간이었다. 그 안에서 눈만 반짝반짝하는 광부들은 기괴하게 생긴 땅속 괴물들 같았다. 점심시간이 되어 아저씨와 마주 앉았다.

"아재, 몇 개 세웠어요?"

"말도 마라. 죽을 것 같다는 말, 그동안 너무 함부로 했다는 생각이 든다. 막장에서나 어울리는 말이야. 정말 죽을 것 같아."

아저씨가 딱딱한 검은 빵과 감자를 싼 종이를 한 겹 한 겹 벗겨냈다. 그 와중에도 석탄가루가 빵에 들러붙었다. 손으로 석탄가루를 떼어낸다는 것이 오히려 손에 있던 가루를 더 묻히고 말았다. 나도 종이를 풀고 까만 빵을 입에 넣었다. 입안에서 버석거리는 소리가 들리는 것 같았다. 반찬처럼 감자도 입에 넣었다. 어쩌다 이역만리 독일 땅속에서 석탄가루가 들러붙은 빵으로 허기진 배를 채우게 됐는지. 석탄가루가 입안으로 들어갈까 봐 다들 억지로 입을 다물고 우물우물 씹는 모습이 꼭 꺼먹소들이 되새김질을 하는 것 같았다.

칠이 다 벗겨진 밥상에 둘러앉아, 쌀 한 톨 섞이지 않은 꽁보리밥에 고추장 종지 달랑 하나 놓고, 입가에 시뻘건 고추장을 묻힌 채 매워서 호호 불며 밥을 먹던 날들이 몹시도 그리웠다. 밥상 너머로 보이던 감나무는 지금쯤 홍시가 맺혀 까치를 유혹할 텐데. 빨간 감들 사이로 파란 가을하늘에 고추잠자리가 날아다닐 텐데.

우적우적 감자를 씹다가 갑자기 울음이 나왔다. 한번 터진 눈물은 소나기 내린 뒤 봇도랑 넘치듯 줄줄 흘렀다.

"울긴 왜 울어? 운다고 뭐가 달라지냐? 울지 마. 울지 말라고! 흐흑 흑."

샘골아저씨도 울음을 터뜨렸다.

"왜들 울고 난리야. 울면 뭐해? 울지 말라니까. 흑 흐흑."

울음이 전염병처럼 퍼져 나갔다. 금세 막장 안이 울음바다가 되었다.

앞으로 3년을 어떻게 견딜 수 있을까. 막연하게 생각했던 막장생활은 시작부터 악몽이었다. 한국보다 선진국인 독일에 간다는 감상에 젖어 쉽게 돈을 벌 거라고 생각했던 나 자신이 너무나 한심했다.

여덟 시간이 언제 지나갈까. 왜 이렇게 시간이 느리게 가는 걸까. 막장에서는 혹시 시계바늘이 거꾸로 가는 게 아닐까. 몸이 천근이란 말이 딱 맞았다. 눈앞도 가물가물했다.

드디어 작업종료 벨이 울렸다. 마이스터의 지시에 따라 곡괭이와 삽을 공구함에 넣었다. 레일을 타고 기차가 다가왔다. 우리를 태우러 온 기차가 얼마나 반가운지 몰랐다. 기차를 타고 엘리베이터 승강장까지 가는데 굼벵이처럼 어찌나 느린지 마음이 훨씬 먼저 달렸다. 엘리베이터를 타고 지상으로 올라오는 한 시간 동안, 정말 내가 밖으로 안전하게 나갈 수 있을까 조마조마했다.

엘리베이터가 멈추고 문이 열렸다.

"글뤽 아우프!"

/ 첫 월급 \

"글뤽 아우프!"

이제야 살았다는 안도감이 들었다.

탈의실에 들어가는데 발걸음이 휘청거렸다. 쓰러질 것 같은 몸을 간신히 가누며 내 번호를 눌렀다. 천장에서 대롱대롱 흔들리며 옷이 내려왔다. 헬멧을 벗어 맨 위에 걸고, 땀으로 흠뻑 젖은 광부복을 벗어 잘 마를 수 있게 펴서 걸었다. 땀으로 질퍽거리는 안전화를 벗어 바구니에 거꾸로 담고 체인을 잡아당겨 원위치로 올렸다.

샤워실에 들어가서 물을 틀자, 생전 처음 느껴보는 물줄기처럼 온몸이 시원했다. 한참 동안 물을 맞고 서 있었다. 발밑으로 검은 물이 계속해서 흘러내렸다. 온몸의 구멍마다 가득 들어찬 석탄가루는 몇 번의 비누칠로도 잘 지워지지 않았다. 눈가는 아무리 씻어도 짙은 아이라인을 그린 것처럼 보였다.

샤워를 마치고 밖으로 나왔다. 그제야 하늘이 보였다. 지금까지 보던 하늘이 아니었다. 새로운 하늘이었다. 한국의 하늘처럼 맑고 푸르지는 않았지만, 하늘을 볼 수 있는 게 얼마나 행복한 일인지, 반갑고 기뻐서 저절로 눈물이 흘렀다.

샘골아저씨의 눈에도 눈물이 글썽거렸다.

"오늘 40개밖에 못 세웠어. 처음부터 너무 욕심을 낸 거야. 한국에서 이 정도로 지독하게 일을 했으면 금세 부자가 되었겠다."

"정말 끔찍해요. 지옥에서 나온 거 같아요."

"슈템펠을 끌어안고 쩔쩔매면서 독일 사람들의 건장한 체격이 얼마

70

나 부럽던지. 동양 사람을 데려오려면 우리 체형에 맞는 장비를 갖춰 놓고 불러야지. 세상에 슈템펠이 돌절구보다 더 무거운데 그걸 번쩍 번쩍 들어 세워야 하다니. 이렇게 힘들 줄은 상상도 못했다."

숙소까지 쓰러지지 않고 걸어온 게 기적 같았다. 숙소에 돌아오자 마자 그대로 쓰러졌다. 온몸이 몽둥이로 두드려 맞은 것처럼 결리고 아팠다. 팔과 다리는 상처투성이였다. 아저씨는 나보다 더 심했다. 슈템펠을 안고 얼마나 몸부림을 쳤는지 양쪽 팔과 겨드랑이와 가슴 에 피부가 벗겨졌다. 옷을 입을 때도 피부가 쓸려서 간신히 입더니, 밤새 앓는 소리를 냈다. 그 모습을 보니 더더욱 슈펨펠 작업은 엄두 가 안 났다.

하지만 시간이 약이라는 말을 실감하듯, 한 달쯤 되자 어느 정도 적응이 되어 갔다. 떨어지는 돌가루에 놀라는 일도 없었고, 검은 빵 을 먹으며 느닷없이 울지도 않았다.

첫 월급을 타던 날, 내 월급은 무려 6백 마르크가 넘었다. 한국에 서 일반 회사원들이 받는 월급의 여덟 배나 되는 돈이었다. 샘골아 저씨는 거의 1천 마르크나 되었다. 나는 너무 좋아서 잠도 오지 않았 다. 생전 그만한 돈을 내 손으로 만져보기는 처음이었다.

나는 기숙사에서 기본 생활비로 쓸 만큼만 남겨놓고 돈을 전부 집 으로 보냈다. 한국에서는 상상도 못하는 큰 액수였다. 형님에게 편지 를 쓰면서 당장 어미소를 사라는 말도 덧붙였다.

"상우야, 이제부터 독일어 공부 시작하자. 여기서 노력만 하면 대학도 갈 수 있대. 한국 유학생들도 많대. 이왕 독일 땅을 밟았으니 더 큰 꿈을 꿔 보자."

아저씨의 눈에서 반짝반짝 빛이 났다. 나도 아저씨의 말에 가슴이 뛰었다.

"아재, 정말이에요?"

"그래. 이제 탄광생활도 슬슬 적응이 되고 있잖아. 우선 독일어 공부부터 하자. 말이 통해야 대학에도 갈 수 있으니까."

"알았어요. 한국에서 독일어 교본이랑 사전도 사 왔어요."

"그래. 우리 함께 열심히 해 보자."

나는 도시락 가방에 독일어 교본을 꼭꼭 챙겨 넣었다. 낯선 땅에서 새로운 꿈을 마음에 심고 나니 한결 힘이 나는 것 같았다.

막장에서 점심을 먹을 때였다.

"들었어요? 한국 대통령이 우리를 만나러 독일에 온대요."

"네? 대통령이 와요?"

"그렇다니까. 우리가 독일에 와서 독일 대통령이 한국 대통령을 초청했대요."

검은 빵을 씹던 광부들의 얼굴이 정월 대보름 쥐불놀이 하던 밤처럼 환해졌다.

"우리도 대통령을 만나볼 수 있대?"

"그럼요. 우리 광부들을 만나러 온다니까요. 함보른 탄광과 뒤스부르크의 광부숙소도 시찰할 거래요."

"그럼 우리 탄광엔 안 오나?"

"루르지방에 있는 광부들이 함보른 탄광으로 간대요. 함보른 탄광
에선 밴드부를 만들어 연습한다던데."

"독일 신문하고 텔레비전 방송에 다 나왔어요."

우리는 대통령을 만나러 갈 광부들을 뽑았다. 나도 샘골아저씨도
함께 가기로 했다.

대통령이 함보른으로 오는 날, 아침 일찍 전세버스를 타고 함보른
탄광으로 출발했다. 세 시간 후에 함보른 탄광 체육관에 도착하자,
한국 광부들을 태운 버스가 여러 대 와 있었다.

／ 첫 월급 ＼

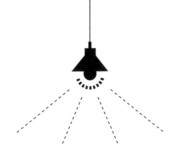

눈물바다

함보른 탄광 체육관에 들어서니 한복을 입은 한국 여자들도 많았다. 간호사로 일하며 공부하는 간호학생들이라고 했다.

환영식장 안에는 각 광산의 사장과 광부들, 독일 대통령과 한국 대통령 내외, 두 나라의 정부 요인들이 앉아 있고, 수많은 독일 내외신 기자들도 대기하고 있었다.

"저기, 영부인이 보이네."

"어디, 어디?"

"저기 짙은 오렌지색 두루마기를 입고 앉아 있잖아?"

다들 대통령보다 영부인을 더 좋아하는 것 같았다.

환영식은 양국 국가 연주로 시작되었다. 광부들로 구성된 밴드가 애국가를 연주하자, 모두 우렁차게 따라 불렀다.

"동해물과 백두산이 마르고 닳도록……."

그런데 첫 소절부터 가슴이 콱 막혔다. 얼마 만에 들어보는 애국가

인지. 애국가가 이렇게 가슴에 사무칠 거라고는 생각지도 못했다. 영부인이 손수건을 꺼내 눈물을 훔치는 모습이 보였다. 체육관을 가득 메운 5백여 명의 한국 광부와 간호사, 대통령과 영부인과 수행원이 모두 숙연한 모습으로 울먹이며 애국가를 불렀다.

양국의 국가 연주가 끝나자 독일 광산회사들을 대표해서 함보른 광산회사 사장이 환영사를 했다. 한국말로 통역을 해줬는데, 한 나라의 국가원수가 이곳을 찾아 준 것은 역사적인 일이고 영원히 잊을 수 없을 것이라며 대한민국 광부들의 근면성을 높이 칭찬했다.

한국 대통령의 답사 순서가 되었다. 대통령과 영부인이 자리에서 일어나자 광부와 간호사들이 일제히 태극기를 흔들고 박수를 쳤다. 독일 기자와 한국 기자들이 사진을 찍느라 여기저기서 카메라 플래시가 터졌다. 한국 대통령의 연설이 시작되었다.

"친애하는 대한민국 광부 간호사 여러분, 만리타향에서 고생하고 계신 여러분을 만나니 감개무량합니다."

대통령이 말문을 열자마자 목소리가 갈라졌다. 첫인사만 하고 목이 메는 듯 한참동안 말을 잇지 못했다. 영부인이 또 손수건으로 눈가를 닦았다. 체육관에 모인 사람들도 찬물을 끼얹은 듯 숨을 죽였다. 여기저기서 간호학생들의 흐느끼는 소리가 들렸다. 대통령은 한국 광부들을 둘러보며 다시 입을 열었다.

"여러분, 여러분을 뵈니 내 가슴에서 피눈물이 납니다. 광부 여러분, 만리타향에서 피땀과 눈물로 고생하는 여러분, 우리 후손들한테

/ 눈물바다 \

는 잘사는 대한민국을 물려줍시다. 여러분들의 땀이 헛되지 않도록 나도 열심히……."

또랑또랑하던 대통령의 말소리가 또 갈라지기 시작했다. 영부인은 손수건을 얼굴에서 떼지 못했다. 대통령은 물을 마신 후 목소리를 가다듬고 다시 연설을 이어갔다. 광부들이 고생이 많다며, 함께 열심히 일해서 기필코 잘사는 나라를 후손에게 물려주자고, 대한민국의 위신을 손상시키지 말고, 한국인의 긍지를 살려 모범 일꾼이 되어 달라고 당부했다. 독일의 근면한 국민성과 그 정신을 배우고, 대한민국이 가난한 것을 한탄하지 말고 우리도 잘살 수 있다는 믿음을 잃지 말라고 강조했다. 끝으로 대한민국 광부들이 고국에 돌아왔을 때 독일에서 배운 기술들이 대한민국을 재건하는 데 크게 필요할 것이라며, 독일의 선진기술을 최대한 많이 배워오라고 했다.

뒤이어 한국 광부 대표가 선언문을 읽었다. 광부 대표의 목소리도 몇 번이나 갈라지며 벅찬 감정을 억누르는 기색이 역력했다. 그는 이국땅에서 한국 대통령을 만나니 고국의 가족을 만난 것처럼 기쁘다며, 3년 후에 한국으로 돌아가면 직장을 마련해 달라고 부탁했다. 또 귀국할 때 생필품을 사가고 싶으니 관세를 면제해 달라고, 독일에서 일을 더 하고 싶은 사람에게는 기한을 연장해 달라고 큰 목소리로 요청했다. 이어 다른 나라에서는 노동관을 파견해주는데, 대한민국도 노동관을 파견해달라고 했다.

간호학생들의 환영사가 이어지고, 마지막 꽃다발 증정으로 환영식이 끝났다. 대통령은 일일이 광부들과 간호사들의 손을 잡고 작별인사를 했다. 어린 간호학생들은 영부인이 탄 차에 매달려 마치 친정어머니를 떠나보내듯 눈물로 작별했다. 그들을 바라보는 나도 눈시울이 뜨거웠다.

행사를 마치고 광부와 간호학생들이 다 같이 주차장으로 갈 때였다. 나는 샘골아저씨를 놓칠세라 허둥거리다가 그만 옆에 있는 여학생의 한복 치맛자락을 밟고 말았다.

"어머, 어떡해. 내 치마!"

여학생이 깜짝 놀라 치마 끝을 잡아당겼다.

"아, 미안합니다."

사과를 하는데 여학생과 눈이 딱 마주쳤다. 같은 한국인이라 반가워서였을까. 얼굴이 화끈거리고 가슴도 벌렁거렸다. 무슨 말이든 하고 싶은데 입이 떨어지지 않았다. 샘골아저씨가 재촉했다.

"상우야, 뭐해? 빨리 와!"

머뭇거리는 나를 빤히 쳐다보던 여학생도 화들짝 놀라 일행을 따라갔다.

이튿날 독일의 신문마다 한국 대통령과 함께 울던 광부와 간호학생들의 모습이 실렸다. 혹시 그 여학생 얼굴이 있을까. 눈을 크게 뜨고 찾았지만 사진이 너무 작아 알아볼 수가 없었다. 대통령과 함께 울던 생각에 또 눈물이 나왔다. 눈물을 훔치는 나를 보고 아저씨가 놀리듯 말했다.

"넌 너무 눈물이 많아. 나중에 연애도 못하겠다. 너 같은 울보를 어떤 여자가 좋아하겠냐?"

"아재는 어제 안 울었어요? 모두 다 울먹이던데."

"하긴 다들 대단한 애국자 같았어. 대통령도 눈물을 흘렸으니까."

"광부들의 요구사항을 들어줄까요?"

"그럼, 눈물은 거짓말을 하지 않거든. 함께 울었으니 꼭 들어줄 거다. 우린 남아서 공부할 거니까 반드시 연장이 돼야 해. 독일어 공부도 더 열심히 해야겠다."

그 후부터 아저씨와 나는 틈틈이 독일어를 읽고, 외우고, 서로 외운 단어들을 테스트도 하며 열심히 공부했다.

"아재, 우리 단어 외우기 시합해요."

"에이, 내 머리는 녹슬어서 너를 못 따라갈 거야. 그래도 한번 해볼까?"

아저씨는 절대 무리한 욕심을 내지 않았다. 무슨 일이든지 너무 욕심을 부리면 빨리 싫증이 난다면서 하루에 열 개씩만 외우자고 했다.

"열 개는 너무 적지 않을까요?"

"아니야. 무리하면 힘들어. 열 개만 외워도 한 달이면 3백 단어야. 놀면서 하는 공부도 아니잖아."

우리는 막장에 들어갈 때도 도시락을 챙기듯 단어장을 챙겼다. 밤마다 졸린 눈을 부릅떠 가며 서로 외운 것을 맞춰보고 나서야 잠자리에 들었다. 시합에서 진 사람은 다음 날 도시락 당번을 해야 했다.

별 것 아닌 경쟁인데도 이기는 재미에 외워지는 단어수가 날로 늘었다. 처음에는 하루에 열 개만 완벽하게 외우기도 쉽지 않았는데, 세 달이 지날 무렵에는 어느새 1천 개쯤 되는 단어를 외울 수 있었다.

"야, 드디어 천 개가 넘었어. 천 리 길도 한 걸음부터라고 했잖아. 난 요즘 일을 하면서도 입으로는 독일어를 중얼거려. 상우야, 이제부터 짧은 문장도 하루에 한 개씩만 외우자. 단어 열 개에 문장 한 개. 그리고 주말엔 일주일 동안 외운 거 복습하고."

"좋아요. 아재랑 함께 하니 공부가 재밌어요."

아저씨와 함께 외운 단어장을 보면 얼마나 뿌듯한지 몰랐다.

"상우 넌 대학가면 무슨 공부를 할 거냐?"

"난요, 사범대학에 갈 거예요. 내 꿈이 선생님이거든요."

"그럼 사범대학을 졸업하면 한국에 가서 선생님이 되겠구나."

"아재는 대학가면 어떤 공부를 할 거에요?"

"난 공과대학에 가고 싶어."

"근데 아재 공부할 동안 아주머니랑 아기는 어떡해요?"

"내가 더 열심히 벌어야지. 참, 곧 둘째가 태어날 거야."

"우와, 그럼 내 조카가 둘이 되네요. 언제 태어나요?"

"지금 일곱 달쯤 되었을 거야. 두어 달 후면 출산을 하겠지."

아저씨의 얼굴에 환한 웃음이 번졌다가 이내 염려로 바뀌었다.

"혼자서 애기 낳고 키우려면 많이 힘들 텐데……."

다섯 번째 월급을 타던 날이었다. 아저씨가 싱글벙글하며 나에게

/ 눈물바다 \

달려왔다.

"오늘 알아보니까 3개월 치 월급을 미리 대출도 해 준대. 나도 대출을 받아서 보내야지. 그 정도면 빚도 갚고 둘째 낳아 키우는 데 부족하지 않을 거야."

샘골아저씨의 말에 나도 귀가 번쩍 뜨였다. 6백 마르크씩 세 달치를 한꺼번에 받으면 무려 1천 8백 마르크였다. 그 돈이면 한국에서 어미 소를 두 마리나 사고도 남을 액수였다.

나도 아저씨와 함께 세 달치 월급을 대출 받아서 한국으로 보냈다. 큰돈을 받고 좋아할 부모님과 식구들을 생각하니 고달픈 막장생활도 위로가 되었다. 샘골아저씨는 돈을 부친 후 날마다 둘째가 태어날 예정일을 손꼽아 기다렸다.

"아들일까, 딸일까? 첫째가 아들이니까 딸이면 좋겠는데."

"태몽은 안 꿨어요? 태몽을 보면 아들인지 딸인지 안다던데."

드디어 한국에서 딸을 낳았다며 사진을 보내왔다. 아저씨는 사진을 얼굴에 대고 '아가야, 아가야, 내가 네 아빠야' 하면서 입을 맞췄다.

"상우야, 이 눈 좀 봐. 벌써 또랑또랑한 게 코도 오뚝하고 너무 예쁘지?"

내가 보기엔 갓난아기 사진이라 신기하게만 보였다.

"아재, 아기가 크면 나한테 삼촌 삼촌 하고 부르겠죠? 생각만 해도 진짜 귀여울 것 같아요."

내 말에 아저씨가 사진에 대고 말했다.

"아가야, 삼촌이랑 인사할래? 삼촌 안녕. 아빠는 삼촌이랑 함께 일한단다. 우리 아가, 아빠가 돌아갈 때쯤이면 말도 하고 재롱도 피우겠지? 아가야, 잘 자라야 해."

아저씨는 머리맡에 사진을 붙여놓고 아침저녁으로 들여다보며 아침엔 잘 잤느냐고 묻고, 저녁엔 잘 자라고 말했다.

그렇게 아기사진을 받은 지 열흘 후에 샘골아저씨는 사고를 당해 세상을 떠났다. 사고를 당하던 순간에도 아기를 생각했을 텐데 어떻게 눈을 감았을까. 나는 아저씨가 이 세상을 영원히 떠나는 날 아저씨의 품에 아기 사진을 넣어 주었다. 숨을 거두는 순간에도 내게 꼭 꿈을 이루라고, 자기가 없어도 포기하지 말고 공부를 계속하라고 당부하던 모습을 생각하면 가슴이 찢어지는 듯 아팠다.

나는 아저씨를 보낸 후부터 아무것도 할 수 없었다. 독일어 사전만 보면 아저씨가 생각나서 눈물부터 나왔다. 아빠 얼굴도 모르고 태어난 아저씨의 딸을 생각하면 가슴이 먹먹해졌다. 더 견디기 힘든 것은 계속 끔찍한 꿈을 꾸는 일이었다. 꿈속에서 황망하게 치켜뜬 아저씨의 눈동자 속으로 내가 빨려 들어가는 끔찍한 장면은 생각만 해도 등줄기에 식은땀이 솟았다.

"아저씨가 아직도 네 주변을 맴도는 건 네가 너무 나약해서 그래. 군대까지 다녀왔는데 무섭긴 뭐가 무섭냐? 사내자식이 꼭 어린애처럼."

황수형은 내가 악몽을 꿀 때마다 놀리는 건지 위로를 하는 건지 그렇게 말했다.

눈물바다

"형이 몰라서 그래. 꿈에 나타난 아저씨 모습이 얼마나 끔찍한지 몰라."

"얼른 털어버려. 자꾸 생각하니까 그런 거야."

황수형 말대로 된다면 얼마나 좋을까. 아저씨와 나는 좋은 추억도 많은데 왜 하필이면 그 끔찍한 마지막 모습만 보이는지. 매번 똑같은 그 꿈이 원망스러웠다.

황수형은 쉬는 날만 되면 같이 여행 가자고 졸랐다. 자전거를 팔고 중고차를 산 지 한 달 밖에 안 된 사람이 쉬는 날마다 차를 몰고 나갔다. 지난주에는 접촉사고가 났는데 말이 통하지 않아 억울하게 당했다며 투덜거렸다.

"내일은 무조건 나랑 갈 데가 있어. 가서 아저씨의 망령을 바람처럼 날려 보내는 거야. 자, 내일을 위해 오늘은 푹 자자."

"어디 갈 건데?"

"그냥 믿고 따라와. 그동안은 네가 나보다 독일어를 좀 하니까 써먹을 데가 있을까 해서 널 데리고 다녔는데, 내일은 진짜 널 위해서 가는 거야."

"거기가 어디냐니깐?"

"미리 말하면 재미없어. 자, 불 끈다."

형이 불을 끄고 자리에 누웠다. 도대체 어딜 가자는 걸까. 더 물어도 알려줄 것 같지 않아 나도 눈을 감았다. 샘골아저씨의 망령을 날려 보낼 곳이 도대체 어딜까.

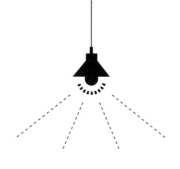

무한질주

이튿날 아침을 먹자마자 황수형은 차를 닦았다. 형은 옷차림보다 차에 더 신경을 썼다. 흙이 조금만 묻어도 걸레로 닦고 광을 내고 먼지를 털었다.

"야, 어때? 번쩍번쩍 광 잘 나지? 자, 어서 타."

형이 차 문까지 열어 주었다.

"어디 가는 거야?"

"아, 그냥 타라니까. 가 보면 알 거 아냐?"

형은 운전석에 앉자마자 음악을 틀었다. 나는 들어본 적도 없는 경쾌한 팝송이었다. 탄광지대는 도로도 검은 색이었다. 오랜 세월 석탄재가 다져진 탓이었다. 시내를 벗어날수록 길이 점점 넓어졌다. 얼마쯤 달리자 시야가 탁 트인 직선 도로로 접어들었다. 넓고 곧게 뻗은 도로는 끝이 보이지 않았다. 길 양쪽에 우람한 가로수들이 마치 중세의 기사처럼 우리를 호위하듯 늘어서 있었다. 어느새 나뭇잎들은 진초록으로 바뀌어가고 있었다.

큰 도로로 나오자마자 형이 가속 페달을 밟았다. 갑자기 몸이 뒤로 확 젖혀졌다.

"형, 너무 빨리 달리는 거 같아. 위험하지 않을까?"

"너 남자 맞냐? 그렇게 소심하니까 툭하면 울기나 하고, 악몽이나 꾸고. 여긴 말야, 천천히 달리면 사고 나는 아우토반이야. 원래 이 도로는 속도 제한 없이 맘껏 달리라고 만든 도로라고. 무한질주! 남자에게 딱 어울리는 말 아니냐? 자, 더 밟는다. 안전벨트 잘 맸지?"

나는 너무 긴장되어 대답도 못 하고 고개만 끄덕였다. 형은 아무렇지도 않아 보였다. 이 도로는 대체 어디까지 이어지는 걸까. 이왕 따라 나왔으니 형이 이끄는 대로 가 보기로 했다.

"히틀러가 한 일 중에 이거 하나는 참 잘 만들었단 말이야."

"히틀러? 나치 독일의 히틀러?"

"그래. 히틀러가 이 아우토반을 만들었대."

"그럼 히틀러도 형처럼 달리는 걸 좋아했나 보네."

"그게 아니고, 이 길을 만들어 전쟁에 이용했대. 낮에는 독일군들을 이 끝에서 반대쪽으로 이동시키고, 밤에는 다시 반대쪽에서 이쪽으로 이동시켰지."

"왜?"

"왜긴? 연합군한테 속임수를 쓴 거지. 독일 군사가 많게 보이려고."

"그래도 연합군에게 졌잖아."

"졌지."

"왜 진거야?"

"아 뭘 그렇게 꼬치꼬치 물어. 암튼 독일 사람들은 전쟁에 지고도 잿더미에서 라인강의 기적을 이뤘다고 하잖아. 너도 학교에서 배웠지?"

"응, 배웠어. 절약정신이 강해서 성냥불도 여럿이 모였을 때 켠다는 얘기."

"그래서 이렇게 공업선진국이 된 거지. 그러니까 우리가 한국에서 독일까지 일하러 온 거고. 암튼 중요한 건 내가 일부러 너를 여기로 데려왔다는 거야. 신나게 달릴 테니까 기분 좀 내."

"알았어."

내 대답에 힘이 없었다. 형도 그걸 금세 느낀 것 같았다.

"야, 돈을 왜 버냐? 신나게 쓰라고 버는 거잖아. 인생 별 거 있어? 그냥 즐기는 거라고. 죽음이 왔다 갔다 하는 막장에서 번 돈인데 내가 즐겁게 써야지. 안 그러면 억울하잖아? 넌 돈을 벌어서 다 한국으로 보내니까 허탈해서 더 우울한 거야."

"아냐, 형. 난 내 힘으로 우리 집을 일으켜 세우고 싶어. 그래서 돈을 보내는 걸 보람으로 여기는 걸. 하지만 아저씨가 떠난 뒤부터 가슴 한쪽이 떨어져 나간 것 같고, 나 혼자 사막에 버려진 것 같기도 하고, 내 꿈이 산산조각 난 것 같고, 공부도 안 되고, 뭐라고 한 마디로 말할 수가 없어. 형처럼 살고 싶지만 난 그게 안 돼."

/ 무한질주 \

"공부, 공부 하지 마. 공부밖에 모르는 애들 재수 없어. 인간미가 없다니까. 다 지들이 최곤 줄 알고. 야, 인생이 얼마나 다양하고 멋진지 아냐?"

날마다 땅속에서 석탄을 캐다가 쭉쭉 뻗은 아우토반을 씽씽 달리니 나도 어느새 가슴이 시원해지는 것 같았다.

"형이 가자는 곳이 여기였어?"

"그래, 어떠냐? 속이 좀 후련하냐?"

"응, 후련하긴 하네."

"그럼 됐어. 너 그만 우울해 하라고 일부러 신나게 달려 본 거야. 그 아저씨에 대한 안 좋은 기억도 바람처럼 날려 보내라고."

황수형이 진짜 형 같을 때도 있다니. 나를 생각해주는 황수형의 마음이 느껴져서 금세 코끝이 시큰했다. 가로수들이 두 개 세 개로 겹쳐 보였다.

"야, 울보 박상우! 너 또 우냐? 난 심각한 건 질색이야. 기껏 기분 풀어 줬더니 왜 또 눈물을 글썽거려? 네가 얼른 악몽에서 벗어나야 나도 편히 잘 거 아니야. 그러니까 오늘은 마음의 짐을 다 내려놓고 그냥 즐기자. 알았냐?"

형이 숙소에 차를 놓고 라인강변을 걷자고 했다. 강변에는 자전거를 타는 사람들, 유모차를 끄는 엄마들, 정답게 손을 잡고 산책하는 노부부들이 있었다. 다들 여유롭고 즐거워 보였다. 우리는 강변의 작은 식당에 들어가 창가에 자리를 잡았다.

형은 앉자마자 맥주를 시켰다.

"너, 이거 마셔본 적 없지?"

형이 커다란 맥주잔을 내 앞에 놓으며 물었다.

"독일 사람들은 이게 물이야. 자, 마셔 봐."

나는 주는 대로 맥주를 받아 마셨다. 빈속에 술이 들어가서인지 뱃속이 찌르르 했다. 형은 맥주를 물처럼 단숨에 쫙 들이켰다.

"사실 예전에 너 막장 안에서 독일어 공부하는 거 보고 좀 재수 없었던 거 알아? 물론 내가 그 덕을 좀 보긴 했지만. 공부 말고도 세상엔 할 게 많다고. 연애도 하고, 여행도 다니고, 멋진 추억을 만들어야 한단 말이야. 난 한국에서 다 해 봤어. 더 새로운 걸 찾아서 독일에 온 거지. 너도 인생을 좀 즐겨. 간 사람은 간 거고 산 사람은 살아야 할 거 아니냐고! 내 말 알겠어?"

연거푸 세 잔을 단숨에 비운 형은 점점 말이 많아졌다. 목소리도 점점 커졌다. 얼굴이 벌게진 형이 자리에서 벌떡 일어나더니 내 등을 탁 치며 말했다.

"야, 오늘 밤에 춤추러 갈까? 난 여러 번 가 봤어. 독일 여자들 말야. 한국 남자 좋아하는 애들 많아."

식당 안에 있는 사람들이 우리를 쳐다봤다. 물론 독일 사람들이 형이 하는 한국말을 알아듣진 못했겠지만, 나는 왠지 얼굴이 붉어졌다. 속이 울렁울렁하고 머리도 어질어질했다. 당장이라도 토할 것 같았다.

/ 무한질주 \

"형, 미안한데 나 먼저 들어갈게. 속이 안 좋아서 그래."

"짜식, 샌님이 따로 없어요. 그래, 먼저 들어가라. 난 혼자서라도 신나게 즐길 거야. 그리고 부탁인데 내일부턴 그 아저씨 그만 생각해. 네 인생을 살란 말이야 인마!"

나는 비틀거리며 일어나서 고개를 끄덕이고 식당을 나왔다. 하늘이 빙빙 도는 것 같고 발걸음도 구름 위를 걷는 것 같았다. 숙소로 돌아와 한동안 멍하니 앉아 있었다. 자꾸만 머리가 어질어질했다. 그대로 자리에 누웠다.

얼마나 잤을까. 목이 타서 눈을 떴더니 한밤중이었다. 형은 아직도 돌아오지 않았다. 물을 벌컥벌컥 마셨다. 샘골아저씨 꿈을 꾸지 않은 게 다행이었다. 다시 자리에 누우려는데 문득 아저씨의 마지막 말이 떠올랐다.

'내 몫까지 꿈을 이뤄라.'

그 순간 뒤통수를 탁 치는 느낌이 들었다.

'아, 아재는 내가 마지막 부탁을 저버리고 나약하게 사는 걸 일깨워 주기 위해 밤마다 찾아온 거야. 그랬던 거야. 내가 정신을 못 차리는 게 문제였어!'

나는 벌떡 일어나 독일어 사전을 꺼냈다. 노트와 연필을 준비하고 책상에 앉았다. 마음을 다잡으며 사전을 펼쳤다. 아저씨와 함께 외웠던 단어들을 하나하나 되짚으며 앞으론 절대로 울지 않겠다고 다짐할 때였다.

밖에서 황수형의 혀 꼬부라진 소리가 들렸다.

"상우야, 나 왔다. 한바탕 놀려고 했는데 말야. 자꾸 네 생각이 나는 거야. 나도 모르겠다. 자꾸 네가 걸리더란 말이지. 야, 이거 뭔 줄 아냐? 너 몸보신 시키려고 이 형님이 신경 좀 썼다. 암, 내가 챙겨야지. 그럼, 그럼."

형이 커다란 봉지를 들고 비틀거렸다.

"나와서 이거 받아. 내가 특별식을 만들어 줄게. 얼른 따라와!"

취사장으로 가는 형의 발걸음이 금방이라도 쓰러질 것 같았다. 나는 얼른 형의 손에서 봉지를 받아 들었다. 꽤 묵직했다.

공동취사장은 늘 여러 나라의 광부들로 왁자지껄했다. 오늘처럼 쉬는 날엔 낮과 밤이 따로 없었다. 각 나라마다 요리도 다양해서 이태리 요리, 프랑스 요리, 그리스 요리, 터키 요리, 스페인 요리, 포르투갈 요리까지, 취사장 안에 온갖 향신료 냄새가 가득했다.

봉지에는 돼지족발이 들어 있었다.

"야, 박상우, 요리는 네가 해라. 이거 그냥 푹 삶기만 하면 돼. 난 좀 쉬어야겠다. 파도 사왔으니까 함께 넣고 푹 익히기만 하면 돼."

독일 음식이라곤 소시지만 먹던 나는 돼지족발을 보고 깜짝 놀랐다.

"형, 비싼 족발을 어디서 사 왔어?"

"다 방법이 있지. 어서 삶아서 영양보충 좀 하자. 나 들어간다."

나는 족발을 손질해서 찜통에 넣고 가스 불을 켰다. 밤참을 준비하러 온 다른 나라 광부들이 족발을 보고 얼굴을 찡그렸다. 나를 위해 족발까지 사오다니 생각할수록 형이 고마웠다.

내가 밥맛이 없는 것은 우울증도 있었지만, 밥과 김치를 먹을 수 없기 때문인지도 몰랐다. 이곳에서는 쌀도 한국 쌀과 달라서 불면 날아갈 것처럼 푸슬푸슬했다. 김치가 먹고 싶어서 양배추를 사다가 고춧가루로 버무려 김치 흉내를 냈지만 한국의 김치 맛은 아니었다. 양배추 버무린 것을 김치 삼아 고추장에 밥을 비벼 먹는 게 여기서 느낄 수 있는 유일한 한국의 맛이었다.

족발을 삶는 동안 구수한 냄새가 취사장에 진동했다. 다 익은 족발을 건져 방으로 가져오니 황수형이 숙소에 있는 다른 한국 광부들을 우리 방으로 불러들이는 중이었다.

"아니 어쩐 일이야? 무슨 좋은 일이라도 있어?"

"어서 오세요. 비실비실하는 상우 녀석 몸보신 좀 시키려고 족발을 삶았어요. 함께 드세요. 많이 삶았거든요."

형의 말대로 둘이 먹기엔 너무 많았다. 평소답지 않게 사근사근한 형의 모습에 처음에는 의아해 하던 사람들이 금세 군침을 삼키며 모여들었다.

"야, 역시 황소라서 달라. 배짱도 인정도 황소만큼 두둑하단 말야."

한국 광부들은 형을 체격이 크고 남자답다고 황소라고 불렀다. 물론 욱하면 아무나 들이받는 성격 때문이기도 했지만.

족발을 썰어놓으니 웬만한 잔칫집처럼 푸짐했다.

"야, 맛있겠다. 돼지고기를 많이 먹어야 폐에 쌓인 석탄분진이 빠져나간대. 자, 어서 먹자구. 술이 없는 게 아쉽네."

"아! 새우젓이 있었으면 금상첨화일 텐데, 소금이라도 있으니 다행이야."

황수형이 가장 맛있어 보이는 족발을 집어 내게 내밀었다.

"상우야, 이건 너 먹어. 이거 먹고 살도 좀 찌고, 얼른 기운 내서 나랑 같이 슈템펠 작업 하자."

족발을 받아드는데 가슴이 울컥하며 눈시울이 뜨거워졌다.

"너 또 울면 이 형한테 맞는다!"

"그래, 어서 받아. 황소한테 받히면 큰일이지. 자, 어서 먹어라."

한국 광부들끼리 족발을 뜯으며 오랜만에 시끌벅적했다.

"독일 사람들도 학센이라는 족발 요리가 있긴 한데, 우린 구경도 못할 정도로 비싸대. 그러니 우린 그냥 싼값에 사다 삶아 먹는 것만도 감지덕지."

"독일 사람들은 내장도 안 먹는대. 우리는 없어서 못 먹는데 말이야."

"잘됐지요. 값이 비싸면 우리가 어떻게 사 먹겠어요? 특히 광부들은 돼지고기를 많이 먹어야 한다니 값이 싼 족발이라도 자주 사다 삶아 먹읍시다."

"그래요. 지난번에 우린 마늘 넣고 닭백숙을 해 먹었다가 막장에서 다 쫓겨났어요."

"왜요?"

"왜긴? 마늘 냄새 때문이지. 독일 사람들 노린내는 얼마나 심한데, 똥 묻은 개가 겨 묻은 개 나무란다더니 딱 그 짝이지 뭔가!"

"그러게 말입니다. 난 노린내가 얼마나 고약한지 모르겠더만."

"그 뒤로 글쎄 마늘을 안 넣고 백숙을 했더니 아무 맛도 없어."

"유학생들한테 들었는데 강의실에서도 마늘 냄새 풍기는 학생을 교수가 쫓아낸대. 그 정도로 독일 사람들은 마늘 냄새를 싫어한다네."

족발을 안주 삼아 떠들썩한 광부들의 넋두리를 듣고 있던 황수형이 완전히 술이 깬 목소리로 말했다.

"그게 바로 문화 차이예요. 동양 사람은 서양 사람들의 노린내가 싫고, 서양 사람들은 동양 사람들의 마늘 냄새가 지독하다고 하고. 그건 누가 좋고 나쁘고의 차원이 아니죠. 그냥 서로 문화가 다른 거니까."

황수형이 웬일로 전혀 딴사람처럼 똑부러지게 말했다. 형의 말에 모두들 입을 다물었다.

나는 오랜만에 사람들과 함께 배가 잔뜩 부르도록 족발을 맛있게 먹었다. 광부들이 자기 방으로 돌아가면서 한마디씩 던졌다.

"배에 기름칠을 했더니 금세 기운이 솟는 것 같네. 고마워, 황소!"

"황소가 겉은 무뚝뚝한 것 같아도 속정이 깊어. 상우야, 네 덕에 우리가 포식했다."

"잘 먹었네. 고마워."

"고맙긴요. 앞으로도 쉬는 날 족발 파티 해요. 비싸지도 않으니까
요."

"그러게. 가끔 이런 재미라도 있어야지."

나는 족발을 먹고 난 후부터 입맛도 찾고 기운을 차려서 슈템펠 작
업을 시작했다. 처음엔 하루에 50개로 출발했다. 내 몸무게의 두 배
도 넘는 슈템펠을 세우려니 첫날은 지구를 들어 올리는 것만큼 무거
웠다. 간신히 들어 올릴 때면 다리가 발발 떨렸다. 쇠기둥을 끌어안
고 이리 비틀 저리 비틀 하다가 수도 없이 넘어졌다. 그때마다 온몸
이 만신창이가 되었다. 작업화가 아니었다면 발등을 짓찧어 너덜너
덜해질 것 같았다. 작업용 장갑을 꼈는데도 손바닥에 마찰이 심해서
피부가 벗겨질 것처럼 아팠다. 비 오듯 쏟아지는 땀 때문에 미끄러워
서 더 힘들었다.

하지만 힘들다고 하소연할 수도 없고, 도와달라고 도움을 청할 수
도 없었다. 슈템펠을 세우지 못하면 천장이 무너지고, 천장이 무너
지면 광부들이 돌더미에 묻혀 생명이 위험했다. 살기 위해 세워야 하
고, 살기 위해 세운 기둥을 다시 빼야했다. 끊임없이 반복하며 세우
고 또 세우고, 세운 것을 빼서 그 앞에 또 세웠다.

호벨은 나와 상관없이 굉음을 내며 탄층을 파들어 갔고, 받쳐야
할 천장의 면적은 점점 넓어졌다.

황수형은 하루에 80여 개의 슈템펠을 세웠다.

"꼭 돈 때문만은 아니야. 내 힘, 내 능력, 내 자존심을 위해서지.

/ 무한질주 \

독일놈들보다 못할 게 없다는 걸 보여주고 싶거든."

　나는 형이 돈에 연연하지 않는 것도, 독일 광부들과 견주어 뒤지지 않는 힘을 가진 것도 진정으로 부러웠다. 내겐 50개도 너무 벅찼다. 샘골아저씨는 이렇게 무거운 걸 세우면서 어떻게 단어를 외웠을까? 그래도 끝없는 반복은 곧 익숙함이라는 선물을 가져다 주었다. 어느덧 나도 요령이 붙어 한 달쯤 후부터는 60개나 세울 수 있었다. 틈틈이 쉬는 시간마다 독일어 사전을 들춰 볼 수 있는 여유도 생겼다.

　슈템펠을 세우기 시작하면서 몸에 걸친 옷조차 거추장스러웠다. 팬티만 입고 있어도 작업화 속에 고인 땀을 수시로 쏟아내야 했다. 독일 광부들은 팬티만 걸치고 일하는 나를 보고 체격이 작다고 비웃었다. 세상에서 가장 천한 직업이 막장 광부인데, 멀고 먼 아시아에서 독일까지 광부가 뭐가 좋아서 왔느냐고 비아냥거렸다.

　나는 이를 악물고 내가 정한 목표를 채웠다. 악착을 떨지 않으면 살아남을 수가 없었다. 한국 광부들은 모두 돈을 더 벌기 위해 목표를 높게 잡고, 연장근무도 마다하지 않았다. 성실과 억척으로 버티는 한국 광부들의 모습에 처음에 비웃던 독일 광부들도 달리 보기 시작했다. 쉬는 시간에 석탄가루로 범벅이 된 책을 꺼내 읽는 나를 보며 엄지손가락을 치켜드는 독일 광부들도 늘어났다.

　슈템펠을 세우기 시작한 지 두어 달쯤 지났을 때였다. 황수형이 목욕탕에서 면도날을 손에 든 채 급히 나를 불렀다. 손에 피가 묻어 있었다. 나는 가슴이 철렁해져서 달려갔다.

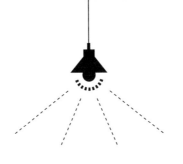

석탄문신

"아이, 씨. 잘 안 된다. 네가 좀 해봐."

형이 손가락에 피를 묻힌 채 작은 손거울을 들고 큰 거울에 비친 자기 몸을 살피느라 S자로 꼬고 있었다.

"왜 그래, 형! 웬 피야? 베었어?"

"아니. 여기 이거 말야. 보이지? 석탄가루가 들어가서 뽈록 튀어나 온 거. 그거 싹 도려내고 싶은데 잘 안 보여서."

형은 오른쪽 어깨 바로 아래 팔뚝 뒤에 크게 생긴 석탄문신을 빼느라 애를 먹고 있었다.

"어휴, 형. 그걸 어떻게 도려내? 아프지도 않아? 이 피 좀 봐."

"괜찮아. 이 면도칼 끝으로 살짝 상처만 내. 수영장 가면 너무 흉해서 그래."

"난 못하겠어. 그리고 상처가 생기면 거기에 석탄가루가 더 달라붙을 텐데 그럼 오히려 석탄문신이 더 커진단 말야."

"나중엔 커지더라도 상관없어. 이번 주말에 독일 여자애들이랑 수영장에 놀러가기로 했거든."

"독일 여자?"

"너도 갈래?"

"아냐, 난 수영도 못하는걸."

형은 수영장 생각에 금세 싱글벙글 했지만, 나는 석탄문신을 빼내겠다고 면도날로 상처를 내는 형을 보니 새삼 광부의 설움에 울컥 목이 멨다. 막장에서는 더위 때문에 팬티만 입고 억척스럽게 일을 하니 온몸에 상처가 끊일 날이 없었다. 날카로운 호벨의 톱날에 석탄층이 무너지면서 돌덩어리 파편과 석탄 부스러기가 사방으로 튀었다. 그것들이 예리한 화살촉처럼 맨살을 마구 공격했다. 공격의 강도는 산탄총 총알만큼이나 강했다. 피부에 상처가 생기고, 피가 나고, 그 위에 석탄가루가 덮이고, 다시 상처가 나는 악순환이 반복되면서 온몸에 석탄가루가 덧칠하듯 달라붙어 굳은살처럼 되었다. 막장에서 나와 샤워를 할 때면 피부 속으로 들어가 버린 석탄가루를 빼내려고 피가 나도록 박박 문질렀지만, 살갗만 아플 뿐 석탄문신은 살 속으로 더 파고들었다. 몸집이 큰 황수형은 석탄문신도 더 많아서 샤워할 때마다 투덜거리더니 결국 오늘 몸에 면도날을 댄 것이다.

나는 면도날을 쥐자마자 손이 덜덜 떨렸다.

"형, 난 진짜 못 하겠어."

"야, 살짝 상처만 내면 된다니까. 그냥 스치기만 하라고."

"안 돼. 난 못 해."

"아, 정말 미치겠다. 그럼 이 거울로 여기 좀 비춰 봐."

황수형은 기어이 석탄문신이 있는 팔뚝에 상처를 냈다. 하지만 빼내려는 검은 석탄가루는 나오지 않고 빨간 피만 주르르 흘렀다.

"여기를 양쪽에서 꼭 눌러 짜내 봐."

형은 두 눈을 꼭 감고 이를 악물었다. 나는 상처에서 고름을 짜 내듯 두 손으로 꼭 눌렀다. 석탄가루가 쑥 빠져나오길 빌었지만 계속 피만 나왔다. 형은 안타까워하며 더, 더, 더 짜내라고 졸랐다.

"소용없어. 아까운 피만 나와. 그만 해."

나는 피 묻은 손을 닦았다. 형은 계속해서 투덜거렸다.

"난 나중에 수술이라도 해서 이놈의 문신들을 다 빼내고 말거야. 나 같은 몸짱한테 이게 뭐냐? 수영장 가서 근육 자랑 좀 하려고 했는데 이놈의 석탄가루 땜에 다 망했어."

형이 거울에 몸을 비춰 보며 알통을 부풀렸다. 떡 벌어진 어깨가 대들보만큼 든든해 보였다. 하지만 팔뚝 위에 불뚝 솟은 알통도 숯가루를 뿌려 놓은 것처럼 거무튀튀했다.

"상우야, 내 등은 어때? 등에도 팔뚝처럼 석탄문신이 많냐?"

운동장만큼이나 넓은 형의 등짝에는 큼직큼직한 문신도 많고, 분무기로 검은 물감을 뿌린 것처럼 등 전체가 거무죽죽했다.

"있긴 있는데. 별로 많진 않아."

사실대로 말할 수가 없었다. 형이 고개를 외로 꼬고 등짝을 거울에 비춰 보려고 몸을 뒤틀었다. 하지만 다행히 워낙 체격이 커서 다 보이지 않았다.

"형, 보이지 않는 곳에도 신경 좀 써."

"코담배 말이야?"

나는 격하게 고개를 끄덕였다. 코담배는 폐와 기관지에 쌓인 석탄 분진을 빼내는 유일한 도구였다. 가루로 된 코담배를 코에 넣으면 점막을 자극해서 재채기가 나오는데, 재채기의 속도가 시속 2백에서 3백 킬로미터나 된다고 했다. 그 엄청난 속도의 힘으로 기관지나 폐 속에 쌓였던 석탄분진이 콧물과 함께 몸 밖으로 빠져나오는 것이다. 더럽고 지저분한 방법이지만 그렇게라도 몸속에 들어간 석탄가루를 빼내야 했다. 그게 더럽다고 코담배를 사용하지 않는 게 더 큰일이라는 걸 모르지 않을 텐데, 겉모습만 가지고 전전긍긍하는 형을 이해할수 없었다.

"형, 석탄가루가 폐 속에 들어가서 굳으면 진폐증이 된다잖아. 예비교육 때 안 배웠어?"

"배우긴 했는데, 그건 나중 일이고 지금 당장이 중요하단 말이야. 게다가 코담배는 정말 너무 더러워. 아 생각만 해도 지저분한데, 할수 없이 나도 쓰긴 써야겠지?"

"당연하지. 더러워도 그걸 빼내지 않으면 폐에 덕지덕지 들러붙어서 결국은 폐가 돌처럼 딱딱하게 굳어 버린다잖아. 나중에 산소통달고 사는 것보다 더러운 게 낫지."

"그래. 네 말이 맞아. 근데 난 담배도 안 피는데 코담배를 코에 넣으려니까 진짜 너무 끔찍해."

"재채기 할 때 빠져나오는 시커먼 석탄가루 봐봐. 그게 몸 안에 켜켜이 쌓인다고 생각하면 더 끔찍하잖아."

"그래, 그래. 알았다, 알았어. 이럴 때는 상우 네가 형 같다니까."

황수형이 졌다는 듯이 고개를 끄덕였다. 숨이 턱턱 막히는 막장에서 일을 하다보면 코도 석탄가루로 금세 막혔다. 입안도 돌가루와 석탄가루로 버석거렸다. 피부에 묻는 석탄가루는 박박 씻으면 된다지만, 몸속으로 들어가는 석탄가루는 숨을 쉴 때마다 폐와 기관지를 위협했다. 마스크가 있어도 막장의 온도가 높아 도저히 쓸 수가 없었다.

형이 면도날로 벤 상처에 연고를 바르고 반창고를 붙이며 물었다.

"너 진짜 나랑 여행 안 갈래?"

"형, 난 나중에 다닐래. 지금은 형편이 안 돼."

"야, 일벌레처럼 일만 해서 뭐하냐? 맨날 지하에서 두더지처럼 일하니까 가끔은 지상의 생활도 즐겨줘야 한단 말야. 다음번엔 꼭 나랑 같이 가자."

"알았어."

나는 건성으로 대답했다. 슈타이거에게 연장근무를 시켜 달라고 특별히 부탁해 놓았다는 말은 하지 않았다. 어떻게 사는 게 잘 사는 건지 가끔 형을 보면서 갈등을 느낄 때도 있기는 했다. 그러나 형과 나는 자라 온 환경부터가 달랐다. 가난해 보지 않은 사람이 가난한 사람의 절박함을 모르는 게 당연했다.

월급을 타는 날이면 힘들어도 열심히 일한 보람이 있었다. 가족들에게서 온 편지는 내가 번 돈으로 우리 집 형편이 점점 나아지고 있다고 했다. 형님은 내가 보낸 돈으로 낡은 초가집을 헐고 새집을 지을 거라고 했고, 어머니는 내가 귀국하면 새집에서 장가를 들일 거라며 좋아한다고 했다. 고향에서 오는 편지를 읽을 때마다 내 힘으로 우리 식구가 가난에서 벗어날 수 있다는 자신감이 생겼다.

'슈템펠 개수를 좀 늘려야겠어. 집을 지으려면 돈이 많이 들어갈 텐데 내가 벌 수 있을 때 좀 더 벌어야지.'

슈템펠 작업은 개수에 따라 돈을 받았다. 개수를 늘리면 힘은 들어도 그만큼 돈을 더 벌 수 있어서 악착같이 일을 했다.

황수형이 휴가를 받아 여행을 떠난 후, 며칠 간 혼자 지냈다. 혼자 있으니 늦게까지 공부할 수 있었다. 형이 있을 땐 밤늦게 불을 켜 놓는 것도 눈치가 보였다. 그 때문에 내가 밤번을 선택한 것이었다. 늦게까지 공부하다가 잠깐 눈을 붙였는데, 한동안 꾸지 않던 그 꿈을 또 꾸었다.

여전히 똑같은 꿈이었다. 깜깜한 막장에서 샘골아저씨를 부르다가 소스라쳐 눈을 떴다. 온몸이 식은땀으로 흠뻑 젖어 있었다. 시계를 보니 출근시간에 30분이나 늦어 버렸다. 아침만 겨우 먹고 도시락도 챙기지 못하고 허겁지겁 출근을 했다.

탄광에 도착해서 부랴부랴 옷을 갈아입고 물만 챙겨 겨우 엘리베이터를 탈 수 있었다. 막장으로 내려가는 동안에도 꿈에 본 샘골아저씨의 황망한 눈동자가 어른거렸다. 휴식시간에조차 꿈 생각이 나서 혹시 탄광이 무너지는 게 아닐까 조마조마했다. 점심을 싸오지 못해서 물로 허기를 채우고 슈템펠 작업을 할 때였다.

/ 석탄문신 \

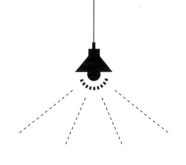

살려주세요!

망치로 쐐기를 치는 순간 몸이 휘청했다. 슈템펠이 쓰러지는 방향을 정확히 예측해서 돌더미가 무너지는 반대 방향으로 몸을 피해야 하는데, 그만 균형을 잃고 말았다. 쇠기둥이 빠지면서 천장에서 돌덩이가 와르르 무너졌다. 나도 돌더미와 함께 쓰러졌다. 눈 깜짝할 순간이었다.

"아아악! 살려주세요!"

옴짝달싹 할 수가 없었다. 눈앞이 캄캄했다. 아무것도 보이지 않았다. 순간 꿈에 본 샘골아저씨의 얼굴이 퍼뜩 떠올랐다. 그때부터 바위 같은 공포가 밀려오기 시작했다.

"사람 살려! 살려주세요!"

'샘골아재, 안 돼요. 죽기 싫어요. 아재, 살려주세요.'

눈앞에 샘골아저씨의 모습이 자꾸만 어른거렸다. 꿈에서처럼 목소리가 밖으로 터져 나오지 않았다. 죽을 힘을 다해 소리쳤다. 소리치는 일밖에 아무것도 할 수 없었다.

"살려주세요! 사람 살려!"

귀에 내 목소리만 아련하게 들렸다. 온몸이 덜덜 떨리고 이가 딱딱 부딪혔다. 찌는 듯한 막장 속에서 두려움 때문에 몸이 떨리다니. 정신이 점점 아득해졌다.

'이대로 죽는 걸까. 아, 어머니, 난 살아야 해요. 제발 살려주세요. 살려주세요. 살려주······, 살려······, 살······.'

얼마나 시간이 흘렀을까. 웅얼웅얼 희미한 소리가 들렸다. 정신을 차리려고 애를 썼다.

"상우야, 정신 차려!"

설마 샘골아저씨가 나를 부르는 건 아닐까. 그래서 아저씨가 꿈에 보였던 걸까. 내가 살았을까 죽었을까. 걷잡을 수 없는 죽음의 공포가 온몸을 휘감았다.

'아, 나도 아저씨처럼 이렇게 죽는걸까. 아아, 어머니.'

지난 일들이 눈앞에서 가물가물 스러졌다. 어머니와 가족들의 얼굴도 스쳤다. 점점 가슴이 답답해졌다. 연탄가스를 마셨을 때처럼 아주 깊은 곳으로 몸이 가라앉았다. 여기가 어딜까. 정신이 실낱처럼 이어졌다 끊어졌다 다시 이어졌다. 나를 부르던 샘골아저씨는 어디로 갔을까. 끝 모를 곳으로 내가 고요하게 사라지는 것 같았다. 아, 이렇게 죽는구나.

그때 시끄러운 소리가 다시 들렸다. 엄청난 통증이 밀려왔다. 호루

/ 살려주세요! \

라기 소리도 들렸다. 눈앞에 불빛이 어른거렸다. 간신히 눈을 떴다. 누군가 돌더미를 걷어내고 내 몸을 잡아당겼다.

"으아악!"

팔다리가 찢어지는 것 같았다.

"조금만 참아. 큰일 날 뻔 했어. 돌더미에 깔려 죽은 줄 알았다고. 이제 살았어."

동료 광부의 목소리였다. 이제야 살았다는 안도감이 밀려왔다. 온몸이 짓이겨진 것 같고 왼팔은 칼로 도려내는 것 같았다. 움직일 때마다 너무 아파서 눈을 질끈 감았다. 나를 엘리베이터에 태우는 게 느껴졌다. 지상으로 올라오는 동안에도 정신이 들락날락했다. 몇 번이나 정신을 잃었을까.

얼굴 위로 밝은 햇살이 쏟아졌다. 여기가 어디지? 눈을 감았다가 다시 떴다. 죽을 것 같은 통증이 다시 몰려왔다.

사람들이 나를 구급차에 태우는 것 같았다. 병원에 도착해서야 내가 심한 부상을 당했다는 걸 알았다. 온몸에 성한 곳이 하나도 없었다. 헬멧을 쓴 덕에 머리를 다치지는 않았지만 출혈이 너무 심했다. 응급수혈을 받고 나서야 정신을 차렸다.

꼬박 사흘을 중환자실에서 누워 있었다. 왼쪽 팔과 손의 부상이 가장 심각하다고 했다. 두꺼운 작업용 장갑을 꼈는데도 돌더미에 깔린 왼손은 거의 짓이겨졌다. 손가락이 붙어있긴 하지만 손상된 신경이 제대로 살아날지 의문이라고 했다. 샘골아저씨는 왜 꿈에 나타났을까. 나에게 사고를 예고하려고 했던 걸까. 병원에서도 또 끔찍한 꿈을 꿀까 봐 잠드는 게 두려웠다.

일반병실로 옮긴 날, 황수형이 병원으로 달려왔다.

"내가 없어서 그랬어. 미안하다. 내가 있었으면 괜찮았을 텐데. 이만하기 다행이야."

"형, 그날 또 그 꿈을 꿨어. 꿈에서 깨어보니 너무 늦어서 도시락도 못 싸고……."

"그래. 샘골아저씨가 너한테 조심하라고 나타난 거야. 그걸 알아차렸어야 했는데. 하여튼 내가 있었으면 늦잠을 자지도 않았을 텐데. 미안해, 상우야."

황수형은 날마다 병원으로 와서 나를 돌봐주었다. 다행히 왼손을 빼고는 뼈가 부러진 곳은 없었다. 타박상을 입은 살갗은 시간이 지나면서 아물어 갔다.

하지만 짓이겨진 왼손은 회복이 불가능할지도 모른다고 했다. 만약 손이 제 기능을 못하게 되면 어떻게 하나. 의사는 손을 잘라야 할지도 모른다고 조심스럽게 말했다. 손이 회복되지 않으면 그대로 한국으로 돌아가야 했다. 일상적인 일도 못하는데, 불구의 손으로 어떻게 석탄을 캘 수 있겠는가. 손의 통증보다 불구가 되는 게 더 겁이 났다.

황수형은 면회를 올 때마다 살아있는 것만도 감사하라고 했다. 왼손의 부기가 빠진 다음 1차 수술을 받았다.

'고향집도 새로 짓는 중이어서, 내가 돈을 벌어야 집을 완성할 텐데. 손이 이 지경이 되었으니 어떻게 해야 할까.'

밥도 먹기 싫고 불안하고 초조한 날들이 계속되었다. 황수형이 찾아오면 자꾸 눈물만 나왔다.

보름 후에 다시 2차 수술을 받았다. 수술이 끝나고 결과를 기다리는데 매일같이 입이 바짝바짝 타들어 갔다.

수술 결과가 나오는 날이었다. 의사가 고개를 좌우로 흔들었다.

"기다려 봅시다. 아직 뭐라 말할 수가 없어요. 최선을 다하고 있으니 희망을 가지세요."

눈앞에 또 절벽이 보였다. 의사는 오른손이 아니어서 다행이라고 했다. 그럼 왼손은 영원히 회복이 안 된다는 말일까.

막장 일을 할 때보다 꿈을 더 자주 꿨다. 눈만 감았다 하면 악몽에 시달렸다. 어떤 날은 부모님도 보이고 어떤 날은 한국으로 가는 비행기에서 엉엉 울다 깜짝 놀라 깨기도 했다.

사고를 당한 지 두 달 후, 신경을 잇는 3차 수술을 했다. 수술을 끝낸 의사는 손을 자르지 않는 것만도 다행으로 여기라고 했다.

"회복이 불가능한가요?"

"확실하게 말할 수 있으면 나도 좋겠어요. 기적을 기다려 봅시다."

날이 갈수록 의사를 만나는 게 두려웠다. 희망이란 단어가 내게서 점점 멀리 달아나는 것 같았다. 아무것도 손에 잡히지 않았다. 꿈은 왜 자꾸 꾸는 걸까. 몸을 고단하게 해야 깊은 잠을 잘 수 있다는데,

나는 몸보다 마음이 더 고단했다. 왼손이 영영 불구가 될까 두려웠다.

병원에서 할 일이라곤 독일어 단어를 외우는 것밖에 없었다. 현실을 잊고 절망감에서 벗어나려고 독일어 공부에 매달려 봐도, 머릿속에 하나도 들어오지 않았다. 스스로 감정을 조절할 수가 없었다.

'신경이 돌아오지 않으면 한국으로 쫓겨 가야 하는데 독일어 공부는 해서 뭐해? 손이 이 지경이 되었는데, 다 쓸데없는 욕심이야. 다 필요 없어. 헛된 꿈이라구!'

독일어 단어장과 사전을 물끄러미 바라보다가 침대 밑으로 모조리 던져버렸다.

복도를 지나가던 로즈마리 간호사가 깜짝 놀라 달려왔다.

"헤르 박, 무슨 일이에요?"

로즈마리가 병실 바닥에 흩어진 단어장과 사전을 주워 침대 옆 테이블에 올려놓았다. 내가 저지른 일이 금세 부끄럽고 후회가 되었다.

로즈마리는 수간호사였는데 나이가 많았다. 키는 보통이지만 무척 뚱뚱해서 걸을 때마다 다리가 어떻게 저렇게 무거운 체중을 감당할지 걱정스러울 정도였다. 독일 여자들 중에는 나이가 들면 로즈마리처럼 비만이 심한 사람들이 많았다.

로즈마리가 어린아이 달래듯 내 등을 쓰다듬었다.

"믿음을 가지고 기다려요, 헤르 박. 꼭 회복될 수 있다는 마음가짐이 아주 중요해요. 너무 초조해하면 우리 눈에 보이진 않지만 신경도 스트레스를 받아요. 그러니까 마음을 편안히 가지도록 해요."

/ 살려주세요! \

로즈마리의 손길이 불현듯 어머니에 대한 그리움을 몰고 왔다. 몸이 아프니까 어머니가 더욱 보고 싶었다.

로즈마리는 근무를 마치고 퇴근하기 전에 꼭 나에게 들렀다.

"별 일 없죠?"

"네, 괜찮아요."

"잠은 잘 자요?"

"잠이 들면 악몽을 꿀까 봐 두려워요. 깊은 잠을 못 자겠어요."

"몸을 좀 움직이면 잠이 잘 올 거예요. 혼자 있지 말고 여러 사람들과 어울리도록 해요. 휴게실에 가서 친구도 사귀고 간호사들도 도와주면 좋을 텐데."

나는 로즈마리의 안내로 가끔 다른 병실에도 놀러가고 휴게실도 드나들었다. 간호사들이 힘에 부치는 일을 할 때 도와주기도 했다.

병동 전체가 대청소를 하는 날이었다. 독일은 더럽든 더럽지 않든 대청소로 정해 놓은 날은 무슨 일이 있어도 철저하게 지켰다. 매월 집집마다 창틀을 닦는 날도 있는데, 노인들만 사는 집에서 창틀을 닦다가 떨어져 사고를 당하기도 했다.

내가 있는 병동도 대청소가 시작되었다. 간호사들도 청소부처럼 고무장갑을 끼고 화장실과 병실, 침상까지 비눗물과 소독약으로 구석구석 닦아 냈다. 나는 오른손은 마음대로 움직일 수 있기 때문에 대청소를 도울 수 있었다. 내가 있는 병실의 바닥청소를 하기 위해 침대를 모두 복도로 옮겼다. 간호사들을 도와 침대를 밀어 복도로 옮기고 돌아설 때였다. 로즈마리가 비눗물이 든 들통을 들고 내 옆을 지나치다가, 그만 발목을 삐끗하면서 중심을 잃고 말았다. 비눗물이 가득 든 들통이 내동댕이쳐져 바닥이 스케이트장처럼 미끄러웠다. 나는 엉겁결에 내 앞으로 미끄러지는 로즈마리를 번개처럼 붙잡았다.

바로 그때였다. 내 왼손이 찢어져 나가는 것처럼 아팠다.

"아악!"

나도 모르게 비명을 질렀다. 로즈마리가 화들짝 놀랐다.

"헤르 박, 손! 손 괜찮아요?"

내가 팔을 잡지 않았으면 로즈마리는 비눗물이 흥건한 바닥에 그대로 나동그라질 뻔했다. 나도 모르게 순간적으로 왼팔을 뻗어 로즈마리를 붙잡았다. 내 왼손이 아프다는 사실을 깜빡한 것이다.

"아아, 너무 아파요. 나도 모르게 그만 왼손을……."

"아 어떡해. 이상이 없어야 할 텐데."

로즈마리는 서둘러 내 손을 의사에게 보였다. 수술한 곳이 잘못되었을까 봐 덜컥 겁이 났다. 엑스레이를 찍어 확인해 보니 다행히 이상은 없었다. 그 후 며칠 동안 왼손의 통증이 아주 심했다. 로즈마리는 내게 더 신경을 썼다.

3차 수술의 상처가 아문 다음부터 본격적인 물리치료가 시작되었다. 치료실에 가서 더운 물에 손을 넣고 열심히 손가락운동을 했다. 물 치료가 끝나면 저주파 패드를 손가락에 끼우고 신경자극 치료를

살려주세요!

받았다. 그리고 단추 끼우기, 문손잡이 돌리기, 지퍼 채우기 같은 재활치료로 손가락 힘을 길렀다.

로즈마리의 말처럼 믿음을 잃지 않은 덕분일까, 드디어 손가락이 움직이기 시작했다. 의사는 기적이 일어났다고 했다. 사고를 당한 지 세 달 만이었다. 회복은 점점 빠르게 진행되었다. 로즈마리도 자기 일처럼 기뻐했다.

다시 탄광으로 돌아갈 날을 기다리며 지내던 어느 날이었다. 간호사들은 환자들의 아침 식사 시중을 들고 오전 투약까지 끝내고 나면 잠시 휴식시간을 가졌다. 그때 로즈마리가 나를 휴게실로 불렀다.

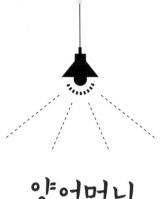

양어머니

휴게실엔 마침 아무도 없었다. 로즈마리는 음료수를 테이블에 놓고 나를 기다리고 있었다.

"헤르 박, 손은 이제 걱정하지 않아도 될 것 같아요. 정말 다행이에요."

"네, 고맙습니다."

"이리 앉아요. 헤르 박한테 줄 게 있어서 불렀어요."

로즈마리가 긴 직사각형으로 된 작은 회색 상자를 내밀었다. 두 손으로 상자를 받아 열었다. 까만색 만년필이었다.

"내가 헤르 박한테 신세를 많이 졌어요. 나도 보답을 하고 싶어서. 이거 내 아들이 쓰던 만년필이에요."

아들이 쓰던 거라고 했지만 만년필은 거의 새것처럼 보였다. 독일 사람들은 선물을 줄 때 새것을 사 주는 경우가 별로 없었다. 새것이 아니어도 내게 만년필은 아주 귀한 선물이었다.

"고맙습니다. 잘 쓰겠습니다."

"그동안 헤르 박이 열심히 공부하는 걸 지켜봤어요. 난 헤르 박을 볼 때마다 내 아들이 생각나요. 펜을 손가락에 끼고 돌리는 모습이 똑같아서……."

나는 로즈마리의 말에 잠시 어리둥절했다. 나도 모르게 단어를 외우면서 펜을 손가락에 끼고 돌리는 버릇이 있었는데, 그런 내 모습을 유심히 본 것 같았다.

"내 아들도 살아있었다면 헤르 박과 비슷한 나이인데……."

"네? 그럼 아드님이……."

"그래요, 내 아들은 2차 세계대전 때 목숨을 잃었어요. 남편과 함께."

로즈마리의 눈가가 촉촉이 젖어 들었다. 나는 뭐라고 위로를 해야 할지 몰라 머뭇거렸다. 내가 할 수 있는 말은 겨우 짧은 단어들을 연결한 토막말뿐이었다. 진심을 담아 위로할 수 없는 게 안타까웠다.

"난 혼자 살아요. 남편과 아들 몫의 연금이 나오지만, 집에 혼자 있으면 외로워서 간호사 일을 해요. 헤르 박을 볼 때마다 내 아들을 생각했어요."

나는 마치 로즈마리에게 죄를 지은 것처럼 미안했다.

"미안합니다."

로즈마리가 고개를 저었다.

"아니, 미안해 할 필요는 없어요. 그저 펜을 돌리는 모습이 내 아들 같아서요. 내가 넘어질 뻔했을 때 나를 잡아준 후로는 더욱 아들처럼 느껴졌어요. 그때 날 잡아주지 않았다면 난 크게 다쳤을 거예요. 허리나 다리를 다쳤다면, 아유! 상상만 해도 정말 아찔해요."

"네, 정말 다행이에요."

"헤르 박은 참 대단해요. 공부도 열심히 하고 봉사정신도 뛰어나고."

나는 학교에서 착한 일을 해서 칭찬 받는 어린 학생처럼 기분이 좋았다.

"고맙습니다."

자신 있게 할 수 있는 말이 '고맙습니다'밖에 없어서 계속 그 말만 되풀이했다.

"외국어 공부는 단어를 외우는 것도 중요하지만 외국 사람과 얘기를 나누는 게 훨씬 효과적이에요. 내가 대화 상대가 되어 줄게요. 난 근무가 끝나면 늘 혼자니까요."

"고맙습니다."

"헤르 박, 이런 말 해도 될지 모르겠지만, 내 아들이 되어 줄 수 있어요? 나의 양아들."

나는 기꺼이 고개를 끄덕였다.

"그럼요. 제가 영광이죠. 정말 감사합니다."

그 후부터 로즈마리는 내 병실에 와서 이런저런 말을 많이 시켰다. 피부도 얼굴도 문화도 다른 내게서 로즈마리는 어떻게 자기 아들을

/ 양어머니 \

연상했을까. 사소한 볼펜 돌리는 모습에서조차 아들의 기억을 떠올리는 로즈마리를 보며, 그렇게 해서라도 아들을 되살려내고 싶은 어머니의 마음을 느낄 수 있었다. 할 수만 있다면 그 아들의 빈자리를 내가 채워주고 싶었다.

로즈마리와 대화를 나누는 것 자체가 내게는 독일어 공부였다. 어떤 날은 독일의 날씨, 어떤 날은 독일의 산과 강, 어떤 날은 독일 도시들에 대해서 이야기를 나누었다.

입원한 지 석 달하고도 보름 만에 퇴원이 결정되었다. 왼손이 아직 완전히 회복되지는 않았지만 불구가 되지 않아 얼마나 다행인지 몰랐다.

퇴원하는 날 로즈마리가 배웅을 나왔다.

"헤르 박, 힘든 일 있으면 언제든 날 찾아와. 쉬는 날도 자주 놀러 오고. 알았지?"

로즈마리가 눈물을 글썽이며 나를 끌어안았다.

"절대로 무리하지 말아요. 욕심은 금물. 내 말 명심해. 몸이 건강해야 꿈도 이룰 수 있다는 거 잊으면 안 돼."

"네, 알겠습니다."

로즈마리는 친어머니처럼 따뜻했다. 낯선 나라에서 온 청년에게 아들이 되어 달라고 말하는 로즈마리. 독일처럼 전쟁과 분단을 겪은 한국 청년에게서 동질감을 느꼈던 것일까. 로즈마리는 나의 외로움과 그리움을 많이 채워 주었다.

나는 어머니가 걱정을 할까 봐 사고 소식을 고향집에 알리지 않았다. 병원에 입원해 있는 동안에도 기본적인 수당은 나왔지만, 일을 하지 않으니 보통 때 월급과 많은 차이가 났다. 갑자기 적은 돈을 받은 형님이 무슨 일이 있느냐고 편지에 물었다.

나는 손이 회복된 다음에야 사고 소식을 집에 알렸다. 형님의 답장에는 어머니의 꿈에 내가 나타났었다며, 그 후로 어머니가 날마다 절에 가서 정성스레 불공을 드렸다고 했다. 어머니의 불공 덕분에 내가 회복되었을까. 병원에 있는 동안 어머니가 몹시 그리울 때마다 어머니가 내 손에 쥐어 준 꼬깃꼬깃한 종이돈을 만지며 그리움을 달랬다.

퇴원하고 돌아오자, 황수형이 축하파티를 해야 한다며 또 족발을 사다 삶았다.

"먹는 게 남는 거야. 생각해 봐라. 우리가 잘 먹고 잘 살았으면 뭐하러 여기까지 와서 개고생을 하겠냐? 너 잊었어? 사고 당하던 날도 제대로 못 먹어서 그런 거라구. 그러니까 무조건 먹어 둬. 다시 막장에 들어가려면 배에 기름을 발라둬야 한단 말야."

"고마워요. 형."

이튿날, 탄광에 출근해서 슈타이거를 만났다. 슈타이거는 내 손 상태를 확인하고 가능한 일부터 할 수 있게 해 주겠다며, 우선 손이 정상으로 돌아올 때까지는 석탄을 선별하는 선탄작업을 시켰다. 나는 바로 다음날부터 일을 시작하겠다고 했다. 황수형은 한심하다고 혀를 찼다.

/ 양어머니 \

"아우, 난 너만 보면 숨이 막혀. 돈 버는 기계도 아닌데 뭐 하러 당장 낼부터 출근하냐? 죽었으면 어쩔 뻔 했어. 말짱하게 나아서 퇴원했으니, 그 기념으로 여행을 가는 거야. 이참에 스위스로 해서 이태리까지 한 바퀴 돌자."

"안 돼. 병원에 있는 동안 돈을 못 벌었으니 더 열심히 일해야 해. 손이 완전히 나을 때까지는 선탄작업이라 월급도 적단 말야."

"야, 좀 적으면 어때? 지금껏 죽도록 벌어서 보냈잖아."

형이 내게 눈을 흘겼다.

쉬는 날이면 로즈마리를 찾아갔다. 로즈마리는 나를 만나면 언제나 두 팔을 벌리고 포옹을 했다. 처음엔 어색했기만 했던 포옹이 점차 포근하게 느껴졌다.

로즈마리와 말을 나누다 보면 금세 독일어를 잘할 수 있을 것 같았다. 자신감이 생기면서 다시 앞날에 대한 꿈도 키우게 되었다. 선탄작업을 하면서 다시 독일어 단어를 외웠다. 석탄가루가 묻은 독일어 사전은 새까맣게 되어 보이지 않는 곳도 있었다.

사고 후 첫 월급을 받는 날, 기대치보다 적어서 몹시 서운했다. 슈타이거는 내 얼굴을 보자마자 벌써 속내를 읽은 것 같았다.

"월급이 적어서 실망했습니까?"

나는 말없이 고개를 끄덕였다.

"사고 후라서 무리해서 욕심을 내면 안 돼요. 조금씩 적응이 필요합니다."

"실은 부탁이 있어서 찾아왔어요. 밤 근무로 바꿔 주실 수 있을까요?"

"밤번은 수당이 더 나오긴 하지만, 아직은 무리하면 안 된다는 걸 명심하세요."

나는 문제없다고 대답했다.

"알겠습니다. 박상우 씨처럼 성실한 사람의 부탁이니 들어줘야죠. 공부도 아주 열심히 하더군요. 우리 독일 사람들은 최선을 다하는 걸 아주 중요하게 생각해요."

슈타이거는 내가 늘 손에 독일어 책과 사전을 들고 다니는 것을 유심히 본 모양이었다. 나는 그날부터 계속 밤 근무를 했다. 그러나 야간수당까지 합쳐도 슈템펠을 세울 때보다 월급이 적었다.

밤 근무를 시작한 지 보름쯤 지났을 때였다. 새벽에 일을 끝내고 탈의실에 가려는데 슈타이거가 나를 불렀다.

"오늘 컨디션이 어때요?"

"좋은데요. 이제 정상입니다. 아무렇지도 않아요."

"아, 그래요? 다행입니다. 오늘 갑자기 결근한 사람이 있어서 그러는데, 너무 무리가 안 된다면 연장근무를 할 수 있겠습니까?"

나는 컨디션도 좋았고, 무엇보다 날 믿어주는 슈타이거의 부탁을 거절하기 싫었다.

"네, 해볼게요."

"고마워요. 그럼 잘 부탁합니다."

/ 양어머니 \

간단한 간식만 챙겨서 다시 막장으로 들어갔다. 선탄작업 정도면 연장근무도 충분히 해낼 수 있을 것 같았다. 처음엔 별로 힘들지 않았다. 그런데 얼마 후부터 허기가 지기 시작했다. 점점 기운이 없었다. 이를 악물고 버텼지만 역시 체력이 무리였다. 그렇다고 일을 그만두고 나올 수는 없었다. 선탄작업을 너무 쉽게 생각한 게 후회가 되었다.

작업종료 벨이 울릴 때쯤에는 정신이 가물가물했다. 엘리베이터를 탈 때만 해도 내 의지로 잘 버티고 있었는데, 탈의실에 가는 동안에는 다리가 후들후들 떨리고 걸음이 좌우로 흔들렸다. 눈앞에 먹을 것만 어른거렸다. 샤워를 하는데 현기증이 나서 중심을 잡을 수 없었다. 대충 씻고 옷도 대강 걸치고 밖으로 나왔다. 숙소까지 자전거를 타고 갈 수 있을까. 가다가 금세 넘어질 것 같았다. 막노동을 할 때는 며칠씩 굶은 적도 있는데 광부 일을 하면서 몸이 형편없이 약해진 것 같았다.

페달을 밟을 힘이 없어 자전거를 끌고 걸었다. 간신히 가다 서다를 반복하며 숙소를 향해 걷고 있을 때였다. 어디선가 소시지 냄새가 코를 휘감았다. 온몸의 세포들이 혀를 날름거리며 소시지를 달라고 조르는 것 같았다. 발걸음이 저절로 소시지 냄새를 따라갔다. 어느새 내 발이 소시지 식당 앞에서 딱 멈췄다.

독일에 온 후, 혼자서 식당에 간 적이 없었다. 돈도 아까웠고 말도 통하지 않아서였다. 그런데 오늘은 무작정 식당 문을 열었다. 눈앞에 통통하고 고소한 소시지들이 춤을 추었다. 테이블에도 소시지가 수북하게 쌓인 것처럼 보였다. 주방에서 지글지글 소리가 났다. 군침이

꿀꺽꿀꺽 넘어갔다.

주저앉듯이 테이블에 앉자, 여자종업원이 놀란 눈으로 내게 다가
왔다.

"부르스트 좀 주세요. 부르스트."

너무 기운이 없어 목소리가 기어 들어갔다. 종업원이 큰소리로 되
물었다.

"부르스트요?"

"네, 부르스트."

손을 뻗어 주방을 가리킨다는 것이 실수로 종업원의 앞가슴을 스
쳤다. 종업원이 기가 차다는 표정을 지으며 나를 째려봤다. 난 배가
고파 쓰러질 지경인데 왜 저러는 걸까. 동양인이라고 차별을 하는 건
가. 나는 주머니에서 돈을 꺼내며 더 크게 소리쳤다.

"부르스트, 부르스트!"

종업원의 얼굴이 불그락푸르락 변했다. 주인에게 가더니 나를 가리
키며 험악한 표정을 지었다. 주인이 성큼성큼 내게 다가왔다.

"빨리 부르스트 좀."

주인이 갑자기 내 어깨를 떠밀며 소리쳤다.

"쏴이쩨! 아웃슈네!(이런 똥 같은! 빨리 나가!)"

나는 그대로 바닥에 나동그라졌다. 눈앞에서 불이 번쩍 하더니 소
시지가 너울너울 춤을 추었다.

양어머니

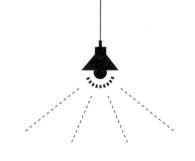

부르스트? 부어스트!

"여보세요! 저기요!"

몸이 심하게 흔들렸다. 간신히 눈을 떴다.

"여기 물부터 마셔요. 자, 어서요."

부드러운 손이 내 손에 물병을 쥐어 주었다. 나는 어린아이가 젖병을 움켜잡듯 물병을 잡고 꿀꺽꿀꺽 마셨다.

"천천히 마셔요. 물도 체해요. 자, 여기 소시지도 있어요."

그렇게도 먹고 싶던 소시지가 입으로 들어왔다. 아, 꿀보다 더 달았다. 살 것 같았다. 제대로 씹지도 않고 허겁지겁 삼켰다. 목이 막혀서 다시 물을 마시고 한숨을 돌렸다.

그런데 뭔가 이상했다. 분명히 한국말이었다. 여기가 어디지? 정신을 차리고 사방을 둘러보았다. 내가 식당 안에 쓰러져 있고, 나를 밀어뜨린 주인과 나를 째려보던 여자종업원과 모자를 쓴 주방장까지 모두가 둥그렇게 둘러서서 나를 내려다보고 있었다. 그리고 검은머리

아가씨가 내 옆에서 물컵과 소시지를 들고 있었다. 이 아가씨는 대체 어디서 나타난 걸까. 아가씨가 이마에 흘러내린 머리칼을 뒤로 쓸어올리며 걱정스러운 눈빛으로 내게 물었다.

"깜짝 놀랐어요. 여기 메르켄 슈타인 탄광에서 일해요?"

"아, 네……."

"탈진하셨나 봐요. 탄광일이 얼마나 힘들까. 자, 어서 이 소시지도 마저 드세요. 소시지 사러 온 거 맞죠?"

그제야 고개를 끄덕이고 아가씨가 내미는 소시지를 받으려고 얼굴을 든 순간, 가슴이 철렁 내려앉았다. 바로 그 눈이었다. 함보른 탄광 체육관에서 마주쳤던 그 간호사의 눈이 분명했다. 나는 당황스러워 얼른 일어났다. 내 몰골이 말이 아닐 게 분명했다. 허겁지겁 먹던 소시지를 꿀꺽 삼키고 비틀거리며 화장실로 들어갔다. 거울에 비친 내 모습이 너무나 혐오스러웠다. 얼굴에 석탄가루가 그대로 묻어 있어 거지 분장을 한 광대 같았다. 빨리 숙소에 돌아가 밥을 먹으려고 급하게 나오느라 제대로 씻지 못해 눈가와 콧구멍 주변이 새까맸다. 화장실에서 간단하게 씻을 수도 없었다. 너무 창피해서 얼른 이곳을 벗어나고 싶었다. 화장실에서 나오자마자 돈을 테이블에 던지듯 놓고 급히 돌아섰다.

"저기요! 소시지 여기 있어요. 이거 마저 먹고 가셔야죠?"

아가씨가 내 뒤에 대고 말했다. 하지만 나는 뒤도 돌아보지 않고 식당 문을 열었다.

/ 부르스트? 부어스트! \

"어머! 또 쓰러지면 어쩌려구요? 조심하세요."

아가씨가 문 앞까지 따라 나오며 큰 소리로 외쳤다.

'틀림없어. 그 간호학생이야. 그런데 왜 저 식당에 있을까? 처음부터 나를 지켜봤을까? 언제 나타난 걸까? 내가 소시지를 주문하는 걸 들었을까?'

도무지 뭐가 어떻게 된 건지 알 수가 없었다.

정신이 들고 보니 처음에 '쏴이쎄'라고 욕을 하며 나를 떠밀었던 식당 주인의 얼굴은 나를 불쌍하게 여기는 눈빛이 되었다. 얼굴이 시뻘게진 채 나를 쏘아보던 여자종업원의 표정도 한결 누그러진 것 같았다. 왜 갑자기 태도가 달라진 걸까.

식당에서 소시지를 주문하다가 정신을 잃은 것까지는 기억이 났다. 생각할수록 여종업원이 괘씸했다. 주인은 왜 나를 나가라고 떠밀었을까. 그 간호사한테 고맙다는 인사도 못 한 게 자꾸만 마음에 걸렸다.

숙소에 오니 황수형이 놀라서 물었다.

"야, 너 어디서 오는 거냐? 어! 샤워 안 했어?"

"아, 아냐. 형 나 좀 씻을게."

욕실에 들어가서 얼굴을 다시 봐도 영락없는 거지였다. 식당에서 이상한 거지로 생각하고도 남을 것 같았다. 다 씻고 나와서 소시지를 구워 실컷 먹었다. 정신없이 소시지를 먹는 나를 물끄러미 바라보던 형이 고개를 갸웃거리며 물었다.

"지금까지 탄광에 있었냐? 밤 근무 안 했어?"

"응, 연장근무 했어."

"배가 되게 고팠구나."

나는 너무 창피해서 식당에 갔던 일은 말하고 싶지 않았다.

그런데 이상하게 그날 이후부터 식당에서 마주쳤던 그 아가씨가 내 숙소에, 내 방에, 내가 일하는 탄광에, 내가 외워야 할 독일어 사전에까지 자꾸만 어른거렸다. 하필이면 그 꼴을 하고 마주쳤을까. 생각할수록 얼굴이 화끈거렸다. 형이 나를 자꾸만 흘깃거렸다.

"야, 너 왜 그래? 꼭 어딘가에 정신이 팔린 것 같아. 무슨 일 있어?"

"아냐, 아무것도."

"뭐가 아냐? 너 뭔가 분명히 있지? 말해 봐. 뭐 땜에 그래?"

형이 하도 보채서 할 수 없이 식당에서 일어난 일을 말해줬다. 형은 내 말을 듣자마자 그 아가씨가 궁금하다며 찾아가 보자고 졸랐다.

"야, 한국 간호사가 분명해?"

형이 지나칠 정도로 호기심을 보였다.

"분명해. 그런데 왜 거기 있는지 모르겠어. 원래부터 있었는지, 아니면 내가 정신을 잃었을 때 왔는지."

"이상한 게 한두 가지가 아니다. 넌 소시지를 주문하다가 왜 봉변을 당한 거냐?"

"몰라. 나도 궁금해."

/ 부르스트? 부어스트! \

"하여튼 너는 그 한국 간호사한테 고맙다고 인사를 해야 해. 아, 나도 어떤 간호사인지 만나보고 싶다."

드디어 쉬는 날, 아침부터 형이 먼저 서둘렀다. 아침 내내 거울을 몇 번이나 들여다보고 옷을 입었다 벗었다 하면서 점심시간이 끝나기를 기다렸다. 그날 식당에 갔던 그 시간에 가야 간호사를 만날 수 있을 것 같았다.

나도 무척 긴장이 되었다. 옷을 뭘 입을까, 머리를 어떻게 해야 할까, 첫날의 황당했던 인상을 말끔히 씻어낼 만한 옷이 변변치 않아 신경이 쓰였다. 그 간호사를 만나면 뭐라고 인사를 할까. 일단 이름이 뭐냐고 물을까. 고맙다는 인사부터 해야 할까.

식당 앞에 도착해서 주변을 둘러보았다. 그날은 소시지 냄새에 끌려 주변을 돌아볼 겨를이 없었다. 식당은 출입문을 가운데 두고 양쪽에 넓은 유리창이 있었다. 밖에서는 안이 보이지 않았다. 출입문엔 앙증맞은 종이 달려있는데 그것도 처음 보는 것 같았다.

형이 먼저 문을 열고 들어갔다. 독일 사람들만 있었다. 그때 그 여자 종업원이 자리를 안내하려고 다가왔다. 나를 알아보지 못하는 것 같았다.

"야, 한국 여자가 없잖아. 여기 이 식당 맞아?"

"맞아. 틀림없어."

밖에 서서 머뭇거리던 나도 안으로 들어갔다. 식당 구석구석을 둘러봐도 정말 한국 여자가 보이지 않았다. 주방 안에서 일을 하는 걸까. 혹시 화장실에 간 건 아닐까. 이름이라도 알아 놓을 걸 후회가 되었다. 형이 종업원에게 한국 여자를 찾는다고 말했다. 종업원은 오늘 한국 여자가 쉬는 날이라며 사흘 후에 다시 오라고 했다. 잔뜩 기대를 하고 온 형은 나보다 더 실망하는 것 같았다.

"사흘 후면 나는 일하는 날인데. 너 혼자 와야겠다. 아, 아쉽네."

사흘째 되는 날, 혼자서 다시 그 식당으로 찾아갔다. 문을 열고 들어가는 순간 그 간호사와 눈이 딱 마주쳤다. 얼른 인사부터 건넸다.

"안녕하세요?"

간호사도 당황스러운 눈빛으로 인사를 받았다.

"안녕하세요?"

"저어, 지난번에 고맙다는 인사도 못해서요."

"아, 실은 저도 궁금했어요. 몸은 괜찮으세요?"

"네, 덕분에요. 혹시 잠깐 시간 되시면……."

"지금은 근무시간이고 30분 후면 끝나는데, 혹시 그때까지 기다릴 수 있으세요?"

"네, 그럴게요."

나는 서둘러 밖으로 나왔다. 한국 간호사는 나를 금세 알아보는데 독일 종업원과 주인은 못 알아보는 것 같아 다행이었다. 간호사는 함보른에서 마주쳤을 때는 한복을 입어서 꽤 어른스러웠는데, 오늘 보니 훨씬 앳되어 보였다.

나는 초조한 마음을 달래려고 식당 주변을 걸었다. 간호사에게 뭐

/ 부르스트? 부어스트! \

라고 말을 할까. 그때 내 모습을 보고 얼마나 황당했을까. 다시 그때를 떠올리니 얼굴이 화끈거렸다. 하필이면 그런 모습으로 마주치다니. 막상 만나 이야기를 나누려니 창피한 생각이 앞섰다. 그래도 한국에서 온 간호사를 만나 이야기를 나눌 수 있다는 생각에 설레는 마음이 더 컸다. 다시 식당 앞에 다다랐을 때는 자꾸만 가슴이 두근거렸다. 문을 열려고 하는데 마침 간호사가 먼저 문을 열고 밖으로 나왔다.

"많이 기다리셨죠?"

"아, 아닙니다."

"저는 시간이 많진 않아요. 얼른 돌아가서 학교에 가야 하거든요."

만나자마자 시간이 없다는 말에 약간은 실망스러웠다.

"지난번에 저를 도와 주셨는데 이제야 제대로 인사를 드리게 되었네요. 정말 고마웠습니다."

"괜찮아요. 한국 광부들이 얼마나 힘들게 일하는지 잘 알고 있으니까요. 그날은 많이 힘드셨나 봐요."

간호사가 광부생활을 잘 안다고 하니까 그래도 덜 민망했다. 변명이라도 하듯 끔찍했던 그날의 상황을 이야기했다.

"네, 그날은 갑자기 연장근무를 했거든요. 그렇게 지칠 거라곤 생각을 못했는데 그만 소시지 냄새 때문이었어요. 발길이 나도 모르게 그 식당으로……."

간호사가 고개를 숙이고 까르르 웃었다. 내 얼굴이 더 화끈거렸다.

사실 나라도 배꼽을 잡고 웃을 뻔하긴 했다.

"소시지 발음이 어렵긴 하죠? 그 종업원은 이상한 사람이 들어와 자기를 놀리는 줄 알았대요."

내가 무슨 말인지 몰라 뜨악한 표정을 지었더니 간호사가 또 자지러지게 웃었다. 속으론 제발 놀리지 말라고 외치고 싶었다.

"식당에 갈 때는 너무 허기가 져서 내 몰골이 어땠는지 생각도 못 했어요. 나중에 보니 거지보다 더 형편없더라고요. 당연히 이상한 사람으로 생각했을 거예요. 어휴, 지금도 그 여종업원만 생각하면 얼굴이 화끈거려요."

"제가 볼 때는 그 독일 종업원이 좀 과했어요. 나중에 소시지를 주문했다는 걸 알고 그 종업원도 주인도 무척 미안해했어요."

점점 간호사의 말이 이해가 안 됐다. 뭐가 과했다는 걸까.

"그런데 왜 그토록 화를 냈는지 난 아직도 모르겠어요."

간호사의 표정이 순간 당황하는 것 같았다.

"아, 모르셨어요?"

"뭘요?"

간호사가 난처한 듯 고개를 갸웃거렸다.

"저, 그게요. 음…… 뭐라고 설명해야 하지? 아!"

간호사가 후훗 하고 웃더니 종이를 꺼내 뭔가를 적고는 반을 접고 또 반을 접어 작게 만든 쪽지를 내게 내밀었다.

"이거요. 독일 사람들도 어려워하는 발음이에요. 저도 꽤나 헷갈

／ 부르스트? 부어스트! ＼

렸었거든요. 나중에 사전 찾아보세요."

나는 착한 학생처럼 종이를 받아 호주머니에 넣었다.

"근데 일 끝나고 오신 거예요?"

"아닙니다. 저는 밤 근무예요. 저, 궁금한 게 있는데. 예전에 한국 대통령 왔을 때 함보른 체육관에 온 적이 있으시죠?"

"어머, 어떻게 알아요?"

역시 간호사는 나를 기억하지 못하고 있었다.

"그때 제가 치마를 밟았었는데……."

간호사가 깜짝 놀라 나를 살폈다.

"아하, 그럼 그때 그분이세요?"

"그때 눈이 참 아름다우셨거든요. 그래서 첫눈에 알아봤어요. 이렇게 다시 만나니 정말 반갑네요."

"그러게요. 너무 신기해요."

"그럼 간호사 맞으시죠?"

"네, 노인전문 병원인 코블렌츠에서 근무해요. 저도 밤에 일하고 오전에 그 식당에서 아르바이트를 해요. 그리고 오후에는 간호학교에 다니고 있어요."

"간호사인데 또 간호학교를 다니나요?"

"정확히는 간호보조원이에요. 여기 독일에서는 간호사나 간호보조원이나 별 차이가 없지만. 둘 다 천한 직업이래요. 하는 일도 똑같아요. 청소도 하고 빨래도 하고 식사 준비도 하고 간호도 하고 그러죠."

간호사가 시계를 보더니 생긋 웃으면서 말했다.

"기숙사까지 여기서 얼마 안 걸리는데, 괜찮으시면 함께 걸으면서 얘기할까요?"

"아, 네 좋아요. 저 시간 많습니다."

우리는 식당 앞으로 뻗은 한적한 길을 따라 나란히 걸었다.

"독일엔 언제 왔어요?"

"8개월쯤 됐어요."

"아, 저보다 좀 늦게 오셨네요. 전 1년이 좀 넘었거든요."

나는 묻지도 않은 걸 이것저것 자꾸 말해주고 싶었다.

"한국에서 중학교만 졸업하고 집에서 동생들을 돌보다가 뒤늦게 병원에 취직했어요. 3년쯤 일하다가 작년에 독일에 있는 한국 의사 선생님 소개로 간호학교에 다니는 조건으로 독일에 왔죠. 집에 돈도 보내야 하고, 학용품이며 책도 사야 하고, 그래서 밤 근무를 하면서 일주일에 사흘은 아르바이트를 해요."

"많이 힘드시겠어요."

"뭐든 목표를 이루려면 쉬운 게 있나요?"

나는 간호사가 무척 대단해 보였다. 간호사는 자신의 앞날을 위해서 아르바이트까지 하면서 열심히 공부하고 있는데, 나는 겨우 단어나 외우고 있다고 생각하니 부끄러웠다.

"정말 대단하시네요."

"대단하긴요. 한국에선 먹고 살기도 힘들어서 고등학교는 생각조

차 할 수 없었는데, 여기서는 열심히만 하면 얼마든지 다닐 수 있으니 꿈만 같아요."

꿈이라는 말에 샘골아저씨가 퍼뜩 떠올랐다.

"그 말을 들으니 저도 용기가 생기네요. 저는 틈틈이 혼자 독일어를 공부하고 있거든요. 학교까지 다닌다니 정말 부럽습니다."

"처음엔 저도 너무 힘들었어요. 독일어가 웬만큼 되어야 학교수업을 들을 텐데, 정말 앞이 캄캄했어요. 아르바이트를 하는 이유도 사실 독일어를 잘하기 위해서예요. 물론 돈도 벌지만요. 근데 아직도 독일어 때문에 많이 힘들어요."

"아, 식당에서 아르바이트 하는 게 독일어 공부에 많이 도움이 되나요?"

"안 하는 것보다는 훨씬 낫죠. 손님들 상대하며 대화도 하고, 일하면서도 배우니까요. 저는 처음에 개인교습도 받았어요."

얘기를 나누면 나눌수록 간호사가 더욱 더 대단해 보였다.

"개인교습은 돈이 많이 드나요?"

"글쎄요. 저는 아는 사람이 거의 무료봉사로 해 줬지만, 제대로 배우려면 아마 꽤 들걸요. 하지만 많은 도움이 되긴 했어요."

나는 계속 묻고 간호사는 계속 대답했다. 묻는 질문마다 친절하게 답해줘서인지 낯선 사이인데도 굉장히 편했다. 간호사도 나처럼 한국 사람에 대한 그리움이 커 보였다. 만약 한국에서 마주쳤다면 이렇듯 스스럼없이 대화를 나누기는 어렵지 않았을까. 앞으로도 자주 만나고 싶은 욕심이 생겼다.

"저, 저는 박상우라고 하는데요. 이름을 알려달라고 해도 실례가 안 될까요?"

"저는 유미경라고 해요."

"아, 미경 씨. 예쁜 이름이네요. 병원 일은 힘들지 않은가요?"

"지금은 적응이 돼서 괜찮은데 처음엔 무척 고생했어요."

"제가 광부전용 병원에 입원했던 적이 있었는데 간호사 일이 여간 힘들지 않아 보이더라고요. 청소도 하고 투약도 하고."

"네, 독일은 간호사가 모든 일을 다 해요. 처음에는 독일어가 안 돼서 환자들을 직접 간호하지는 못했어요. 그래서 한 일이 뭔지 아세요?"

내가 입원해 있을 때 병동 대청소를 하던 날이 떠올랐다.

"글쎄요, 청소였나요?"

미경이 고개를 저었다.

"글쎄요. 청소라고 할 수도 있겠네요. 닦는 일이었으니까. 끔찍하기도 하고, 거룩하기도 한 청소였죠."

"끔찍한 청소라면…… 화장실 청소?"

"화장실 청소가 거룩한가요?"

"뭐, 화장실에 못 가면 큰일이잖아요. 싸는 일도 먹는 일만큼 중요한 건데."

미경이 깔깔대며 웃었다. 하지만 내 상상력은 거기까지였다.

/ 부르스트? 부어스트! \

"시체를 닦는 일이었어요."

미경이 이마에 흘러내린 머리칼을 쓸어 넘기며 담담하게 말했다.

"시체를요? 무섭지 않았어요?"

"섬뜩했죠."

시신을 닦는 상상만 해도 등골이 서늘했다. 그것도 낯선 나라에 와서 시신을 닦을 때의 심정이 어땠을까. 나라면 무서워서 눈물도 흘리지 못했을 것 같았다. 조금 전까지만 해도 부럽기만 하던 미경이 안쓰럽게 느껴졌다. 생각만 해도 오싹한 일을 아무렇지도 않게 말하기까지 얼마나 힘든 시간을 보냈을까.

미경과 이야기를 하느라 얼마나 걸었는지도 몰랐다. 미경이 걸음을 멈추고 앞에 있는 건물을 가리켰다.

"저 앞에 보이는 게 코블렌츠 병원 기숙사예요."

코블렌츠 병원은 내가 입원했던 병원보다 훨씬 커 보였다. 노인전문 병원이라 주변에 휠체어에 탄 노인을 산책시키는 간호사들이 많이 보였다.

잠시 머뭇거리다가 용기를 냈다.

"오늘 친절하게 대해줘서 고마워요. 앞으로 미경 씨한테 많이 배워야겠어요. 가끔 만날 수 있을까요?"

미경이 생긋 웃었다. 양 볼에 볼우물이 정말 귀여웠다.

"그럼요, 도움이 필요하면 식당으로 찾아오세요. 목, 금, 토 같은 시간에 일해요."

"학교는 병원 안에 있나요?"

"아뇨, 차를 타고 가야 해요. 그럼 이만 들어갈게요."

미경이 고개를 까딱 하고 서둘러 기숙사 건물 안으로 사라졌다. 생머리를 찰랑거리며 멀어지는 미경의 뒷모습을 멍하니 바라보다, 문득 쪽지가 생각났다. 궁금해서 숙소까지 갈 수가 없었다. 코블렌츠 병원이 저만치 멀어졌을 때 주머니에서 쪽지를 꺼내 펴 보았다. 두 개의 단어가 적혀 있었다.

WURST

BRUST

위에 있는 단어는 소시지인데 아래 있는 건 내가 모르는 단어였다. 빨리 돌아가서 사전을 찾아보려고 걸음을 재촉했다. 숙소에 도착해 방에 들어오자마자 독일어 사전을 펼쳤다. 아, 순간 나도 모르게 신음이 흘러나왔다. 그제야 여자종업원의 얼굴이 시뻘게진 이유를 알 수 있었다. 아래 있는 단어는 여자의 가슴을 뜻했다. 여자종업원에게 젖을 달라고 한 꼴이라니. 아무도 보는 사람이 없는데도 내 얼굴이 그때 그 종업원의 얼굴보다 몇 배 더 빨개졌다.

종업원보다도 미경에게 너무 부끄러웠다. 종업원은 나를 석탄가루를 뒤집어쓴 괴물 치한으로 봤겠지. 미경은 차마 말로 할 수가 없어서 쪽지에 써 주고 사전을 직접 찾아보라고 한 것이었다. 내가 창피해할까 봐 자기도 헷갈렸었다고 애써 강조하던 미경의 마음이 너무 고

/ 부르스트? 부어스트! \

마웠다.

밤 근무를 하려면 빨리 눈을 붙여야 하는데 얼굴이 화끈거려 도저히 잠이 올 것 같지 않았다. 근무 시간까지는 네 시간 정도 남아 있었다. 나는 라인강으로 향했다.

오후 산책을 나온 사람들이 강을 따라 걷고 있었다. 나도 강물을 바라보면서 무작정 걸었다. 회색빛 강물에 저녁 노을이 비쳐 붉게 물이 들었다. 자전거를 타는 아이들, 도란도란 이야기를 나누며 걷는 노부부, 자연스럽게 포옹을 하고 있는 연인들까지 모두가 행복해 보였다.

지하에서 일을 하는 광부들에게 지상은 언제나 소풍을 나온 것처럼 황홀했다. 막장에선 석탄층과 돌더미로 된 천장이 항상 머리를 짓누르는 것 같았는데, 탁 트인 하늘을 바라보니 가슴이 후련해졌다. 돌가루와 석탄가루로 뒤범벅이 된 지하에서는 피부의 솜털들도 제대로 기를 펴지 못했을 것이다. 기는커녕 엄청난 스트레스를 받았을 게 분명했다.

땅 위에서 산책을 하는 지금은 솜털들까지 모두 일어나서 바람결을 느끼며 춤을 추는 기분이었다. 나는 보이지 않는 몸속 장기들까지 신선한 공기를 맘껏 맛볼 수 있도록 깊게 숨을 들이마셨다. 한국에서는 하늘과 바람과 나무와 풀들이 나오는 별 관계가 없다 싶었는데, 독일에 온 후로는 땅 위를 걸을 때마다 모든 것들이 눈물겹도록 소중하게 느껴졌다. 하늘을 보며 걸을 수 있는 것이 얼마나 큰 축복인가.

미경과 이야기를 나누는 동안 알 수 없는 에너지가 전해지는 느낌이었다. 미경을 만나기 전에는 그냥 호기심인 줄 알았는데, 막상 만나고 보니 마음이 훨씬 복잡해졌다. 나는 왜 아르바이트를 할 생각을 못했을까. 미경은 나보다 어린데도 개인교습까지 받으며 학교에 다니고 있는데, 나는 고작 막장 안에서 단어 외우는 걸로 최선을 다한다고 생각했다니. 결국 소시지도 제대로 발음을 못해 치한으로 몰린 걸 생각하니 기가 막혔다.

'미경처럼 연약한 여자도 밤 근무를 하며 아르바이트까지 하고 또 학교에 다니는데, 무작정 단어만 외운다고 어느 세월에 독일어를 하겠어? 나도 개인과외를 받아야겠어. 두더쥐처럼 막장일에만 안주해서는 안 돼. 개인과외를 받으려면 돈도 필요하겠지. 나도 아르바이트를 해서 내 앞길을 헤쳐 나가야겠어.'

흐르는 강물을 바라보며 주먹을 굳게 쥐었다. 이제 3년의 계약기간 중에서 2년이 남았다. 간호사와 달리 광부들은 체류연장이 되지 않았다. 대통령이 함보른에 왔을 때 더 있고 싶은 사람은 더 있게 해달라고 부탁까지 했는데, 아직은 연장 소식이 없었다. 기한이 끝나면 더 체류할 수 있을까. 안 그러면 남은 기한은 2년뿐이다. 마음이 급했다. 가슴이 뛰었다. 출렁이는 물결도, 산책을 하는 사람들도, 바람결까지 새로웠다.

'내일 당장 로즈마리를 찾아가서 아르바이트 자리를 알아봐 달라고 해야지.'

/ 부르스트? 부어스트! \

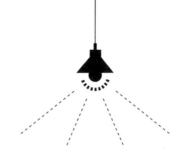

아르바이트

이튿날 아침, 밤 근무를 끝내고 로즈마리를 찾아갔다. 로즈마리는 나를 보자마자 얼굴이 환해졌다며 반겼다.

"오! 헤르 박, 무슨 좋은 일 있어?"

나는 로즈마리에게 미경을 만났던 이야기를 하면서 독일어 공부를 본격적으로 하기 위해 돈도 벌고 말도 배울 수 있는 아르바이트 자리를 소개해 달라고 부탁했다. 로즈마리는 분명히 내 부탁을 들어줄 것 같았다.

"좋아. 헤르 박한테 도움이 될 만한 곳을 알아봐 줄게. 여기저기 알아 놓을 테니 이번 주말에 집으로 와. 함께 저녁 먹자."

"고맙습니다."

토요일 오후, 꽃을 사들고 로즈마리를 찾아갔다. 광부숙소에서 그리 멀지 않았다. 고풍스러운 집은 품격이 느껴졌다. 테라스에는 작은 화분들이 가지런히 놓여있고, 색색의 제라늄 꽃들이 하늘거렸다. 집 안으로 들어서자 거실에는 아들과 남편의 사진이 걸려있고, 그 위의 조상님들로 보이는 사진도 나란히 걸려 있었다.

독일 사람의 식사 초대는 처음이라서 어떤 음식을 먹게 될까 궁금했다. 로즈마리는 내가 가져온 꽃을 병에 꽂아 식탁에 놓았다. 빨강과 검정으로 된 체크무늬 식탁보가 무엇이든지 정확한 걸 좋아하는 독일정신과 닮은 것 같았다. 내심 기대를 하고 있는데, 식탁에 차려진 것은 곡물빵과 치즈, 구운 소시지가 전부였다. 뜨거운 음식은 갓 구운 소시지뿐이었다. 기대했던 것과는 조금 달랐지만, 독일 사람들의 소박한 생활방식이 어떤 건지 알 것 같았다.

"헤르 박, 내가 몇 군데 알아봤는데, 사과농장이 아주 좋을 것 같아."

"농장이요?"

"응, 사과를 포장하거나 따기도 하고, 좀 익숙해지면 배달도 하고. 그러면서 독일 사람들과 어울리면 말도 금세 늘 것 같은데 어때?"

"좋아요. 사과농장이라니 더 좋아요."

"마침 지금 사과를 따는 철이니까 잘됐어. 농장 주인이 내 친구 남편인데 아주 좋은 사람이야. 키가 무척 큰데, 마음도 넓어서 헤르 박을 잘 돌봐 줄 거야."

"고맙습니다. 열심히 할게요."

사과라고 하니 시골의 과수원이 생각났다. 상큼하고 달콤한 사과

/ 아르바이트 \

냄새를 떠올리니 혀 밑에 새콤한 침이 고였다.

바로 다음 날부터 일을 시작하기로 했다. 탄광에서 밤 근무를 하고 나와 오전에 자고, 점심때부터 저녁 전까지 다섯 시간 동안 농장에서 일했다.

이튿날 점심을 먹고 로즈마리가 가르쳐 준대로 사과농장을 찾아 갔다. 광부숙소에서 걸어서 30분쯤 걸렸다. 멀리서부터 사과향기가 먼저 나를 반겼다. 가슴을 쫙 펴고 사과 향을 깊이 들이마셨다. 저절로 발걸음이 빨라졌다. 과수원은 끝이 보이지 않을 만큼 넓었다. 야트막한 나무마다 빨간 사과들이 주렁주렁 열려 있었다.

과수원 문 앞에 키가 큰 중년 남자가 서 있었다.

'키가 큰 걸 보니 저 사람이 주인인가 보다.'

로즈마리가 써 준 소개장을 꺼내는데, 벌써 나를 알아보고 손을 들었다.

"헤르 박입니까?"

"네, 안녕하세요?"

인사를 하고나서 소개장을 건넸다.

"어서 오게. 로즈마리 부인의 전화를 받았네."

"일을 할 수 있게 받아 주셔서 고맙습니다."

주인이 노란 플라스틱 바구니를 들고 사과나무로 나를 데려갔다.

"사과 따 봤나?"

나는 고개를 저었다.

"자, 이렇게 따야 하네. 한 손으로 가지를 잡고 한 손으로 사과를 쥐고 꼭지부분을 똑 소리 나게 꺾어야 해. 이렇게."

주인이 사과를 따서 내게 내밀었다.

"우선 하나 먹어 보게. 이 품종은 보스코프야. 흠집이 생기면 상품성이 떨어지니 주의하게나. 사과만큼 사과나무 가지도 중요해. 다음 해에 사과가 열리는 곳이니까 상처가 생기지 않도록 조심하게."

"네, 알겠습니다."

"어서 먹고 시작하게. 바구니가 차면 여기 상자에 조심해서 담고."

그때 사과를 실어 나르는 운반차가 도착했다. 주인은 운반차에 사과상자를 실으면서 어서 일을 하라고 했다.

주인이 따 준 사과를 한입 베어 물고 사과를 따기 시작했다. 주인이 한 것처럼 왼손으로 사과나무 가지를 잡고 오른손으로 사과를 쥐었다. 꼭지부분이 상하지 않게 살짝 뒤틀어 똑 꺾었다. 사과를 바구니에 담기 전에 코에 대고 향을 맡았다.

'아, 이런 일이라면 평생 해도 좋을 것 같아.'

사과밭은 초록색 융단을 펼쳐 놓은 듯 잔풀들이 폭신폭신 발에 밟혔다. 주렁주렁 열린 빨간 사과 사이로 파란 하늘이 보였다. 하늘을 보며 할 수 있는 일이 얼마나 행복한 일인가. 늘 석탄가루에 덮여 있던 내 손도 사과를 따서 바구니에 담는 순간에는 행복할 것 같았다. 검은 세상, 검은 땅속, 검은 막장에서 일을 하는 내겐 과수원이 천국이나 다름없었다.

첫날 일을 마치고 돌아가려는데 주인이 나를 불렀다.

"어떤가, 할 만한가?"

"그럼요. 막장일에 비하면 저에겐 소풍처럼 즐거운 일이에요."

"다행이구만. 이거 가지고 가서 먹게나."

주인이 사과를 가득 담아 주었다. 숙소에 도착하자마자 가장 빨갛고 윤기가 나는 것들을 골라 따로 두었다. 미경에게 줄 사과였다. 미경을 만나지 않았으면 아르바이트를 할 생각도 하지 못했을 테니까.

황수형에게 사과를 먹으라고 메모를 남기고, 간식으로 사과를 싸가지고 밤 근무를 하러 갔다.

이튿날 아침 샤프트에서 교대하는 황수형과 마주쳤다.

"야, 사과 잘 먹었다. 아주 맛있었어."

형이 좋아하는 걸 보니 어깨가 으쓱했다. 숙소에 돌아오자마자 사과를 가지고 미경이 일하는 식당으로 갔다. 미경을 처음 만났던 일을 생각하면 아직도 얼굴이 뜨거웠지만, 그 일이 아니었으면 미경을 만나지도 못했을 거라 생각하면 차라리 잘 된 일이었다.

미경을 찾아가서 불쑥 사과를 내밀었다.

"어머나! 웬 사과에요?"

"사과농장에서 아르바이트를 시작했어요. 주인이 먹으라고 줬는데, 그 중에서 가장 예쁜 걸로 골라왔어요."

"고마워요."

"시간이 없어서 그만 가봐야 해요. 다음엔 기숙사에도 가져다 드릴게요."

나는 혹시라도 미경이 그 단어 이야기를 꺼낼까 봐 조마조마했다. 돌아오는 발걸음이 날아갈 것처럼 가벼웠다. 사과농장에서 일을 시작한 후로 잠도 잘 오고 밥맛도 꿀맛이었다. 독일에서 많이 나는 사과가 보스코프, 스테른라이네트, 델리치우스, 클라라펠이라는 것도 알게 되었다.

주인은 내가 독일 사람의 몇 배나 손이 빠르다며 힘들지 않느냐고 물었다. 나는 고개를 강하게 저었다. 천국에서 일하는 것 같은데 힘들다니 말도 안 되는 소리였다.

"사과따기가 끝나면 가게에서 일하게. 말을 배우는 데 많은 도움이 될 거네."

"고맙습니다."

"헤르 박, 내게 고마워 할 필요 없어. 자네가 성실하지 않으면 우리도 관심을 가지지 않는다네. 세상엔 무조건 도움을 주는 일은 없거든. 다 본인 하기 나름이지."

주인은 나를 무척 배려해 주는 자상한 사람이었다. 어느덧 사과따기가 끝나고 가게에서 일을 하게 되었다. 불량품을 골라내는 일부터 시작했다. 아르바이트를 끝내고 숙소로 돌아갈 때면 상품성이 떨어지는 사과들을 맘대로 가져가라고 했다.

나는 불량사과를 자전거에 실을 수 있는 만큼 가져와, 비교적 깨끗하고 잘 익은 사과는 미경의 몫으로 골라 두었다. 사과를 가지고 미

아르바이트

경을 찾아가는 일이 나의 가장 큰 즐거움이었다. 미경에게 내가 직접 딴 사과를 줄 수 있다는 것만으로도 가슴이 뛰었다. 사실은 사과를 전할 때마다 사과에 담긴 내 마음도 받아주기를 기대했다. 미경은 매번 사과처럼 상큼한 웃음을 날렸다.

"고마워요. 기숙사 친구들과 나눠 먹을게요, 오빠. 오빠라고 불러도 되죠?"

"어, 그…… 그럼. 당연하지."

별 것도 아닌 말에 괜히 얼굴이 붉어졌다.

"계속 찾아와도 되죠?"

"사과만 가져온다면 언제나 대환영이에요."

"사과 없으면 못 오나?"

"아이 참, 오빠도. 오지 말라고 하면 안 올 거예요?"

내가 오지 말라고 해도 올 거라는 걸 벌써 알고 있었을까. 사과는 나와 미경을 이어주는 다리나 다름없었다.

숙소에서는 황수형이 내가 가져오는 사과로 인심을 썼다. 동료 광부들이 맛있게 먹는 것만 봐도 배가 부르고 마음이 뿌듯했다. 아르바이트를 시작한 지 거의 한 달이 되었을 때였다. 형이 어울리지 않게 내 눈치를 보며 은근하게 물었다.

"너 미경 씨 자주 만나지? 요즘 안색도 밝아지고 어딘가 달라졌어. 미경 씨랑 연애하는 거 아니냐?"

"형, 연애는 무슨? 그냥 같은 한국 사람이니까 가족 만난 것처럼 반갑고 좋아서 그렇지."

"아, 그때 나도 함께 만났어야 했는데 하필 쉬는 날이었지. 나도 미경 씨가 무지 궁금하단 말이야. 담엔 나랑 꼭 같이 가자."

"알았어. 다음에 같이 가."

"어째, 대답이 시큰둥하다. 둘이만 만나고 싶은 거지?"

"절대 아니니까 형 눈으로 직접 확인해 봐."

"야, 절대부정은 절대긍정이야. 아무튼 빨리 만나보고 싶다."

사과농장 일은 내게 일석이조를 넘어 일석오조쯤 되는 것 같았다. 돈도 벌고, 말도 배우고, 광부들에게 사과 맛도 보여줄 수 있고. 거기다 미경을 만날 핑계까지 생겼다. 나누는 것만큼 즐거운 게 없다는 걸 사과를 통해 배울 수 있었다.

독일 학생들의 방학이 시작된 직후였다. 토요일에 가게에 나가니 처음 보는 여학생이 사과를 분류하고 있었다. 짧은 단발머리였는데 윤기가 반짝반짝 흐르는 금발이었다. 눈처럼 하얀 피부에 깊고 푸른 눈이 동화책에 나오는 공주 같기도 하고 인형 같기도 했다.

여학생이 나를 보자마자 먼저 인사를 했다.

"안녕하세요? 아빠한테 얘기 많이 들었어요. 전 헬가라고 해요."

아빠라고 말하는 걸 보니 주인의 딸인 모양이었다.

"아, 네. 반갑습니다."

"편하게 대해 주세요. 전 고등학생이고 열여덟 살이에요."

"아, 그렇구나."

/ 아르바이트 \

"전 한국에 대해 궁금한 게 많아요. 대학에 가면 동양학을 전공하려고 하거든요."

헬가는 나를 처음 보는데도 오래전부터 알던 사람처럼 대했다. 한국에는 산이 많은지, 강이 많은지, 날씨는 어떤지, 지금은 무슨 계절인지, 일을 하는 동안 쉴 새 없이 질문을 했다.

"일하러 매일 나와?"

"그럼요. 방학 동안 아르바이트를 하고 아빠한테 돈을 받기로 했어요."

자기 집 일을 돕고도 아르바이트라고 말하는 헬가가 무척 당차게 보였다. 헬가는 일도 척척 잘했다. 내가 서툴거나 잘못하는 게 있으면 그게 아니라고 가르쳐주기도 했다.

"학생인데 어떻게 그렇게 일을 잘해?"

"난 방학 때마다 여기서 일하니까 경력으로 치면 훨씬 선배예요. 사과농장 딸이 이 정도도 못할까 봐? 그러니까 내 말 잘 들어야 돼요."

자기가 말해놓고도 민망한지 깔깔 웃었다. 문득 헬가에게 독일어를 가르쳐 달라고 하면 어떨까 욕심이 생겼다. 전혀 모르는 사람보다 헬가에게 배우면 편하고 좋을 것 같았다. 일을 끝내고 헬가에게 물었다.

"혹시 나한테 독일어를 가르쳐 줄 수 있어? 사실은 개인과외를 받고 싶었거든."

"어머나, 그래요? 좋아요. 그럼 방학 동안 여기서 함께 일하면서 가르쳐 줄게요."

"그래주면 정말 고맙지. 일도 하고 독일어도 배우고."

"자, 그럼 오늘부터 선생님이라고 불러요."

헬가가 의기양양하게 웃으며 말했다. 흔쾌히 들어주는 걸 보니 마음이 놓였다. 과외비는 얼마를 줘야 할까. 독일 사람들은 정확한 걸 좋아한다는데 얼마 받을 거냐고 직접 물어보는 게 낫겠지.

"선생님, 과외비는 얼마를 드려야 하나요?"

헬가가 자못 진지하게 선생처럼 말했다.

"상우학생, 과외비는 받지 않을게요. 내가 아직 교사 자격증이 없기 때문에 돈을 받는 건 불법이라서 안타깝게도 받을 수가 없습니다. 그러니 그냥 열심히 공부만 하세요."

어리둥절해 하는 나를 보며 헬가가 허리를 굽히고 깔깔댔다.

"농담이 아니에요. 대신 한국에 대해 내가 궁금한 것들을 가르쳐주면 돼요. 그럼 서로 빚질 게 없으니까. 됐죠?"

헬가는 정말 귀엽고 깜찍했다. 돈도 들이지 않고 독일어를 배울 수 있다니.

다음 날부터 헬가는 내게 어린아이에게 말을 가르치듯 이럴 땐 이렇게 말하고, 저럴 땐 저렇게 말하라며 상황에 맞게 독일어를 가르쳐주었다. 어떤 때는 잠시도 틈을 주지 않고 계속해서 묻고 대답하게 했다. 헬가와 함께 일할 때는 시간이 가는 줄 몰랐다.

과일가게가 쉬는 날, 오랜만에 미경을 찾아갔다. 황수형이 하도 보채서 더 미룰 수 없어 함께 만날 약속을 잡아야 할 것 같았다. 미경

/ 아르바이트 \

을 보자마자 자랑을 했다.

"나도 개인과외를 받기로 했어."

"그래요? 잘됐다. 선생님은 어떤 사람이에요?"

"아르바이트 하는 사과농장 사장님 딸이야. 헬가라는 고등학생인데 과외비도 안 받고 해주겠대."

"어머! 과외비도 안 받고 공짜로? 정말 잘 됐네요."

미경은 자기 일처럼 기뻐했다.

"헬가가 마침 동양학을 전공하려고 한대. 그래서 나한테 독일어를 가르쳐 주면서 한국에 대해 궁금한 걸 알려 달래. 미경이 너도 만나 보면 서로 많은 이야기를 나눌 수 있을 거 같아."

"내가 쉬는 날 오빠 아르바이트 하는 곳으로 갈까요? 요즘 방학이라 시간이 있으니까."

"그래, 다음 주로 시간을 잡을까?"

"다음 주 화요일 어때요?"

"좋아. 그럼 황수형도 헬가랑 같이 만나자. 숙소에서 같은 방을 쓰는 형인데, 사실은 나보다 그 형이 더 널 보고 싶어 하거든."

"나를? 왜요?"

"그냥. 호기심도 많고 재밌는 형이야. 네가 한국 간호사라고 했더니 당장 만나보고 싶대. 사실은 처음에 너 일하는 식당에 찾아갔을 때 그 형이랑 함께 갔었어. 그날 네가 쉬는 날이라 허탕을 쳤지만."

"알았어요. 다음 주 화요일에 오빠 아르바이트 하는 곳에서 봐요."

숙소에 돌아와 황수형에게 화요일에 다 같이 만나기로 했다고 전했다. 미경이에 헬가까지 한꺼번에 보게 됐다고 형이 입이 찢어지게 좋아했다. 어디 가서 뭘 하고 놀지 고민하며 서성거리던 형이 대뜸 내게 말했다.

"야, 너 이제 다친 손 거의 정상이지?

"그런 것 같아. 왜?"

"다시 나랑 슈템펠 작업 하겠다고 근무시간 바꿔 달라고 해. 그래야 너랑 같은 시간에 일하고 같이 놀러 다닐 수 있지."

놀려고 근무시간을 바꾸라니, 형다웠다. 그런데 나도 선탄작업을 그만두고 싶던 참이었다. 손 상태가 많이 좋아져서 슈템펠 작업도 문제없을 것 같았다.

"응. 선탄작업이 슈템펠 작업보다 돈도 적고 그래서 나도 슈타이거를 만나서 부탁해 보려던 참이었어."

"그래. 당장 바꿔달라고 해."

나는 곧바로 슈타이거를 만나 선탄작업을 그만하겠다고 말했다.

"그래요. 이제 거의 회복되었으니 원하는 일을 하도록 합시다."

"다시 슈템펠 작업을 하고 싶어요."

"알겠습니다. 대신 항상 조심해야 합니다."

나는 다시 슈템펠 작업을 시작했다. 하지만 아르바이트를 계속해야 했기 때문에 여전히 밤 근무였다.

드디어 화요일이 되었다. 사과가게에서 일을 하는 동안 헬가도 들떠 있는 것 같았다.

"다들 빨리 만나보고 싶어요."

"그래. 조금만 기다려. 미경이랑 헬가는 둘 다 학생이라 할 얘기가
더 많을 거야."

"그러게요. 일하면서 공부하는 한국 사람들 정말 대단해요."

퇴근시간을 기다리는데, 평소보다 시간이 두 배는 느리게 가는 것
같았다. 이제 곧 내 소개로 네 사람이 만날 생각을 하니 나도 기분이
들떠서 시계만 자꾸 보았다.

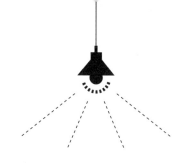

미경의 병실에서

아르바이트가 끝나지도 않았는데 황수형이 먼저 찾아왔다. 딱 봐도 한껏 멋을 부린 폼이었다. 노란 모자에 빨간 티셔츠와 청바지라니. 솔직히 좀 유치해보이긴 했다. 황수형이 아니고 다른 사람이었다면 너무 튄다고 했겠지만, 형이 저러고 다니는 건 내 눈에는 이미 익숙했다.

형은 헬가를 보자마자 금세 알아봤다.

"상우 개인교사 헬가 선생님! 맞지? 우와 푸른 눈에 금발 미녀네!"

성격이 활달한 헬가도 형을 보자마자 입을 딱 벌렸다.

"황수? 우와! 오늘 멋지네요."

혹시라도 어색하지 않을까 걱정했는데, 둘이 소개도 하기 전에 인사를 나누는 걸 보니 부르길 잘했다는 생각이 들었다.

"야, 나 오늘 어려보이지 않냐? 신경 많이 썼는데, 어때 잘 어울려?"

"잘 어울려. 진짜 멋져."

형이 내 말에 어깨를 으쓱했다. 아르바이트를 마치고 뒷정리를 하는데 미경이 도착했다.

"미경아 어서 와. 인사해. 여기는 황수형과 헬가."

미경이 반갑다며 인사를 하자마자 형이 물었다.

"우리 어디로 갈까요? 시내로 나갈까요?"

미경이 고개를 갸웃거리다가 대답했다.

"시내는 복잡하니까 강변으로 갈까요?"

"강변 좋죠."

모두 형의 차를 타고 강변으로 나갔다. 주로 혼자 시간을 보내던 강변을 넷이 함께 걸으니 소풍을 나온 것처럼 기분이 좋았다. 황수형과 미경이 이야기를 많이 하고, 나와 헬가는 듣기만 했다. 형은 한국에서 온 간호사들에 대해 궁금한 게 많은지 쉴 새 없이 미경에게 질문을 던졌다.

헬가는 미경보다 두 살이나 아래였지만 체격은 훨씬 커서 언니처럼 보였다. 아무래도 한국말이 오갈 때가 많아서 헬가가 소외감을 느끼지 않을까 했지만 괜한 기우였다. 헬가는 새로운 사람들과 어울리는 것만으로도 신난다며, 특히 독일어를 제일 잘하는 미경과 많은 이야기를 나누고 싶어 했다.

"나 방학 끝나면 학교로 돌아가야 하니까 그 사이에 자주 만나기로 해요."

헬가의 말에 미경이 아쉬워했다.

"나도 그러고 싶은데, 야간근무를 해야 하고 낮에는 아르바이트에 학교까지 가야 하니 시간이 많지 않아서 아쉽네."

"미경이가 가장 열심히 살지. 나도 낮엔 아르바이트를 하니……."

내 말에 황수형이 얼른 제안을 했다.

"제일 바쁜 사람이 미경 씨니까 앞으로는 미경 씨가 근무하는 병원 근처에서 만나요. 내가 차로 세 사람을 태우고 갈게. 미경 씨, 휴일이 언제에요?"

"매주 월요일, 화요일은 아르바이트가 없어요."

"아, 그럼 나랑 상우가 화요일에 월차를 내면 되겠다. 화요일마다 만납시다."

미경의 말이 끝나자마자 형이 나와 헬가의 의견은 들어보지도 않고 혼자 결정해 버렸다.

"상우 넌 왜 말이 없냐? 다 같이 만나는 게 싫은 거지?"

"아냐, 형. 자꾸 왜 그래?"

나는 일부러 손사래를 쳤지만 마음속으로는 아쉬움이 남았다. 넷이서 웃고 떠드느라 시간이 빨리 지나갔다. 어느덧 강물이 노을에 빨갛게 물들어 가고 있었다. 황수형이 모두에게 말했다.

"오늘은 다 같이 만난 기념으로 내가 저녁 살게. 우리 뭐 먹으러 갈까? 헬가가 맛있는 곳으로 안내 좀 해줘."

"음, 동양 사람들은 기름진 걸 별로 좋아하지 않을 테니까 바이스

/ 미경의 병실에서 \

부어스트 소시지 먹으러 가면 어때요? 비싸지도 않으면서 아주 담백
하고 맛있어서 분명 다들 좋아할 거예요.”

나는 헬가가 하필 소시지를 먹으러 가자고 해서 약간 당황스러웠
다. 황수형이 헬가에게 물었다.

“처음 들어보는 소시지인데, 뭐가 달라?”

“바이에른 지방에서 나오는 하얀색 소시지인데, 끓는 물에 살짝 데
쳐야 맛있어요.”

“우린 이름도 모르고 그냥 소시지 하면 다 구워 먹는 것만 있는 줄
알았는데 종류가 많은가 보네. 바이스 부어스트 먹으러 갈까?”

미경이 나를 보고 살짝 눈웃음을 지으며 대답했다.

“좋아요. 가요.”

헬가가 잘 아는 식당으로 우리를 데려갔다. 독일은 소시지의 본고
장이라 소시지 종류만 해도 1백여 종이 넘는다고 했다.

황수형은 앉자마자 맥주부터 찾았다.

“야, 맥주도 한잔씩 하자. 내가 쏠 테니까.”

“저는 곧 일하러 가야해서 취하면 안 되는데…….”

“형, 나도 밤 근무 가야 하니까…….”

나와 미경의 말에 황수형이 실망한 기색이 역력했다.

“미경 씨는 몰라도, 넌 남자가 고작 맥주 한 잔이 뭐 술이냐?”

“맞아요, 독일에서 맥주는 술이 아니라 음료예요.”

헬가가 거들자 형이 얼른 반겼다.

"그렇지? 역시 독일 사람이라 다르네. 헬가 말이 맞아. 독일에선 맥주가 술이 아니라 음료라니깐."

"헬가는 미성년자라 안 되잖아요. 그냥 황수오빠만 마셔요."

미경이 똑 부러지게 선을 그었다.

헬가와 형은 계속 있고 싶어 했지만, 나와 미경은 밤 근무 때문에 서둘러 돌아가야 했다. 헬가가 아쉽다며 다음에도 꼭 데려가 달라고 부탁했다.

일주일은 금세 지나갔다. 다시 슈템펠 작업을 시작한 터라 힘도 들고 긴장도 되어 시간이 어떻게 지나갔는지 모를 정도였다.

화요일이 되자, 형은 아침 일찍부터 아예 거울에 붙어 있었다.

"야, 석탄문신 좀 흐려졌냐? 사실 어제 밤새 문질렀거든. 어때? 많이 없어졌지?"

"처음 만나는 것도 아닌데 뭘 그래?"

"미경 씨 만나러 가면 다른 한국 간호사들도 마주칠 거 아냐? 이참에 미경 씨한테 친구 소개시켜 달래야지."

석탄문신이 하루쯤 문지른다고 없어질 것 같으면 걱정도 안 할 텐데. 그래도 형에게 차마 그대로라고 말해 줄 수는 없었다.

"글쎄, 조금 흐려진 것 같기도 한데."

"짜식 대답이 뭐 그러냐? 나도 문지르나 마나 똑같다는 거 잘 아니까 거짓말하지 마라."

나도 형 못지않게 옷차림에 신경이 쓰였다. 한국 간호사들에게 초라한 모습을 보이고 싶지는 않았다. 이 옷 저 옷을 걸쳐 보고 있으려니 형이 재촉했다.

"야, 너도 모양 내냐? 대충 하고 빨리 나와. 헬가도 태워 가야지."

헬가는 이미 큰 길에 나와 기다리고 있었다. 셋이서 차를 타고 코블렌츠 병원으로 달렸다. 형은 콧노래를 부르고 나와 헬가는 독일어로 끝말잇기를 하면서 갔다. 미경이가 혹시 먼저 나와 있지 않을까 두리번거렸지만, 우리가 너무 일찍 왔는지 기숙사에 도착했는데도 미경은 보이지 않았다. 기숙사 경비실에 가서 유미경을 찾았다. 경비는 일일이 우리 이름을 묻고 왜 왔느냐고 했다. 만나기로 약속을 했다고 말했더니 언제 약속을 했느냐고 재차 물었다.

"벌써 일주일 전에 약속을 했는데요."

"연락 못 받으셨나요? 지금 유미경 씨 입원 중입니다."

우린 모두 깜짝 놀랐다. 경비는 미경이 사흘 전에 사고를 당했다며 입원실을 가르쳐 주었다.

"아니, 무슨 사고를 당한 걸까? 얼른 병실로 가 보자."

미경이 입원한 병실은 노인들로 가득 차 있었다. 우리가 들어가자 미경은 깜짝 놀랐다. 오른쪽 다리에 석고붕대를 하고 있었다.

"어쩌다 사고를 당한 거예요?"

"에이, 보기엔 이래도 별 거 아니에요. 봐요, 움직일 수도 있어요. 우리 휴게실로 가서 얘기해요."

미경이 아픈 사람답지 않게 생글생글 웃으며 목발을 짚고 휴게실로 우리를 안내했다.

"입원한 줄 알았으면 뭘 좀 사와야 하는 건데 빈손으로 와서 어쩌지? 잠깐 나갔다 올 테니까 얘기들 나누고 있어."

미경이 괜찮다고 말렸지만 나는 밖으로 나가서 과일이랑 음료수와 빵을 사 가지고 돌아왔다. 사온 음식을 테이블에 놓고 넷이 둘러앉으니 그런대로 휴게실이 작은 카페가 되었다. 미경이 근무하는 병원이라 그런지 편하게 느껴졌다.

"이번 모임은 병원에서 하게 되네."

"그러게요. 안 그래도 연락을 못 해서 어쩌나 하고 있었어요."

"얼마나 다친 거야?"

"뼈에 금이 가서 2주 동안 석고붕대를 해야 한대요. 방학이라 그나마 다행이에요."

"어쩌다가 다쳤는데? 사고로 다쳤다며?"

"사흘 전에 돌아가신 분을 시체실로 옮기다가 넘어졌어요."

"뭐? 시체를 옮겨?"

"뭘 그렇게 놀라요? 우리 병원은 임종을 앞둔 노인 환자들이 대부분이에요. 전쟁으로 자식을 잃은 사람들이 많아서 대부분 혼자 임종을 맞거든요."

미경의 말에 갑자기 전쟁으로 아들과 남편을 잃었다는 로즈마리가 떠올랐다.

"여기서는 늘 죽음과 함께 일해요. 임종을 앞둔 노인들이 편안하고 존엄하게 눈을 감을 수 있도록 최선을 다해서 간호하죠."

"시체를 어디로 옮겨요?"

헬가가 깊고 푸른 눈을 깜빡이며 미경에게 물었다.

"시체안치실이 있어요. 돌아가시면 다 그곳으로 옮기죠. 그 분은 체구가 아주 크셨어요. 사후처치를 마치고 안치실로 옮기다가 운반차 바퀴가 미끄러지는 바람에 발이 꼬여서 넘어졌어요."

황수형이 화를 내듯 물었다.

"어떻게 미경 씨 같은 연약한 여자가 시체를 운반해요?"

"그날 마침 남자 간호사가 결근을 했어요. 그 환자분 때문에 아침부터 조마조마했는데 결국 저 혼자 간호할 때 임종을 하셨어요. 마지막 눈 감을 때 잘 가시도록 붕대도 새것으로 갈아 드리고 몸도 씻겨 드리고 그랬는데……."

나도 모르게 감격해서 '아!' 소리가 나왔다. 얼굴만 예쁜 게 아니라 마음도 어찌나 고운지. 갑자기 무릎 위에 가지런히 놓여 있는 미경의 손이 거룩하게 느껴졌다.

"참 대단한 일을 하네요. 난 상상도 못하겠어요."

헬가도 대단하다는 듯 미경을 바라보았다.

"대단한 일은 뭐. 환자가 돌아가시면 사후처치라는 게 있어요. 먼저 약솜으로 귀와 코를 막고, 항문도 막고, 머리도 빗기고, 얼굴도 깨끗하게 닦아주고. 고통으로 일그러진 표정도 편안하게 손으로 일일이 펴 드리거든요. 그 후에 안치실로 옮기는데, 그 분이 워낙 체격이 크셔서 동료 간호사랑 둘이 쩔쩔 매다가 그만…….”

　나이도 어린 미경이 매일같이 그런 험한 일을 한다고 생각하니 너무 안쓰러웠다.

　“사실 그때는 너무 당황해서 다리를 다친 줄도 몰랐어요. 시신이 손상될까 봐 얼마나 무서웠는지, 지금 생각해도 등에서 식은땀이 나요. 나중에 일이 끝난 다음에야 갑자기 발목이 붓고 걸을 수가 없는 거예요. 엑스레이를 찍어보니까 발목뼈에 금이 갔더라고요.”

　시체를 옮기는 일은 웬만한 남자도 겁낼 일이었다. 황수형도 몸서리를 치며 안타까워했다.

　“아, 난 남자인데도 끔찍해. 시체를 옮길 때 묶지도 않나?”

　“묶었죠. 묶었으니까 다행이지 안 그랬으며 아마 시체가 바닥으로 굴러떨어졌을 거예요.”

　미경이 생각하기도 싫다는 듯 얼굴을 찡그렸다.

　“근데 정작 다음 날 잠을 자는데 더 끔찍한 일이 있었어요.”

　나는 미경의 말에 불현듯 샘골아저씨의 악몽이 떠올랐다.

　“왜? 꿈에 귀신이라도 나타났어?”

　미경이 두 눈을 크게 떴다.

　“어머, 어떻게 그렇게 잘 알아요? 깜빡 잠이 들었는데, 꿈에 어제 그 환자가 나타나서 자기 다리에 금이 갔다며 아프다고 하소연을 하는 거예요. 얼마나 무서웠는지 일어나 보니 땀으로 몸이 다 젖었더라고요.”

/ 미경의 병실에서 \

나는 미경의 심정을 충분히 이해할 수 있었다. 샘골아저씨가 사고로 죽은 후 몇 번이나 되풀이해서 꾸던 그 끔찍한 꿈. 미경도 그런 꿈이었겠지. 나는 미경의 마음의 짐을 하루빨리 덜어주고 싶었다.

"그 꿈은 미경이가 마음속에 너무 부담을 갖고 있어서 그래. 그냥 아무 일도 아니었다고 생각하고 얼른 잊어 버려. 난 그 마음 너무 잘 알아."

미경이 내 말에 고개를 갸웃거렸다.

"오빠도 그런 비슷한 꿈 꾼 적 있나 봐요?"

비슷한 게 아니라 아주 똑같은, 게다가 훨씬 무서운 일을 겪었다고 말하고 싶었다. 황수형이나 헬가는 알 리 없었다. 그건 당해 본 사람만 아는 악몽이었다.

"말도 마요. 상우 얘가 요즘 얼마나 많이 변했는지 모르죠? 특히 미경 씨를 만난 후부터 아주 몰라보게 변했어요. 전엔 약해 빠져가지고 맨날 악몽이나 꾸더니만. 어우, 지금은 아주 남자다워졌다니까."

황수형의 말에 자존심이 상했다. 틀린 말은 아니지만 굳이 그걸 미경에게 확인시켜 줄 필요는 없었다. 걸핏 하면 막가는 형의 입을 틀어막고 싶었다.

"형, 그만 해."

"야, 난 틀린 말은 안 해. 상우도 미경 씨하고 비슷한 꿈으로 무척 고생했어요. 지금은 아르바이트도 하고 몰라보게 달라졌지만, 전엔 내가 이 녀석 때문에 얼마나 신경이 쓰였는지 몰라요."

형은 미경을 보며 계속 떠들어 댔다. 점점 짜증이 났다.

"아 참, 형! 그 얘긴 그만 하라니까!"

순간 나도 모르게 버럭 소리를 질렀다. 황수형이 말을 멈추고 나를 쳐다봤다. 헬가가 얼른 끼어들어 웃으며 말했다.

"아이 왜들 그래요? 그러다 정말로 싸우겠어."

황수형이 못 이긴 척 목소리를 낮췄다.

"하여튼 상우 너는 미경 씨 만나고 나서 많이 달라졌어. 그건 인정하지?"

"사실 미경이 만나기 전까지는 아르바이트 할 생각도 못했어. 그렇게 보면 헬가도 미경이 덕분에 만난 거나 마찬가지지. 그래서 개인과외도 받게 된 거고."

"내 말이 바로 그 말이야. 이게 다 인연인 거지. 그 아저씨가 돌아가시면서 너랑 나랑 한 방을 쓰게 되고, 네가 미경 씨를 만난 덕분에 헬가도 알게 되고. 그러니까 앞으로 우리 빼놓고 미경 씨랑 둘이서만 만나면 안 돼."

형의 말에 뜨끔했다.

"형, 괜히 오버하지 마. 무슨 결론이 그래?"

"왜? 찔리냐?"

형이 나를 약 올리려고 깐죽대자 미경이 그만 하라며 웃었다.

"근데 아까 상우오빠가 꿨다는 꿈이요. 어떤 꿈인지 물어봐도 돼요?"

나는 결국 샘골아저씨가 사고로 죽은 후 밤마다 악몽을 꾸던 이야기를 했다. 미경이 얘기를 다 듣고 고개를 끄덕였다.

"상우오빠는 그 아저씨와의 인연 덕분에 독일에 온 거네요."

"응. 독일에서 공부하고 싶다는 꿈도 아재 덕분에 꾸게 되었어."

"정말 마음속에 잠재되어 있는 내면의식이 꿈을 통해 드러나는 건지도 모르겠어요. 오빠도 그 분을 사고로 잃고 무척 힘들었겠네요."

나를 바라보는 미경의 눈이 안쓰러움으로 가득했다.

"말도 말아요. 아까 말했죠? 미경 씨 만나고 엄청 달라졌다니까요. 잘 먹지도 않고 바람 불면 날아갈 것처럼 빼빼 말라서, 어휴 정말 젓가락 같았는데. 지금은 살도 많이 붙었어요."

휴게실에서 시간가는 줄 모르고 얘기를 나누다가 의사가 미경을 찾는 바람에 모두 헤어져야 했다. 미경은 2주 후에 퇴원할 거라고 했다.

미경을 병실로 들여보내고 돌아오는 차 안에서 황수형이 아쉬운 듯 말했다.

"아, 깜빡했어. 미경 씨한테 한국 간호사 소개시켜 달라고 할 걸."

"아직 애인 없어요?"

어느새 황수형과 친해진 헬가가 조수석에 앉아서 물었다.

"한국에선 완전 잘나갔는데 말이지. 어디 미경 씨처럼 착하고 예쁜 여자 없나? 헬가는 남자친구 있어?"

"아니, 아직. 난 나중에 동양 남자 사귈까 봐요."

"한국 남자 어때? 상우 멋지지 않아?"

"에이, 제자는 안 돼요."

두 사람은 뒷자리에 있는 나는 신경도 안 쓰고 차 안이 떠나가라 웃었다.

헬가를 내려주고 숙소로 돌아왔다. 황수형이 피곤하다며 일찍 자자고 했다. 그렇게 웃고 떠들었으니 오죽할까. 그러자고 대답은 했지만 나는 독일어 공부를 하다 자고 싶었다. 하지만 자는 형을 위해 불을 켤 수가 없었다.

'아, 나도 방을 얻어 나갈까? 그럼 맘대로 공부도 하고 좋을 텐데. 그럼 형이 섭섭해 하겠지?'

형은 금세 코를 골기 시작했다. 문득 밤마다 함께 공부하던 샘골아저씨가 떠올랐다. 황수형은 공부에 취미가 없으니 내 욕심만 차리고 오래 불을 켜놓을 수가 없었다.

'섭섭해도 할 수 없어. 쇠뿔도 단김에 빼란 말이 있잖아.'

/ 미경의 병실에서 \

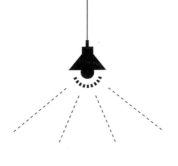

광복절 파티

　이튿날 아르바이트를 마치고 광산가족 마을을 찾아갔다. 동료 광부들 중에 광부숙소에서 나와 광산마을에 사는 사람들이 있다고 하길래 나도 방을 알아보기 위해서였다. 뜻이 있는 곳에 길이 있다더니, 마침 살던 사람이 결혼을 해서 나간 빈방이 있다고 했다. 방세도 그리 비싸지 않았다. 그동안 탄광에서 버는 돈은 모두 집으로 보냈지만, 사과농장에서 아르바이트를 한 돈은 꼬박꼬박 모았기 때문에 방값은 충분했다. 당장 계약을 했다.

　숙소에 돌아와서 황수형에게 솔직히 털어놓았다. 펄쩍 뛸 줄 알았던 형이 웬일로 내 말을 듣고도 잠자코 있었다. 말이 없으니 더 신경이 쓰였다. 한참 후에 형이 잘했다며 이삿짐은 자기 차로 옮겨 주겠다고 했다. 그동안 나 때문에 귀찮았던 것일까. 형이 순순히 받아들이니 오히려 더 미안했다.

　광산가족 마을은 똑같은 이층집들이 나란히 서 있었다. 이사라는 말이 어울리지 않을 정도로, 몇 안 되는 개인 소지품만 챙겨 가지고 광부숙소를 나왔다. 숙소에 있는 광부들이 농담처럼 사과타령을 하며 섭섭해 했다.

"이제 상우한테 사과 얻어먹는 것도 끝이네. 나가 살더라도 가끔 사과 좀 가져와."

황수형은 한술 더 떠 너스레를 떨었다.

"상우 얘가 사과가 아까워서 이사를 나간다니까요. 쪼잔한 놈. 내 말이 맞지?"

형이 일부러 섭섭한 속내를 감추는 것 같아 웃을 수가 없었다. 나는 독일어를 잘하고 싶은 마음 못지않게 형과 함께 지내고 싶었다. 앞으로 형을 영영 볼 수 없는 거라면 숙소에서 한 발짝도 나가지 않았을 것이다.

이사를 한 다음 날 로즈마리가 찾아왔다. 내 집이랄 것도 없이 달랑 방 한 칸 얻어 나온 것뿐인데 이사를 했다고 찾아와 주는 로즈마리가 친어머니처럼 고마웠다.

"헤르 박, 축하해. 이사 축하선물을 가져왔어. 이것들은 내가 쓰던 것들이야."

로즈마리는 오래된 그릇과 주전자와 찻잔, 냄비에 전기화로까지 챙겨왔다. 무거운 몸으로 들고 오기도 힘들었을 텐데 이것저것 챙겨 온 걸 보니 코끝이 시큰했다.

"기숙사에 있을 때는 몰랐겠지만 이제 스스로 음식도 해 먹어야 할 텐데, 변변한 그릇이 없을 거야. 그래서 이것저것 챙겨왔어. 이 주전자는 우리 집에서 대대로 물려 쓰던 거야. 50년쯤 된 건데 아직도 말짱해서 물 끓이는 데는 문제없어."

로즈마리가 가져온 주전자는 거의 골동품처럼 보였다.

"부족한 거 있으면 언제든 찾아와. 우리 집에 안 쓰는 물건들 찾아서 챙겨 줄게."

로즈마리는 마치 살림을 나간 아들을 챙기는 것 같았다.

"고맙습니다. 자주 찾아뵐게요."

광부숙소에는 빨래방도 있고 건조방도 있어서 편했는데 새 집에서는 당장 빨래가 걱정이었다. 최대한 깨끗이 오래 입어서 빨랫감을 줄여야 할 텐데, 석탄가루가 시커멓게 묻은 광부복이 문제였다.

내 걱정을 알기라도 한 것처럼, 주인 아주머니가 빨래할 것 있으면 어려워 말고 미리미리 내 놓으라고 했다.

"고맙습니다. 하지만 석탄가루가 많은 옷들이라……."

"괜찮아요. 우리 남편도 광부잖아요."

같은 세탁기에 빨래를 함께 넣고 돌리는 것은 같은 광부가 아니라면 절대 불가능한 일이었다. 시커먼 석탄가루가 묻은 옷들은 다른 빨래와 섞어서 빨 수가 없었다. 탄광촌이라 빨랫줄에 널린 하얀 옷도 금세 검게 변했다. 빨래를 헹군 물도 걸레를 빤 물처럼 검었다. 주인 아주머니가 내 빨랫감을 아무렇지도 않게 자기네 빨랫감과 함께 세탁기에 넣는 걸 보니 가슴이 뭉클했다.

"한 가족처럼 대해주시니 정말 고맙습니다."

"한 집에 사는데 물을 절약하기 위해서라도 같이 빨래를 하는 게 나아요. 부담 갖지 말고 언제든 내놓으세요."

친절한 주인 아주머니를 만나니 대화도 자연스럽게 나눌 수 있을 것 같았다. 꿈을 향해 한 계단 한 계단씩 올라가는 과정에서, 좋은 사람들과의 인연이 큰 힘과 용기가 되었다.

이사를 한 후 일주일쯤 지났을 때였다. 샤워실에서 마주친 황수형이 싱글벙글했다.

"야, 너 소식 들었냐? 광부들이랑 간호사들이 모여서 광복절 축하 파티를 한대."

"진짜? 어디서?"

"아헨 시내에 있는 체육관에서 한다는데, 미경 씨도 꼭 오라고 해야겠어."

"퇴원했을까?"

"그럼, 2주 후에 퇴원한다고 했잖아. 그때가 벌써 한 달 전인데."

"알았어. 내가 미경이한테 함께 가자고 할게."

"미경 씨한테 간호사들 많이 데리고 오라고 해."

황수형은 생각만 해도 신바람이 나는 모양이었다.

이튿날 아르바이트를 하는데 뜻밖에 미경이 먼저 나를 찾아왔다.

"웬일이야? 다리는 이제 괜찮아? 그렇지 않아도 찾아가려던 참이었어."

/ 광복절 파티 \

"광복절 파티에 함께 가자고 말하러 왔어요."

"어? 나도 파티에 가자고 하려고 했지. 황수형은 너한테 간호사들을 많이 데리고 오라고 부탁까지 했어. 참, 나 그동안 광부숙소에서 나와서 광산마을로 이사했어."

"어머나, 그래요? 그럼 집들이 가야겠네."

옆에서 일하던 헬가도 궁금하다며 맞장구를 쳤다.

"아, 맞네. 우리 언제 초대할 거예요?"

"말 나온 김에 오늘 일 끝나고 어때요? 나 오늘 학교 쉬는 날이라 시간이 있는데."

"그래요. 이따가 다 같이 집 구경 가요."

"집 구경이 아니라 그냥 누추한 방 구경일 텐데……"

헬가가 더 가보고 싶어 했다. 하는 수 없이 아르바이트를 끝내고 황수형까지 불러 방 구경을 시켜주기로 했다. 그냥 잠만 자고 나오는 곳이라서 방구석에 속옷이며 양말이며 잔뜩 던져 놓고 청소도 언제 했는지 기억이 나지 않았다.

미경은 집들이 선물을 사야 한다며 가는 길에 비누를 샀다. 헬가가 왜 비누를 사느냐고 묻자, 한국에서는 비누거품처럼 재산이 불어 부자가 되라는 뜻으로 이사한 집에 갈 때 비누를 사간다고 했다. 헬가가 너무 재미있는 풍습이라며 웃었다.

막상 집에 도착하니 괜한 걱정을 했나 싶었다. 방 구경은 뒷전이고 광복절 파티 이야기로 모두 들떠 있었다.

166

"노래자랑도 하고 장기자랑도 한대. 난 무대를 휩쓸어 버릴 거야."

황수형이 신나서 떠들었다.

"미경 씨, 간호사들 중에서 좀 예쁜 여자들만 골라서 데려와요."

"그럼 난 빼구요?"

황수형이 고개를 절레절레 흔들었다.

"무슨 소리예요? 당연히 미경 씨가 제일 예쁘죠. 그 다음으로 괜찮은 여자들을 데려오라는 거지."

미경은 거짓말인데도 기분이 좋다며 웃었다. 우리끼리 파티를 한다니 부러운지 헬가가 물었다.

"나도 구경 가면 안 돼요?"

"왜 안 돼? 내 선생님이라고 특별초대 할게."

헬가가 손뼉을 치며 좋아했다.

그날부터 광부들은 온통 한국 간호사들과 파티를 할 생각에 들떠 있었다. 황수형은 급하게 기타를 사서 노래 연습까지 했다.

드디어 광복절 파티가 열리는 일요일, 한국 광부들이 아침부터 서두르는 바람에 광부숙소 전체가 부산했다. 황수형은 차를 몰고 광산 마을로 달려왔다.

"야, 이거 볼래? 이따 노래자랑 할 때 입을 거야. 멋지지?"

형은 반짝이가 붙어 있는 백바지를 꺼내 보이며 호들갑을 떨었다.

"어때? 엘비스 프레슬리 같지 않냐?"

"엉……, 비슷한 거 같기도 하고……."

"넌 꼭 그렇게 반응이 시원찮더라. 딱 봐도 엘비스잖아."

선글라스까지 끼고 다리를 흔들며 노래하는 시늉을 하는데 제법 폼이 나는 것도 같았다. 갖가지 끼를 갖춘 황수형이 한편으론 부러웠다. 나도 미경이 앞에서 멋지게 노래를 할 수 있으면 얼마나 좋을까.

황수형이 빨리 가자고 재촉하는 바람에 서둘러 헬가를 태우러 갔다. 헬가는 파티 분위기에 맞게 발랄한 플레어스커트에 블라우스를 입고 기다리고 있었다. 셋이서 황수형의 차를 타고 파티장으로 갔다. 입구에서부터 많은 한국 광부와 간호사들로 북적거렸다. 독일 광부들도 보였다. 미경은 코블렌츠 병원에서 함께 근무하는 간호사들과 함께 우리를 기다리고 있었다. 곱게 차려 입은 간호사들만 봐도 한국에 돌아간 것처럼 설레었다.

파티가 시작되자 광부들과 간호사들은 그동안 쌓였던 스트레스를 오늘 한방에 다 날려 보내겠다는 듯 열광적으로 노래와 춤을 즐겼다. 황수형은 예상대로 기타를 들고 나가 춤을 추며 노래를 불러 박수를 많이 받았다. 간호사들의 환호를 듣고 더 신난 것 같았다. 헬가는 광부들과 돌아가면서 춤을 춰서 인기를 한 몸에 받았다. 헬가의 성화에 못 이겨 나도 미경이와 파트너가 되어 춤을 췄다. 춤이라고는 춰본 적도 없는데 사람들 앞에서, 그것도 미경이와 춤을 추라니. 엉거주춤한 자세로 어쩔 줄 몰라 하는 나보다 미경이 훨씬 적극적이어서, 나는 미경이 리드하는 대로 춤을 추었다.

분위기가 무르익어 한국 광부와 간호사들은 물론 독일 사람들까지 서로 파트너가 되어 춤을 출 때였다. 독일 광부 한 명이 미경에게 춤을 신청했다. 두 사람이 함께 춤을 추다가, 독일 광부가 갑자기 미경을 거칠게 끌어안고 입을 맞추려 했다. 화들짝 놀란 미경이 독일 광부를 밀치자, 그 순간 바로 옆에서 헬가와 춤을 추던 황수형이 그 남자의 따귀를 올려 붙였다. 순간 장내가 찬물을 끼얹은 것처럼 경직되었다. 따귀를 맞은 독일 광부가 황수형에게 달려들면서 파티장은 순식간에 격투장으로 변했다. 황수형과 독일 광부는 엎치락뒤치락하며 육박전을 벌였다. 한국 광부들이 황수형을 뜯어 말렸다.

"그놈의 성질 좀 죽여! 파티장이 엉망이 되잖아!"

"내가 뭘요? 씨발, 저 새끼가 우리 미경이를 함부로 대하는데 그럼 보고만 있으란 말입니까?"

"신사적으로 할 수도 있잖아. 오늘 같은 날 꼭 주먹을 써야 해?"

한국 광부들이 황수형을 나무랐다. 미경은 어쩔 줄을 모르고 울음을 터뜨렸다. 독일 사람들이 나서서 상대편 광부를 설득해서 겨우 싸움이 진정되었다.

"저 자식이 춤을 추다가 추잡하게 굴었단 말이에요. 왜 나한테만 야단이야! 야, 상우야, 네가 보기에도 내가 잘못한 거 같냐?"

황수형이 식식대며 한국 광부들을 원망했다. 나이가 많은 광부가 황수형에게 야단을 쳤다.

"여기서 이러면 독일 사람들이 우릴 어떻게 보겠어? 우리의 일거수일투족이 다 한국 사람에 대한 이미지가 된다고. 앞으로도 과격한

행동은 각별히 조심하도록 하게!"

황수형은 억울해서 얼굴이 붉으락푸르락했다. 미경이를 보호한다고 한 일이 오히려 한국 광부들 사이에서 왕따를 당하는 꼴이 되었다. 미경은 미경대로 황수형에게 몹시 미안해했다. 나는 아무런 도움도 되지 못해 황수형에게도 미안하고 미경에게도 미안했다.

"미안해요. 내가 대신 사과할게요. 그 독일 광부가 좀 지나쳤어요. 아마 동양 여자라서 순간적으로 호기심이 발동했나 봐요."

헬가의 말에 황수형의 마음이 조금 풀어지는 듯 했다.

파티가 끝나고 우리끼리 뒤풀로 자리를 옮겼다. 미경이 데리고 온 한국 간호사들도 함께 했다. 간호사 중 한 명이 황수형에게 말했다.

"황수 씨 기사도 정신에 반했어요."

"아, 고맙습니다. 이렇게 제 마음을 알아주시니 정말 영광입니다."

"미경이가 한국 여자가 아니라면 안 그러셨겠죠? 광부들은 황수 씨를 나무랐지만 여자인 저희들은 달라요. 오히려 황수 씨가 고마운 걸요. 안 그래 미경아?"

"황수오빠, 정말 미안해요. 나 때문에 괜히……."

미경의 말에 황수형이 고개를 저었다.

"난 미경 씨를 함부로 대하는 놈은 누구든지 가만 두지 않을 겁니다. 아니 미경 씨뿐만 아니죠. 한국 간호사들에게 함부로 하는 놈들은 다 보고만 있지 않을 거예요."

황수형의 말에 한국 간호사들이 멋지다며 손뼉을 쳤다. 형이 터져

170

서 부은 입술로 웃는 걸 보고 미경이 자기 손수건을 건넸다. 나는 미경이 앞에서 더 작아지는 것 같았다.

"오늘 저녁은 제가 쏘겠습니다. 다들 맘껏 드세요!"

황수형이 호기롭게 외쳤다. 형은 돈을 모아서 한국에 보낼 필요가 없으니까 자유롭게 썼다. 나는 그런 것들도 부러웠다. 그날 저녁 내내 황수형은 한국 간호사들에게 흑기사로 통했다. 우리는 앞으로도 자주 만나자며 헤어졌다.

집에 돌아오니 형님에게서 편지가 와 있었다.

기와집을 꿈꾸며

상우 보아라

어느덧 네가 독일로 간 지 2년이 넘었구나. 그동안 고생이 많았지?

올해는 겨울이 되기 전에 네가 보내주는 돈으로 멋진 새집을 지으려고 준비 중이다. 새집을 짓는다는 생각만 해도 너무 좋고 가슴이 벅차다. 오는 설에는 새집에서 설을 맞을 수 있게 서두를 생각이다.

또 네가 넉넉하게 보내 준 소 값으로 어미 소를 샀는데 며칠 전에 송아지를 낳아서 소가 두 마리가 되었다. 모두 다 네 덕분이야.

사실 네가 독일에 간다고 했을 때만 해도 정말 소를 팔아 줘야 하나 많이 망설였는데 지금은 참 잘했다는 생각이 든다. 이 형은 그저 시골에서 땅 파먹고 사는 것밖에 몰랐는데 상우 네가 집안을 일으키고 있으니 참 고맙구나.

아버지가 며칠 전부터 몸살이 나서 누워 계신다. 이제 아버지도 연세가 있으셔서 하루가 다르게 기력이 떨어지시는 걸 보니 아들로서 마음이 많이 안타깝구나. 하지만 곧 일어나실 테니 너무 걱정은 하지 마라.

상우야, 남은 기간 첫째도 몸조심, 둘째도 몸조심해야 한다. 어머니는 매월 초하루마다 절에 가서 네가 무사히 돌아오기만 빌고 계시단다.

그럼 또 소식 전하마. 부디 몸 건강하게 잘 지내거라.

고향을 지키는 네 형이

눈물이 날 것 같았다. 아버지는 어디가 얼마나 편찮으신 걸까. 땅 파먹고 사는 것밖에 몰랐다는 형의 말도 가슴을 울렸다. 나도 샘골 아저씨와 인연이 닿지 않았더라면 형처럼 시골에 묻혀 살 수 밖에 없었을 것이었다.

새집을 짓겠다는 글을 보니 아랫마을 심부자네 기와집이 떠올랐다. 우리 동네에서 기와집은 심부자네밖에 없었다. 나는 늘 그 기와집이 부러웠던 터라 형님에게 돈 생각하지 말고 꼭 기와집을 지으라고 답장했다. 눈앞에 멋진 기와집을 떠올리는 것만으로도 자부심이 들었다. 아버지도 이제 전처럼 힘든 일은 못하실 테니 일꾼을 사서 집을 지으려면 돈이 더 들어갈 것 같았다.

'잔업까지 해서 열심히 벌어서 돈을 보내야겠다.'

막장일이 힘들 때마다 기와집에서 식구들이 함께 모여 웃음꽃을 피울 것을 생각했다. 형에게 아버지는 이제 그만 쉬시게 하라고, 그 대신 내가 더 열심히 일해서 돈을 보내겠다고 했다.

연말이 다가오니 시내 곳곳에 크리스마스트리가 세워지고 화려한 불들이 반짝였다. 거리마다 캐럴도 울려 퍼졌다. 독일 사람들에게 1년 중 가장 큰 명절이 크리스마스인 것 같았다. 헬가와 미경이 내게 예쁜 카드를 보내왔다. 황수형은 광복절 파티 때 만난 간호사에게서 온 카드를 보물처럼 몸에 지니고 다녔다.

화려하던 크리스마스가 지나고 설이 다가왔다. 그러나 독일 사람들은 설을 쇠지 않으니 한국 광부들만 고향 생각을 하다가 눈물도 흘리고 고향 노래도 부르며 향수병을 달랬다.

설 다음날, 연락도 없이 미경이 찾아왔다. 불룩한 종이봉투를 들고 있었다.

"미경아, 그게 뭐야?"

"한국에서 엄마가 독일로 유학 오는 학생 편에 떡국대를 보냈어요. 함께 끓여 먹으려고 달려 왔어요."

미경의 마음 씀에 감탄이 절로 나왔다. 나는 얼른 헬가에게 연락했다. 황수형은 연락을 받자마자 바람처럼 달려왔다. 금세 구수한 떡국 냄새가 집 안에 가득했다. 헬가가 신기하다며 이게 쌀로 만든 거냐고 몇 번이나 물었다. 한국에선 새해에 떡국을 먹어야 나이를 먹는 거라는 말을 헬가는 이해하지 못했다. 나이를 먹고 싶지 않으면 떡국을 안 먹으면 되느냐고도 물었다. 문득 헬가가 미경의 얼굴을 살피더니 깜짝 놀라 물었다.

"눈이 왜 부었어요?"

그 말에 떡국에 정신이 팔려 있던 나와 황수형도 미경의 얼굴을 살폈다. 정말 눈이 부어 있었다.

"동백아가씨 때문이야."

황수형이 흥분해서 큰 소리로 물었다.

"동백아가씨? 동백아가씨가 누구야? 내가 당장 혼내줄게."

"아휴, 황수오빠, 동백아가씨 노래 있잖아요."

"아, 노래?"

황수형이 멋쩍게 웃었다.

"독일 사람들도 우리나라가 설날을 가장 큰 명절로 생각하는 걸 알았나 봐요. 어제 아침에 식당에 갔는데 떡국을 끓였더라고요. 떡국만 보고도 눈물을 글썽이는 간호사들이 많았어요. 그런데 갑자기 스피커에서 동백아가씨 노래가 나오는 거예요. 동백아가씨 레코드판을 어디서 구했는지, 노래를 듣는 순간 떡국은커녕 서로 부둥켜안고 얼마나 울었는지 몰라요. 떡국이 아니라 눈물국이 되어 버렸죠. 그래서 눈이 이래요."

"한국 간호사들 향수를 달래 주려고 동백아가씨를 틀어준 거네."

"달래준다고 한 게 글쎄 눈물바다를 만들었다니까요. 사실 간호사들 중에 향수병 때문에 우울증을 앓는 친구들도 많이 있거든요."

기와집을 꿈꾸며

"우울증까지?"

"독일 날씨가 우울증을 부추기는 것 같아요. 자살하려는 친구도 있었어요. 그 친구는 지금도 정신병원에 있어요. 향수병도 심하지만, 독일에서 간호사 생활에 실망해서 우울증이 오기도 하는 것 같아요. 병원 측에서도 한국 간호사들의 향수병이 심각하다는 걸 알고 위로해 주려고 한 건데, 오히려 불에 기름을 부은 꼴이 되고 말았죠."

"아, 정말 그랬겠네. 노래 가사가 애절하니 더 슬펐을 것 같아."

내 말에 미경이의 눈가가 벌게지려 했다.

"하여튼 동백아가씨 생각하니 또 눈물이 나오려고 해요."

"그게 어떤 노랜데요? 한번 불러주면 안 돼요? 나 너무 궁금해."

"좋아. 우리 헬가를 위해서 내가 한 곡조 뽑아야지."

황수형이 먹던 숟가락을 내려놓고 목을 가다듬었다.

"형, 정말 하려고?"

"그럼, 헬가가 궁금하다는데 어떻게 가만히 있냐? 멋지게 불러 줘야지."

형이 진짜로 노래를 부르기 시작했다. 처음엔 장난스럽게 시작했는데, 마지막 구절을 부를 때는 눈가가 젖어 들었다. 나와 미경이도 금세 눈물이 고였다. 가사를 못 알아듣는 헬가조차 멜로디가 너무 슬프다고 했다.

"아이, 참. 황수오빠 때문에 또 눈물을 흘리게 됐잖아요. 떡국 먹은 거 체하겠어."

미경이 애써 웃으며 말했다.

"안 되겠다. 좀 쪽팔리지만, 모두 배꼽이 빠지게 생똥 싼 이야기를 해줘야겠어. 탄광에서 있었던 일인데, 처음 막장에 들어갔을 때였어. 탄광에선 석탄가루나 돌가루들이 우르르 떨어질 때가 많거든. 그걸 보는 순간 탄광이 무너지는 줄 알고 놀라서 도망쳤어. 나중에 정신을 차린 다음에 보니까 팬티가 축축한 거야. 그게 뭐였는지 알아? 바로 생똥이었어. 너무 무서울 땐 자기도 모르게 똥도 싸고 오줌도 싼다는 걸 그때 알았지."

형은 배꼽 빠지게 웃기는 얘기라고 했지만 아무도 웃는 사람이 없었다. 나도 첫날 생오줌을 쌌지만, 차마 그 얘기를 할 수가 없었다. 미경도 그저 씁쓸한 표정을 지었다. 헬가가 무슨 말인지 잘 못 알아들었다며 설명해 달라고 했지만, 나도 미경도 형도 선뜻 사실대로 말해 줄 수가 없었다.

황수형이 분위기를 살리려고 화제를 바꿨다.

"우리 이번 봄에 네덜란드로 튤립축제 보러 갈까? 네덜란드 튤립이 세계적으로 유명하대. 멀지 않으니까 내 차로 가면 돼. 파티 때 미경이랑 함께 왔던 그 간호사도 같이 가자고 하자."

"아, 그래요. 나도 말만 들었지 가보지 못했는데."

"진짜? 그럼 당장 날짜를 잡자."

튤립은 달력에서만 보던 꽃인데, 미경이 말을 들으니 나도 가고 싶었다.

/ 기와집을 꿈꾸며 \

튤립축제 얘기를 한창 하다가, 미경이 야근 때문에 서둘러 일어났다. 코블렌츠 병원만 외따로 떨어진 곳이라 늘 미경이와 먼저 헤어져야 했다. 미경을 바래다주고 오는 길에 형이 물었다.

"떡국까지 끓여 주러 온 미경이가 너무 기특하지 않냐?"

"그러게 말야. 정말 미경인 대단한 여자야."

"우리도 미경이한테 뭔가 선물을 해야 할 텐데, 뭘 하지?"

갑자기 선물이라니 뭘 해야 할지 생각이 나지 않았다.

"천천히 생각해 보지 뭐."

돌아와서 나도 밤 근무 준비를 했다. 생각할수록 미경이 고마웠다. 독일에 와서 설을 두 번 쇠었지만 제대로 된 떡국은 처음이었다.

이른 봄이 되자 사과농장에서는 사과나무에 거름을 주는 일을 했다. 땅위에서 하는 일은 다 즐거웠다. 거름냄새도 향기로 느껴지고, 흙냄새도 보약처럼 좋았다. 봄날은 하루하루가 달랐다. 사과꽃이 꽃구름처럼 피는가 싶더니, 어느새 꽃이 진 자리에 앙증맞은 아기사과들이 다닥다닥 맺기 시작했다.

황수형과 함께 튤립을 보러 가기로 한 날이 이틀 앞으로 다가왔다. 밤 근무를 하고 돌아와 잠깐 눈을 붙이고 사과농장으로 갔다.

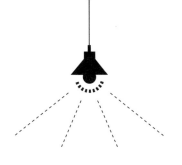

가스폭발

　사과농장에 도착해서 아기사과를 솎아 내는 일을 시작했다. 과일도 너무 많이 열리면 모두 제대로 자랄 수가 없어서, 다닥다닥 열린 사과를 알맞은 숫자만 남기고 따 버려야 했다. 땅으로 떨어지는 사과들이 안쓰러웠다. 꽃이 피고 열매를 맺을 때는 다 같이 기뻐했을 텐데, 크기도 전에 땅에 떨어져 썩어야 하는 게 너무 안타까웠다.

　잠시 팔이 아파 물을 마시며 쉴 때였다. 탄광 쪽에서 사이렌이 울렸다. 뒤이어 구급차 소리도 요란했다.

　'무슨 사고가 난 걸까? 지금 황수형이 근무하는 시간인데.'

　사이렌 소리만 들어도 가슴이 떨렸다. 사과를 솎아 내는데 자꾸만 엉뚱한 사과가 땅에 떨어졌다. 가슴이 조마조마해서 도저히 일을 할 수가 없었다. 샘골아저씨의 사고 장면도 떠오르고, 내가 사고를 당했던 순간도 떠올랐다. 마음 같아선 당장 아르바이트를 팽개치고 탄광으로 달려가고 싶었다. 하지만 오늘 내가 채워야 할 목표량이 있어서 시간이 빨리 가기만 기다렸다. 몸은 농장에 있는데 마음은 온통 탄광을 헤맸다.

아르바이트가 끝나자마자 탄광으로 달려갔다. 탄광 입구부터 펜스를 쳐놓고 빨간 헬멧을 쓴 구조반이 바쁘게 움직이고 있었다. 자초지종을 알아보니 소규모 가스 폭발이 일어났다고 했다. 광산에는 늘 메탄가스가 존재했다. 그 때문에 광부들은 가스폭발이나 가스누출 사고에 대비해서 필수적으로 산소마스크를 쓰고 있어야 했다. 나는 혹시라도 황수형이 다쳤을까 봐 다리가 후들후들 떨렸다. 분명히 아침반에서 사고가 났으니 황수형의 안부가 궁금하지 않을 수 없었다. 슈타이거에게 막장에 갇힌 사람들의 명단을 물어봤다. 황수형도 갇혀 있다는 걸 확인한 순간 하늘이 노랬다.

"어떡해요? 살아 있나요?"

"안심해요. 큰 폭발이 아니라서 다행이에요. 곧 구조될 겁니다."

"아, 제발 형, 꼭 살아야 해."

나는 발을 동동 굴렀다. 다행히 응급 구조반이 매몰된 곳에 호스로 산소를 공급하고 있어서 생명에는 지장이 없을 거라고 했다. 나는 그래도 안심할 수가 없었다. 광부는 일단 탄광 밖으로 나와야 온전히 살았다고 할 수 있었다.

한 시간쯤 지나서야 갇힌 광부들이 구조되었다. 들것에 실려 나온 황수형은 저산소증으로 얼굴이 새파랬다. 나오자마자 산소마스크를 씌운 채 병원으로 실려 갔다. 나도 뒤따라 병원으로 달려갔다. 구조

된 광부들은 모두 네 명이었다. 그 중에서도 몸집이 큰 황수형의 폐 상태가 가장 심각하다고 했다. 코담배를 사용하지 않아서 폐가 안 좋았기 때문인지도 몰랐다. 형은 병원에 도착하자마자 기초검사를 하고 절대 안정을 취해야 한다고 해서 말도 나눌 수가 없었다.

'형, 정말 다행이야. 큰일 날 뻔 했어.'

나는 형에게 눈으로 말했다. 형도 눈으로 아는 체를 했다. 그렇게 말하기 좋아하는 사람이 마스크를 쓴 채 한 마디도 하지 못했다.

나는 로즈마리를 찾아가 황수형의 상태를 자세히 알아봤다. 괜찮다고는 했지만 얼마나 불안한지 몰랐다.

"정말 다행이야. 가스가 폭발하면 거의 다 큰 사고로 이어지는데 이번엔 정말 기적이야. 죽은 사람도 없으니 천만다행이지."

로즈마리도 사망자가 없어서 가슴을 쓸어내렸다고 했다. 다행스럽게도 자동제어장치가 빨리 작동되어 큰 화재로 이어지지 않았다.

내가 사고를 당했을 때 황수형이 나를 간호한 것처럼, 나도 시간을 쪼개서 짬이 날 때마다 병원으로 달려갔다.

"로즈마리, 황수형 금방 회복되겠죠? 제가 일 때문에 계속 곁에 있을 수 없어서 안타까워요."

"헤르 박, 걱정하지 마. 병원에 한 번도 와 보지 않은 광부는 아마 한 사람도 없을 거야. 탄광생활은 늘 위험을 안고 있으니까. 다행히 황수 씨는 진폐증세가 좀 있긴 하지만 큰 부상이 없으니까 곧 퇴원할 거야. 걱정 말고 가서 일해요."

병원에 로즈마리가 있어서 훨씬 의지가 되었다. 황수형은 하루가 다르게 회복했다. 며칠 후부터는 산소마스크를 떼고 작은 호스만 코에 댄 상태로 자유롭게 말도 할 수 있었다.

"야, 불이 번쩍 하면서 폭발이 일어나는 순간 나도 이렇게 죽는구나 싶더라."

황수형마저 잘못되었다면 나는 완전히 절망의 늪에 빠져 다시는 못 헤어 나올 지도 몰랐다. 로즈마리 말대로 독일에 온 광부들 중에 한 번도 사고를 당하지 않은 사람은 별로 없었다. 목숨을 잃은 사람도 있고 불구가 된 사람도 있고, 골병 든 사람은 너무 많았다.

미경에게 형이 입원했다고 말했더니 잠깐 시간을 내서 면회를 가고 싶다기에 함께 병원으로 갔다. 헬가는 학교 기숙사에 있어서 위문편지로 대신했다. 형은 미경이를 보자마자 언제 아팠냐는 듯이 벌떡 일어나 반겼다.

"미경아, 튤립꽃 다 졌겠지? 아, 너무 아쉽다. 이제 곧 여름인데 다 같이 유럽여행 가자. 어때? 미경이 간호사 친구들도 함께 가면 좋을 텐데."

"황수오빠 여행 얘기하는 거 보니까 정말 다 나았나 보네. 큰일 날 뻔 했어요. 이만하기 정말 다행이에요."

"나 멀쩡하다니까. 암튼 나 퇴원하면 같이 가는 거다? 이번 여름이 독일에서 보내는 마지막 여름이거든. 아, 생각만 해도 신나네."

"그래요. 얼른 나아서 오빠 말대로 유럽여행 가기로 해요. 상우오빠도 가고 싶지?"

미경이 물으니 무조건 고개를 끄덕였다. 광부 계약기간도 얼마 안 남았고, 만약에 한국으로 돌아간다면 유럽여행은 꿈도 못 꿀 게 뻔했다. 대통령이 왔을 때 체류기간을 연장해 달라고 했지만, 아직 아무 소식도 없었다.

"미경이 넌 독일에 계속 있을 거야? 간호학교 졸업하고 여기서 계속 간호사를 하는 건가?"

"난 간호학교를 졸업하면 사회복지학을 공부할까 해요. 간호사들은 얼마든지 기한 연장이 되니까 일하면서 공부할 수 있어요."

"그럼 걱정 없겠네. 난 어떡해야 할지……."

"상우오빠는 독일어 공부도 열심히 했는데 여기서 뭔가 더 해봐야 하지 않겠어요?"

"1년도 안 남았다 생각하니 자꾸 초조해. 한국에서 대학도 안 나왔는데 독일에서 대학에 갈 수 있을 것 같지도 않고. 사실은 여러 가지가 두렵고 불안해."

"오빠, 나도 알아볼 테니 오빠도 여기서 대학을 가려면 필요한 게 뭔지 알아봐요. 독일에 한국 유학생 모임도 있대. 그런 데 가서 물어보면 이런저런 정보를 알 수 있을 거예요."

"고마워, 미경아. 너랑 얘기하면 늘 용기가 생겨."

"나도 동생들 학비만 아니면 아르바이트를 그만두고 공부에만 전념하고 싶은데……."

"미경이가 동생들 학비를 대?"

"네. 병원에서 버는 돈은 전부 집에 보내고 아르바이트 한 돈은 내 학비로 쓰는데, 다행히 기숙사에 있으니까 생활비는 그렇게 많이 안 들어요. 독일은 학비도 안 드니 얼마나 다행인지. 독일은 확실히 기회의 땅이에요. 한국에 있었으면 내 공부는 꿈도 못 꿨어. 여자라서 중학교도 겨우겨우 다녔거든요. 난 독일에 오려고 마음먹었을 때, 돈도 벌고 싶었지만 공부를 하고 싶어서 간호학생으로 왔어요."

"미경이 넌 참 대단해. 난 취직이 안 돼서 돈을 벌려고 왔다가 샘골 아저씨랑 함께 독일어 공부를 하기 시작했어. 나도 앞으로 공부를 더 하고 싶다는 꿈이 있었거든. 난 나 혼자도 버거운데 미경이는 동생들까지 가르치고 있으니 정말 대단하다."

"처음에 올 땐 빚도 있었는데 이제 거의 갚았어요. 바로 아래 동생은 대학에 들어가더니 이제 자기 학비는 번대요."

공부 얘기를 하다 보니 미경이와 둘이서만 얘기를 나누게 되었다. 황수형을 면회하러 왔는데 미안한 생각이 들었다. 형은 웬일로 끼어들지도 않고 우리 둘의 대화를 듣고만 있었다.

"형, 미안해. 우리 둘이서만 얘기를 해서……."

"그렇잖아도 지금 폭발 일보직전이다. 난 안중에도 없고 둘이 아주 척척 잘 맞는구나."

황수형이 시샘하듯 말했다.

"황수오빠는 기한 끝나고 계획 있어요?"

"나? 나야 뭐, 그때그때 되는 대로 사는 게 내 특기니까. 때가 되어 봐야 알겠지."

역시나 황수형은 별 생각이 없는 모양이었다.

"참, 지난번에 나한테 멋지다고 했던 그 간호사 친구 있잖아. 나 안 보고 싶대?

미경이 황수형의 뜬금없는 질문에 까르르 웃었다.

"아, 은옥이요? 안 그래도 은옥이도 황수오빠 보고 싶대요. 아무래도 황수오빠를 좋아하는 것 같던데."

"진짜? 그럼 함께 와야지 왜 혼자만 왔어? 아 참, 은옥 씨한테 조금만 기다리라고 해. 내가 퇴원하면 당장 달려간다고."

형은 일주일 안에 퇴원할 거라고 했다. 쇠뿔도 단김에 빼랬다고 퇴원하면 바로 휴가를 낼 거라며 유럽여행을 추진하겠다고 했다. 나한테도 모두 함께 갈 수 있게 준비하라고 일렀다.

황수형은 회복이 빨라서 닷새 후에 퇴원했다.

"오늘부터 유럽여행 알아볼 테니까 너도 꼭 함께 가는 거다."

"나도 가고 싶긴 해. 하지만……."

"뭘 망설여? 기회가 오면 잡을 줄 알아야지. 나중에 후회하면 늦어."

"형은 내가 가기 싫어서 그런 게 아니란 걸 알잖아. 나도 가는 싶지. 비용이 만만치 않으니까 그런 거잖아."

"상우야, 내 차로 돌면 별로 많이 들지도 않을 거야. 땅속에서 그

/ 가스폭발 \

고생을 하며 돈을 벌었는데, 코앞에 있는 유럽도 못 가보고 그냥 한
국으로 돌아가면 얼마나 억울하겠냐? 안 그래?"

"그렇긴 해. 근데 왠지 내겐 여행이라는 말이 안 어울리는 것 같기
도 하고……."

"안 어울리긴 뭐가 안 어울려? 미경이랑 너랑 나랑 은옥 씨까지,
그야말로 환상적인 여행이지. 아, 벌써 설레네."

"형은 여행 많이 다녀봤잖아?"

"아무리 다녔어도 누구랑 가느냐에 따라 또 다르지. 여행은 같이
가는 사람이 가장 중요하다고. 생각만 해도 날아갈 것 같다. 이태리,
프랑스, 스위스…… 아! 빨리 와라 그날이여!"

며칠 후 안개가 자욱하게 끼었다가 막 갠 날이었다. 아르바이트를
끝내고 돌아와 밤 근무를 나가려고 저녁을 준비할 때였다. 황수 형이
자전거를 타고 헐레벌떡 달려왔다.

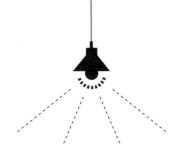

자연훼손죄

"야, 드디어 미경이한테 줄 선물을 발견했어."

하지만 형의 손엔 아무것도 들려있지 않았다.

"무슨 선물인데?"

"너 지금 한 시간 정도 시간 낼 수 있지?"

형이 자전거에 올라타며 나에게 빨리 가자고 재촉했다.

"다 저녁 때 어딜 가? 나 저녁 먹고 밤 근무 들어가야 해."

"한 시간도 안 걸려. 30분이면 충분할 거야."

"도대체 뭔데? 어딜 가는 건데?"

형은 내가 자전거에 올라타자마자, 무조건 따라오라며 바람처럼 씽씽 앞서 달렸다. 형이 데려간 곳은 탄광에서 그리 멀지 않은 숲이 었다.

"저거 보여? 저 고사리!"

형이 가리키는 곳에 아이들 손가락만큼 굵고 탐스런 고사리들이 쑥쑥 올라와 있었다. 마치 고사리를 심어놓은 밭 같았다.

"얼른 꺾자. 이거 미경이 갖다 줄 거야. 고향 생각하면서 먹을 수 있겠지? 30분만 꺾어도 기숙사 식구들 다 먹고도 남을 거야. 야, 이 길을 자전거 타고 몇 번이나 다녔었는데 왜 여태 이걸 몰랐을까? 여행 가려고 차를 정비소에 맡겼는데, 차 찾을 때까지 기다리면 이 고사리가 다 세어 버리거든. 어서 꺾자."

정신없이 고사리를 꺾었다. 빽빽한 나무로 가득한 독일의 숲은 낮에도 혼자 들어가기 무서울 정도로 울창했다. 한 발짝만 들여 놓아도 우람한 나무가 하늘을 가려 빛이 들어오지 않았다. 그런데 신기하게도 작은 나무들 사이로 햇빛이 들어 통통하고 굵은 고사리가 무더기로 솟아 있었다. 금세 한 자루가 가득 찼다. 어릴 때 고사리를 꺾다가 샘골아저씨를 만났던 생각이 나서 괜히 두리번거렸다. 형이 싱글벙글하면서 고사리를 자루에 담을 때였다.

경찰차가 사이렌을 울리며 우리 쪽으로 달려오고 있었다. 웬일인가 싶어 주변을 살폈다. 나와 형 말고는 아무도 없었다.

"형, 이 고사리 임자가 있나봐. 어쩐지 이렇게 탐스러운 고사리를 아무도 꺾지 않는 게 이상하더라니. 이제 어떡하지?"

"가만 있어봐. 우리 때문에 온 게 아닐지도 몰라."

경찰차가 바로 우리 앞에 서더니 경찰 두 명이 차에서 내렸다. 경찰은 나와 형에게 다가와 빨리 차에 타라고 명령하듯 말했다.

"왜요? 우리가 뭘 잘못했나요?"

경찰은 우리 말을 들으려고도 하지 않고 무조건 차에 타라고만 했다. 체격이 황수형보다 배는 큰 경찰이 형의 자전거를 번쩍 들어 차 뒤에 실었다. 우리가 꺾은 고사리는 숲으로 가져가 모두 쏟아 버렸다.

"아니 아까운 고사리를 왜 버리나? 참 알다가도 모르겠네. 상우야, 너 독일어 잘하잖아. 뭐라고 말 좀 해 봐."

"형, 고사리를 뭐라고 하지?"

"그냥 이거라고 가리키면 되잖아."

"아, 아 뭐지? 나물을 뭐라고 하지, 샐러드? 아, 모르겠다. 근데 누가 신고를 했을까?"

나와 형은 영문도 모르고 경찰서까지 끌려갔다. 밤 근무를 가야 하는데, 도대체 무슨 일인지 알 수가 없었다. 형이 씩씩거리며 투덜댔다.

"고사리 값이 얼마나 되길래, 돈으로 물어내면 되지. 왜 잡아두는 거야?"

"형은 거기 고사리가 많은 줄 어떻게 알았어?"

"자전거를 타고 가다가 잠깐 내려서 볼일을 볼 때였는데. 온통 고사리 밭이더라니까. 설마 그게 임자가 있는 줄은 몰랐지."

한참 기다리니 탄광 통역인이 경찰서로 들어왔다. 경찰서에서 탄광에 연락을 한 모양이었다. 통역인이 경찰과 한참동안 이야기를 나누더니 우리에게 물었다.

"자연을 훼손했다는데 뭘 어쨌습니까?"

"아, 참 어이가 없네. 우린 그저 나물 해 먹으려고 고사리를 꺾었다

/ 자연훼손죄 \

고요."

"독일은 자연을 해치는 걸 큰 죄로 보거든요."

"우린 전혀 몰랐어요. 한국에서 나물 뜯는 식으로 그냥 뜯은 건데. 그럼 어떻게 하죠?"

통역인이 경찰에게 모르고 한 일이라고 설명을 했다. 얼마 후에 경찰이 종이를 내밀었다.

"모르고 한 일이니 처벌은 하지 않는다고 합니다. 다음부터는 이런 일을 절대 하지 않겠다는 각서를 받아야 한다니, 여기에 서명을 하세요."

우리는 각서를 쓰고 경찰서에서 풀려났다. 나는 시간이 너무 늦어 결근을 하고 말았다. 형이 내게 말했다.

"이제야 이해할 수 있겠다. 독일의 숲이 왜 무성한지 알겠어."

정말 그랬다. 나무나 풀도 그렇게 철저하게 보호하니 무성하지 않을 수가 없었다. 한국은 나무를 때서 밥을 해먹고 난방도 하니 산에 나무가 독일처럼 자랄 수가 없는 것이 당연했다.

"아무도 본 사람이 없는데 경찰이 어떻게 알고 왔을까? 형, 진짜 신기하지 않아?"

"생각해보니 신기할 것도 없어. 고사리를 보는 순간 미경이가 떠오르더라고. 늘 미경이에게 뭘 선물할까 생각 중이었거든. 그 생각만 하다가 잠깐 정신이 나갔었나봐. 독일 사람들 신고정신이 세계 최고래. 내가 아는 광부는 새벽에 사람이 없길래 횡단보도가 아닌 곳에서 길을 건넜는데, 귀신같이 나타난 경찰에게 무단횡단으로 걸렸대. 하여튼 너 결근해서 어떡하냐?"

"할 수 없지 뭐. 형 덕분에 독일의 준법정신 톡톡히 배웠네."

"그래, 제대로 배워 가는 거지. 독일은 눈 가리고 아웅 하는 법이 절대 없대. 모든 사람들이 다 주인의식을 가지고 사는 거지. 우리나라 사람들은 내 거, 내 가족만 중요하게 생각하잖아. 다 함께 잘살려면 우리도 이런 걸 배워야 한다고."

형이 오랜만에 어른 같은 소리를 했다.

"그나저나 미경이 선물은 뭘로 하냐?"

"형, 꼭 물건이어야 해? 마음으로 고마워하면 되는 거 아냐?"

"야, 나도 독일에 사니까 독일에 맞게 철저해 지려고 한다, 왜?"

형의 말에 웃음이 나왔다. 독일 사람들은 모든 일에 정확하고 철저했다. 길가에 침을 뱉거나 휴지를 버리는 사람도 볼 수 없고, 보도블록이나 타일도 줄과 칸을 정확히 맞춰 공사를 했다. 광부숙소에 있을 때 공동취사장에서 설거지를 대충했다가 혼쭐이 난 적도 있었다. 독일 사람들은 설거지를 하고 나서 그릇의 물기를 뺀 다음 반드시 마른 행주로 닦았다. 거리를 걸어도 구두를 닦을 필요가 없을 정도로 깨끗했다.

형과 헤어져 집에 가니 집주인이 나를 기다리고 있었다.

"헤르 박, 오늘 큰 실수를 했어요. 전깃불을 켜 놓고 나갔더라고요. 물이나 전기를 낭비하는 건 용납할 수 없어요. 물론 이번 달 집

/ 자연훼손죄 \

세에 오늘 켜놓은 전기세도 포함해서 청구하겠지만, 앞으로 또 이런 일이 있으면 우리 집에서 나가줘야 해요."

여주인은 보통 때의 다정하고 친절한 모습과는 딴판이었다. 황수형이 급히 서두르는 바람에 전깃불을 그대로 켜놓고 나갔던 것이다.

며칠 후, 황수형이 여행계획을 세우자고 해서 함께 미경이를 찾아갔다. 미경에게 고사리 얘기를 했더니 받은 걸로 여기겠다며 배꼽을 잡고 웃었다.

"난 전기까지 켜놓은 채 나갔다가 쫓겨날 뻔 했다니까."

"맞아요. 우리도 병원에서 손 씻을 때 물을 틀어놓고 씻으면 금세 자원 낭비한다고 지적을 당해요. 이곳 사람들 절약정신은 정말 우리가 배워야 해요."

"그래, 맞아. 독일이 이렇게 잘살게 된 이유 중 하나가 철저한 절약정신인 것 같아."

"자, 이제 쪽팔린 얘기는 그만하고, 우리 여행계획 세우자. 내가 알아봤는데 마침 휴가철에 맞춰서 한국 여행사가 마련한 패키지 여행코스가 있대. 오늘 낮에 들었는데 광부들도 마지막 기회다 생각하고 너도나도 신청을 한다는 거야."

"그게 언젠데요?"

미경이 반색을 했다.

"다음 달 초라는데. 미경이랑 은옥 씨도 이 일정에 맞출 수 있게 다른 계획 잡지 말라구."

형은 벌써 다 정해진 것처럼 들떠 보였다.

　독일 사람들은 휴가철이면 햇볕이 강한 유럽 남부로 휴가를 떠났다. 독일은 날씨가 우중충해서 여름에 강한 햇볕을 쪼여야 건강하게 겨울을 날 수 있다고 했다. 한국은 가난에 허덕이느라 여행은 특별한 사람만 하는 것이라 여기지만, 유럽 사람들은 휴가를 가기 위해 일을 한다고 할 정도로 여름휴가에 온 신경을 썼다.

　광부들도 한국 간호사들과 함께 하는 여행이라서 모두 들떠 있었다. 출발하는 날, 황수형은 새벽에 일어나 차를 가지고 코블렌츠 병원 기숙사로 미경이와 은옥 씨를 태우러 갔다. 광부숙소 앞에 오니 대형 관광버스가 대기하고 있었다.

／ 자연훼손죄 ＼

유럽여행

외국여행을 가려면 비행기를 타야 한다고 생각했는데, 유럽은 대부분의 나라가 육지로 연결되어 차로도 다닐 수 있다는 사실이 신기했다.

"난 은옥 씨랑 앉을래. 상우 넌 미경이랑 앉아."

자리도 황수형이 정해줬다. 미경이와 앉기를 기대했던 나는 내심 고마웠다.

버스는 독일에서 출발해서 스위스를 거쳐 이탈리아로 간다고 했다. 융프라우, 제네바, 로마, 폼페이, 나폴리, 베네치아, 피렌체……꿈에서도 볼 수 없던 곳들을 둘러본다 생각하니 꿈만 같았다.

드디어 차가 출발했다. 광부들과 간호사들 그리고 유학생들까지, 독일에 사는 한국인들을 잔뜩 태운 버스는 쭉쭉 뻗은 길을 신나게 달렸다. 달력에서나 봄 직한 멋진 전원풍경이 계속해서 차창 밖으로 스쳤다. 가도 가도 끝이 보이지 않는 넓은 평원은 한국의 산하와는 전혀 달랐다.

책에서만 보던 세계 7대 불가사의 중 하나라는 이탈리아의 피사의 사탑은 정말 신비로웠다. 밑에서 볼 때는 금세 쓰러질 듯 위태위태한데 무려 5미터나 옆으로 기울어진 상태로 잘도 서 있었다. 미경이는 탑이 무너질까 봐 걱정하며 내게 몸을 기댔다. 장난인 줄 알지만 기분이 정말 좋았다. 1년에 1밀리미터씩 기울어지다가 7세기만에 기울기를 멈췄다고 했다. 꼭대기에 올라가자 '갑자기 탑이 무너지면 어떻게 하나' 하는 불안감도 잠시, 눈앞에 펼쳐진 광경에 넋을 잃었다.

로마 시내를 관통하는 테베강 서쪽에 자리 잡은 바티칸 궁전을 돌아보고, 로마의 상징이라고 할 수 있는 대형 원형경기장 콜로세움, 기독교도들의 지하무덤인 카타콤 등 많은 곳을 구경했다.

베수비오 화산 폭발로 2만여 명의 시민이 일시에 묻혀버린 비운의 도시 폼페이를 돌아본 날이었다. 화산재에 묻혀 화석처럼 굳어진 사람들과 폐허가 된 도시를 보니, 지금 내가 살고 있는 한순간 한순간이 너무도 소중하게 느껴졌다.

이어서 세계 3대 미항 중 하나인 목가도시 나폴리, 코발트빛 바다가 유혹적인 카프리섬을 여행하고, 다시 위로 올라와 베네치아로 향했다. 120여 개의 작은 섬으로 이루어진 해상도시 베네치아는 정말 낭만적이었다. 우리가 도착했을 때는 카니발이 한창이었다. 수많은 운하와 강 위에서 곤돌라들의 화려한 퍼레이드가 펼쳐졌다. 미경이는 카니발 축제의 인파 속에 섞여 스카프를 흔들며 즐거워했다. 곤돌라

/ 유럽여행 \

를 타고 미경이와 함께 몸을 기댄 채 좌우로 아름답게 늘어서 있는 건물들을 구경하니, 동화 속 주인공이나 중세의 귀족이 된 기분이었다.

마지막 날 오후, 명화와 온갖 예술품이 가득한 베네치아의 산마르코 성당을 둘러보았다. 찬찬히 보려면 며칠은 걸릴 것 같았다. 기다란 직사각형 모양의 산마르코 광장은 수만 명의 관광객들로 붐볐다.

그날 밤, 우리는 마지막 밤을 이렇게 보낼 수는 없다며 호텔을 나왔다. 황수형은 멋진 추억을 만들어야 한다며 근사한 곳을 찾자고 했다. 넷이서 밤거리를 돌아다니다가 산마르코 성당이 마주 보이는 카페로 들어갔다.

"오빠들, 여기가 좋을 거 같아요. 성당의 야경이 넘 멋져요."

"좋아. 우리 오늘은 맥주도 한 잔 하자."

"형, 진짜 한 잔만 하는 거지?"

"야, 한 잔 가지고 간에 기별이나 가냐? 안 그래 은옥아?"

"그래요, 한 잔은 너무했다. 그럼 세 잔?"

은옥 씨가 황수형 말에 맞장구 치는 걸 보고 미경이가 옆구리를 쿡쿡 찔렀다.

"황수오빠 술 마시고 혹시 또 기사도 발동하면 어떡해? 여긴 독일도 아니라서 더 위험하단 말야."

"아, 참내. 알았어, 알았어. 딱 한잔씩만 하자고."

황수형이 못내 아쉬워했다. 우리는 맥주잔을 들고 다 같이 건배를 했다. 형이 큰소리로 외쳤다.

"브라보!"

"브라보!"

카페 안에 있는 손님들이 우리를 쳐다보며 자기들도 잔을 들었다. 나는 겨우 맥주 반잔에 얼굴이 벌게지며 가슴에서 쿵쿵 북소리가 나는 것 같았다. 미경이 모두에게 말했다.

"우리 산마르코 성당을 바라보며 소원을 빌어요."

"좋아. 뭐라고 빌까?"

"각자 이루고 싶은 꿈을 위해 빌어요."

미경이 먼저 눈을 감았다. 나도 눈을 감고 기도를 했다. 체류기한이 연장되게 해달라고, 그래서 대학에 들어가서 공부도 하고 선생님이 되고 싶은 내 꿈도 이룰 수 있게 해달라고 빌었다. 모두 기도를 하느라 한동안 조용했다. 미경이 조용히 눈을 뜨고 내게 물었다.

"상우오빠는 뭐라고 빌었어요?"

"난 마지막까지 사고 없이 무사히 기한을 채우게 해달라고. 그리고 체류기한을 연장해 달라고."

"야, 넌 고작 그걸 빌었냐?"

황수형이 고개를 저으며 나를 바라봤다.

"형은 뭐라고 빌었는데?"

"나는 당연히 은옥이랑 멋진 커플이 되게 해 달라고 빌었지."

"어머! 황수오빠!"

"왜? 은옥이는 아니야?"

황수형의 물음에 은옥 씨의 얼굴이 **빨개졌다.** 아니라고 고개를 젓는데 얼굴은 웃고 있었다.

"나는 샘골아재와의 마지막 약속을 꼭 지키고 싶어. 아재가 마지막으로 했던 말, 자기 몫까지 꿈을 이루라고 했던 말대로, 난 정말 그러고 싶어."

내 말에 다들 숙연해진 것 같았다. 미경이 힘내라며 내게 잔을 부딪쳤다.

"오빠, 마음먹는 게 참 중요한 것 같아요. 된다고 생각하고 되는 쪽으로 준비를 하면 반드시 길이 열리더라구요. 나도 한국에 있을 때 언젠가는 꼭 공부를 더 하겠다고 다짐을 했었어요. 그 다짐이 없었으면 아마 독일에 오지 않았겠죠. 포기하지 않고 꿈을 간직하는 게 정말 중요한 것 같아요."

"근데 이제 반년 밖에 안 남았어. 제발 체류기한이 연장되면 좋겠는데, 아직 소식이 없는 거 보니 안 되는가봐."

"그럼 연장이 안 되면 무조건 한국으로 돌아가야 하는 거예요?"

"그래야겠지. 뭔가 특별한 방법이 있어서 공부를 더 할 수 있으면 좋겠는데."

나는 대답을 해놓고 특별한 방법을 어떻게 찾을까 고민이 되었다. 이제 여행에서 돌아가면 독일에 남아서 공부할 수 있는 방법을 본격적으로 알아봐야 할 것 같았다.

"아무래도 난 아르바이트를 그만둬야겠어. 이것저것 알아보려면 시간이 부족할 것 같아."

"그래요. 더 큰 일을 위해 지금은 모든 방법을 다 알아보고 준비해야 할 때예요."

황수형이 남아 있던 잔을 모두 비우고 벌떡 일어났다.

"아, 우리 너무 심각해졌어. 이제 그만 일어납시다. 난 심각한 건 딱 질색이거든."

호텔로 돌아오는데 어느새 달이 서쪽으로 기울고 있었다. 여행에서 돌아오는 길은 너무 쓸쓸했다. 사람들은 여행을 하면 지루한 삶을 재충전하고 활기를 찾는다는데, 보장된 미래가 없는 나의 현실은 더욱 더 암담하기만 했다.

여행을 끝내고 헤어지면서 미경이 말했다.

"나도 뭔가 상우오빠를 돕고 싶어요. 오는 일요일에 유학생 모임에 함께 가 봐요. 뭔가 길이 있을지도 모르잖아요. 내 친구 중에 유학생 모임을 알고 있는 애가 있으니까 연락해 놓을게요."

"알았어. 고마워."

황수형이 미경에게 서운하다고 했다.

"뭐야, 나랑 은옥이는 쏙 빼놓고 상우랑 둘이만 가겠다는 거야?"

"황수오빠가 함께 가면 든든해서 더 좋구요."

"그럼 난 보디가드로만 필요하다는 말이야? 좋아, 기꺼이 보디가드가 되어 드리지."

일요일에 만나기로 하고 모두 헤어졌다.

유럽여행

여행에서 돌아온 후, 3년의 계약기간 중에 6개월을 남겨 놓고 사과농장 아르바이트를 그만두었다. 사과농장 주인은 언제든 다시 일을 하고 싶으면 오라고 했다.

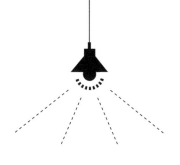

갈등

약속한 대로 일요일에 미경과 황수형, 은옥 씨까지 넷이서 아헨대학교에 갔다. 고풍스러운 건물들이 학교의 오랜 역사를 말해주는 것 같았다. 활기차게 캠퍼스를 누비는 학생들이 얼마나 부러운지 몰랐다.

"상우오빠도 이 학교 학생이 되고야 말겠다는 꿈을 놓지 말아요."

미경이 나를 보며 말했다.

"그럴 수만 있다면 얼마나 좋겠어."

"사내 자식이 무슨 대답이 그렇게 힘이 없냐? 끝까지 믿고 노력해야지."

"형, 그래도 안 되면?"

"안 된다는 생각부터 하지 말라니까."

자신 있게 말하는 황수형이 부러웠다.

"형은 정말 계획 없어?"

"난 그냥 되는대로 할 거야."

형은 여전히 쉽게 말했다.

유학생들이 모이는 곳은 근처에 있는 교민교회였다. 교회에 도착하니 마침 오전 예배가 끝난 시간이었다. 한국 학생들이 모인다는 곳을 찾아갔다. 광부와 유학생은 외모부터가 달랐다. 광부들의 얼굴은 석탄문신 때문에 아무리 깨끗하게 씻어도 어딘가 거무튀튀했다. 얼굴이 하얀 유학생들을 보니 주눅부터 들었다. 황수형은 나와 달리 아무렇지도 않게 유학생들에게 말을 걸었다. 대학입학에 대해 알아보러 왔다고 했더니 안경을 쓴 유학생 하나가 황수형을 이리저리 뜯어보았다. 황수형도 눈치를 챈 것 같았다. 나는 혹시 또 형이 기분 나쁘다고 주먹을 쓸까 봐 조마조마했다. 그런데 갑자기 황수형이 유학생을 손으로 가리켰다.

"야! 너 혹시?"

"어! 너 김황수?"

"그래! 야, 이게 웬일이냐?"

두 사람이 동시에 말을 던졌다. 안경 쓴 유학생은 황수형의 고등학교 동창이라고 했다. 형이 유학생을 덥석 끌어안았다.

"이야, 정말 반갑다. 넌 공부벌레였지. 공부 공부 하더니 결국 독일로 유학을 왔구나. 이런 데서 만나다니, 참 기분이 묘하네. 나도 광부 기한 끝나고 유학이나 해볼까?"

"그래, 나랑 같이 공부하자. 너 대학 때 태권도사범 하겠다고 자격증도 땄잖아. 그건 계속 안 해?"

"그러게, 널 보니까 여기서 더 공부해서 태권도 사범을 할까 싶다."

황수형의 말에 나는 깜짝 놀랐다. 형이 대학을 다녔다니, 전혀 뜻밖이었다. 가끔 의외로 유식한 말을 했던 형의 모습이 떠올랐다. 그래서였을까. 그런데 왜 나한테 대학 나왔다는 말을 하지 않았을까. 광부들 중에 고학력자들은 두 부류라고 했다. 자신의 학력을 숨기는 사람과 학력을 드러내며 위세를 떠는 사람. 황수형은 전자일까. 나는 순간 황수형에게 속은 기분이 들었다.

"잘됐다. 넌 운동이라면 못하는 게 없었잖아. 체대도 졸업했고. 근데 이 예쁜 여자분들은 누구셔?"

유학생이 미경과 은옥을 보며 물었다. 황수형이 으스대며 말했다.

"응. 친한 동생들이야. 간호사로 와 있어. 여기 미경 씨는 일하면서 학교도 다녀."

유학생이 미경에게 능글맞게 웃으며 말했다.

"황수 이 녀석 조심하세요. 소문난 바람둥이거든요."

유학생은 미경이를 형의 여자친구로 보는 것 같았다. 지금까지 놀기 좋아하고 생각 없이 사는 것 같던 형이 갑자기 달라 보였다. 동시에 내가 너무 초라하게 느껴졌다. 유학생이 내게도 아는 체를 했다.

"그럼 그쪽은 황수와 함께 광부로 왔나요?"

나는 고개를 끄덕이며 인사를 건넸다.

"아 네, 안녕하세요. 저는 박상우라고 합니다."

"반갑습니다. 광부일이 힘들다고 하던데 참 대단하세요."

"실은 대학에 가고 싶어서 여러 가지 궁금한 걸 여쭤보려고 왔습니다."

"잘 생각하셨어요. 독일은 학비가 안 드니까요. 이왕 독일 땅을 밟으셨으니 공부를 할 수 있으면 좋죠. 제가 도울 수 있는 한 도와 드리겠습니다."

유학생의 말에 조금 위로가 되었다.

"네, 말씀만이라도 고맙습니다."

"탄광에 일하러 왔다가 공부를 더 하는 사람들이 꽤 있어요."

유학생은 내가 궁금해 하는 것들을 차근차근 설명해주었다. 그러나 이야기를 들을수록 점점 실망스러웠다. 유학을 하려면 한국의 대학 재학증명서나 졸업증명서가 있어야 한다는 말에 기운이 빠졌다.

"독일은 굉장히 합리적인 나라예요. 대학에 가려면 봉사활동도 상당히 중요한 것 같아요. 독일어 공부도 중요하지만, 하고 싶은 분야의 봉사활동 실적도 많이 쌓아 두세요. 물론 탄광에서 일하며 쉽지는 않겠지만, 다양한 것들을 입학심사에 반영하는 것으로 압니다."

그 말을 듣고 나니 더 막연했다. 일에 치여 하루하루 살아내기도 힘든 광부 처지에 무슨 봉사활동을 한단 말인지. 황수형까지 대학을 졸업했다는 사실에 나는 열등감만 더해졌다.

형은 오랜만에 고향 친구를 만나서 놀다 들어온다며 자기 친구를 태우고 가버렸다. 나는 불현듯 형이 내게서 멀어진 것 같았다.

"황수오빠는 대학을 졸업하고 왔나 봐요. 광부들 중에 대학졸업자도 많다고 하더니 정말이네요."

"나도 전혀 몰랐어. 형이 말한 적이 없었거든."

"어머, 얘기 안 했어요?"

"광부 일을 하면서 굳이 밝히고 싶지 않았나봐."

미경을 버스에 태워 보내고 혼자서 집으로 돌아가는 발길이 얼마나 쓸쓸한지 몰랐다.

그 후로 시간이 날 때마다 혼자서 아헨대학에 가서 캠퍼스를 돌아보았다.

'이 학교의 학생이 되는 길은 없을까. 마땅한 방법이 없으면 돌아가야 하는데⋯⋯.'

2년 반 동안 독일어를 외우며 보낸 시간이 허망하기만 했다. 마음이 어수선하니 일을 할 때도 집중이 잘 되지 않았다.

며칠 후 연장근무를 할 때였다. 슈템펠을 세우는데 바로 내 옆에서 갑자기 돌더미가 무너져 내렸다. 나는 겁에 질려 재빨리 입구 쪽으로 몸을 피했다. 우르르 쏟아지던 돌덩이가 수북하게 쌓이더니 금세 조용해졌다. 천만다행이었다. 마이스터가 빨리 천장을 받치라고 호루라기를 불었다. 다시 내 자리로 돌아갔다. 그런데 내가 세워야 할 슈템펠 두 개가 돌더미에 묻혀 꺼낼 수가 없었다. 안간힘을 썼지만 너무 큰 돌에 끼어 움쩍도 하지 않았다. 마이스터가 내게 소리쳤다.

"포기해요! 위험해서 안 됩니다!"

결국 내 월급에서 두 개의 슈템펠 값을 물어내야 했다. 값 비싼 강

철로 된 슈템펠을 잃어버리면 하루 일당이 고스란히 날아가 버렸다. 형에게 기와집을 지으라고 큰소리를 쳤는데 하루 일당을 날리다니 너무 속상했다. 아버지는 병석에서 일어나긴 했지만 예전처럼 힘든 일은 무리라고 했다. 남은 기간 동안 악착같이 벌어야 하는 내 처지가 더 처량하게 느껴졌다.

대통령에게 요청했던 광부들의 기한 연장은 끝내 이루어지지 않았다. 3년의 계약기간이 끝나면 무조건 한국으로 돌아가는 수밖에 없었다. 마음이 착잡할 때마다 아헨대학 캠퍼스를 기웃거려 봐도 뾰족한 수가 없었다. 대학에 갈 수 있다는 확신이 없으니 독일어 공부에도 점점 흥미를 잃어갔다. 모든 게 시들했다.

오랜만에 로즈마리를 찾아갔더니 나를 보자마자 대뜸 물었다.

"얼굴이 왜 그래? 어디 아파?"

가슴 한켠이 찡했다.

"아뇨. 그냥 모두 돌아갈 준비를 하는 걸 보니 착잡해서요."

"시간이 무척 빠르지? 독일어는 열심히 하고 있어?"

"아르바이트 그만 뒀어요. 대학입학에 대해 알아볼 시간이 부족해서요."

풀이 죽어 있는 나를 로즈마리가 측은하게 바라보았다.

"헤르 박, 선생이 되고 싶다고 했지?"

"네, 하지만……."

나는 선생이란 말이 나와 너무 멀게 느껴져서 말문이 막혔다.

"아헨대학교 사범대학을 알아보는 게 어때?"

"실은 알아보긴 했는데 어려울 것 같아요. 한국 대학 졸업장이나 재학증명서가 있어야 한대요."

"그래도 끝까지 방법을 알아보고 노력해 보자. 나도 더 알아볼게. 시간을 내서 봉사활동도 열심히 하도록 해."

로즈마리의 격려를 듣고 나니 다 스러져가던 희망이 또다시 스멀거렸지만, 한편으론 또다시 실망할까 봐 두렵기도 했다. 한국에 있는 가족들에게 돌아가고 싶은 마음도 간절했고, 독일에 남아서 대학공부를 하고 싶은 마음도 간절했다. 한국으로 돌아가면 내 꿈은 영원히 그냥 꿈으로만 남을 게 뻔했다. 샘골아저씨와 약속했던 꿈을 이룰 수 없는 것도 슬프고, 미경이와 황수형은 여기 남는데 나만 한국으로 돌아가야 한다는 사실도 너무 속이 상했다.

귀국문제로 고민을 하다가 광부숙소로 황수형을 찾아갔다. 형은 요즘 퇴근 후에 차분하게 유학 준비를 하고 있었다.

"형이 참 부럽네."

"무슨 뜬금없는 소리냐?"

"형은 기한이 끝나도 독일에 남아서 유학할 거잖아."

"너도 하면 되잖아."

"내가 무슨 수로?"

"방법을 찾아 봐야지. 상우야, 난 너한테 배운 게 참 많아. 널 만나기 전까지 난 너무 편하게 살았거든. 나 하고 싶은 대로 걱정도 없이 살았어."

"형은 참 행복한 사람이야. 걱정 없이 사는 게 어디 흔한가?"

"걱정만 없는 게 아니라 아예 생각이 없었던 게 문제지. 한마디로 골이 텅텅 비어 있었다구. 독일에 오기 전까진 쭉 그렇게 살았는데, 지금 생각해 보니 뭐랄까, 돈도 정신도 너무 낭비하며 살았다고 할까. 하여간 널 보며 철이 들었어."

형이 진지하게 말하는 것도 낯설고, 나한테 뭘 배웠다는 소린지도 아리송했다.

"말도 안 돼. 나한테 배울 게 뭐가 있겠어? 대학까지 나온 형이 뭐가 부족해서."

형이 하던 일을 멈추고 자세를 고쳐 앉았다.

"상우야, 진짜 인생에서 중요한 게 뭔지 이제 깨달았어. 지금 내 인생이 맘에 안 든다고 포기하거나 피하는 게 아니라, 그걸 내가 바꿀 수 있다고 믿고 끊임없이 노력하는 거야. 난 그저 불평만 하고 피하면서 살아 왔거든. 그에 비하면 넌 정말 늘 노력하며 성실하게 살아 왔잖아."

"그야, 난 부족한 게 많으니까."

형이 천천히 고개를 저었다.

"아냐. 스스로 부족하다는 걸 알고 끊임없이 발전하려는 태도, 그게 가장 중요한 것 같아. 난 독일에 오기 전까지 그냥 별 목표 없이 살았어. 부모님은 좋은 대학에 보내고 싶어 했지만, 난 공부에 취미가 없었거든. 대학도 가지 않겠다는 걸 부모님이 억지로 들여보낸 곳이 체육학과였어. 부모님이 원하는 곳엔 실력이 미치지 못했거든. 그나마 내가 운동을 좋아해서 겨우 들어갈 수 있었지. 졸업하고도 난 아쉬울 게 없었어. 부모님 덕에 먹고 살 걱정은 할 필요가 없었으니까."

"그럼 독일엔 어떻게 오게 됐어?"

"맨날 부모님 잔소리나 들으며 살기도 싫고, 호기심에 외국물이나 먹어 보자 그러고 왔지. 근데 웬걸, 막장이 장난이 아닌거야. 나 여기 처음 왔을 때 당장 돌아가려고 시도했었어. 그래서 일부러 사고도 냈었잖아. 정말 못 견디겠더라구."

"나도 알아. 형을 모르는 광부들이 없었지. 그때 생각하면 형 지금 많이 달라지긴 한 것 같아."

"그래. 그때 정말 미칠 것 같더라. 사고라도 내서 돌아가고 싶었는데 그것도 뜻대로 안 됐지. 이제서 철이 들었다고 할까. 너를 보며 참 많은 생각을 했다. 죽음이 왔다 갔다 하는 데서 고생하면서도 앞날을 위해 노력하고, 고민하고, 그러는 걸 보고 내가 너무 막 살았구나, 이렇게 살아선 안 되겠구나, 뭐 그런 생각이 자주 들더라. 이제 여기 남아서 제대로 공부란 걸 해보려고 해. 뭐 좀 우습겠지만, 독일 땅에 한국의 태권도를 멋지게 펼쳐보고 싶어. 내 적성에도 맞으니까."

"어쨌든 난 형이 정말 부러워. 난 아무래도 포기해야 할 것 같아."

/ 갈등 \

형이 내 말에 벌컥 화를 냈다.

"너 답지 않게 벌써 포기라니! 로즈마리한테서 연락 없냐? 무슨 방법이 있을 거야. 내가 도울 수 없는 게 안타깝다."

나는 로즈마리에게 부담을 주는 것도 미안했다.

광부들은 귀국을 앞두고 가족들에게 어떤 선물을 사가야 할지 고민하느라 삼삼오오 모였다 하면 장마당처럼 떠들썩했다.

"아, 선물하는 게 이렇게 골치 아픈 줄 몰랐네. 돈도 한두 푼 드는 게 아닌데 그렇다고 안 사갈 수도 없고. 고민이 이만저만이 아니야."

막장에서 일을 마치고 올라오면 탈의실에서 옷을 갈아입으면서도, 샤워를 하면서도, 모두들 선물에 대한 고민들을 털어놓았다.

"상우야, 너는 마누라하고 애들이 없으니 부모님만 챙기면 되겠네. 나는 마누라, 애들, 부모님, 장인 장모님, 아휴, 너무 많아. 돈도 버는 족족 집에 보내서 얼마 되지도 않는데 큰일이야 큰일."

"어디 가족뿐입니까? 일가친척하고 친구들도 걸려요. 게다가 독일올 때 돈 꾸어준 사람들도 빼놓을 수 없죠. 아이고, 다 합치면 스무명도 넘어요."

반대로 냉정하게 말하는 사람들도 있었다.

"까짓 선물 안 사면 어때요? 여태 돈 벌어서 보낸 게 얼만데. 성한 몸으로 돌아가는 것만도 큰 선물이 아닙니까?"

"에구, 성한 몸이 몇이나 있겠어? 손가락 잘린 사람도 많고, 손끝이 문드러진 사람은 부지기수야. 몸에 흉터 없는 사람 있으면 나와 봐. 아마 한 사람도 없을 걸? 그런 생각하면 선물은 고사하고 살아 돌아가는 게 바로 가장 큰 선물이야."

"몸에 보이는 상처는 그래도 낫지. 아마 우리들 폐 속에 석탄가루가 켜켜이 쌓였을 걸세. 지금은 몰라도 늙으면 다 탈이 날 거야. 돈이 뭐라고, 돈 벌려고 몸을 담보로 한 거지."

진폐증 진단을 받은 동료가 하소연하듯 말했다.

"나는 한국에 돌아가도 여전히 오늘 죽을지 내일 죽을지 모르는 막장인생이야. 한 밑천 잡겠다는 일념으로 몸을 돌보지 않았더니 이렇게 망가져 버렸네. 아이고, 내 팔자야. 쿨럭 쿨럭."

동료들의 이야기를 들으니 샘골아저씨가 생각났다. 아저씨도 콜록콜록 기침이라도 하면서 살아 돌아갈 수만 있었다면 얼마나 좋을까. 아빠 얼굴도 모르고 태어난 아저씨의 딸은 얼마나 자랐을까. 갓 난 딸의 사진을 보며 애지중지하던 모습을 떠올리니 눈물이 핑 돌았다.

계약이 끝날 날이 다가오니 시간이 몇 배로 더 빨리 지나가는 것 같았다. 내 마음은 하루에도 몇 번씩 갈팡질팡했다.

'무작정 독일에 남을까?'

'안 돼. 그러다 이도저도 안 되면 결국 쫓겨 갈 텐데.'

'그래도 이대로 돌아갈 수는 없어.'

'아니야. 돈보다 더 소중한 건 삶의 극한상황을 이겨낸 자부심인지도 몰라. 독일에서 돈을 벌어 고향에 새집도 짓고 땅도 마련했으니 그걸로 만족하자.'

/ 갈등 \

'그럼 지금껏 독일어는 왜 배웠어? 써 먹지도 못할 걸 왜 그 고생을 하며 배웠어?'

'오르지 못할 나무는 쳐다보지도 말라고 했어. 선생은 무슨. 그냥 고향에 돌아가서 사는 거야. 새집에서, 내 힘으로 벌어서 산 땅에서 농사를 짓는 거야. 선생이 되고 싶은 건 그냥 꿈일 뿐이야. 이루어지지 않는 꿈도 있는 법이니까. 꿈이라도 갖고 사는 게 없는 것보다는 낫겠지.'

낮이나 밤이나, 앉으나 서나, 머릿속에서 두 마음의 줄다리기가 끝날 줄을 몰랐다. 차라리 누군가가 내게 이렇게 해라 하고 앞길을 정해주면 좋을 것 같았다.

만기일이 두 달이 채 남지 않았을 때까지도 마음의 갈등은 여전했다. 그 무렵 집에서 편지가 왔다. 충청도에 있는 구봉광산에서 양창선이라는 사람이 지하에 매몰되었다는 내용이었다. 양 씨는 구조를 기다리며 땅속에 갇혀 있는데, 어머니는 그 소식을 듣고 내 걱정 때문에 뜬눈으로 밤을 지새운다고 했다. 구봉광산은 지하 3백 50여 미터에서 석탄을 캐는데, 내가 일하는 독일 탄광은 지하 1천 3백 미터라는 말을 듣고 어머니는 날마다 절에 가서 불공을 드렸는데, 며칠 전 새벽에 산길을 걷다가 미끄러져서 다리를 다쳤다고 했다. 어머니는 한국에서 일어난 사고를 보며 독일에 있는 내 걱정을 하고 있는 것이었다.

어머니가 다쳤다는 소식을 들으니 당장이라도 어머니 곁으로 달려가고 싶었다. 어머니가 준 종이돈을 꺼내서 만지작거렸다.

'어머니, 저는 어떻게 해야 돼요?'

오랜만에 되뇌어 보는 어머니란 말에 금세 어린아이가 되어 눈물이 고였다. 모든 것을 다 내려놓고 하루 빨리 어머니 곁으로 가고 싶었다. 지독한 가난에서 벗어나게 되었으니, 이제 어머니랑 알콩달콩 행복하게 살고 싶었다.

'그래. 모두 깨끗이 잊고 고향으로 돌아가는 거야. 가서 어머니를 모시고 살자.'

마음을 정하고 나니 오히려 홀가분했다.

'낯선 나라에서 막장인생을 살았으니 내 나라에 돌아가면 뭔들 못 하겠어. 뭐든지 할 수 있다는 자신감을 갖고 살아야지.'

막장에서 버틴 3년은 혹독한 삶의 과정이었다. 앞으로 어떤 곳에 가든지, 어떤 상황에 처하든지, 못할 것이 없다는 자부심을 갖기로 했다.

한국 광부들도 모두 구봉광산에 매몰된 양창선 씨의 구출소식을 목을 빼고 기다렸다.

"우리도 마지막까지 조심해야 해. 언제 천장이 무너질지, 슈템펠이 튕겨져 나올지, 한순간도 안심할 수 없는 게 막장이야. 모두 정신 똑바로 차리자구."

매몰사고 후 16일 만에 드디어 양창선 씨가 무사히 구출되었다는 소식이 교민신문에 실렸다. 광부들은 남의 일 같지 않아서 소식을 듣는 순간 모두 만세를 불렀다.

/ 갈등 \

귀국일자를 보름 앞두고 집에서 마지막 편지를 보내왔다. 편지에는 어서 빨리 돌아오라며, 어머니는 내가 돌아올 날에 맞춰 잔치 준비를 하느라 김치도 새로 담고 장이 서는 날마다 형수를 장에 보낸다고 적혀 있었다. 형은 내가 귀국하는 날 김포공항으로 마중을 나온다고 했다.

'그래, 돌아가야지. 나를 기다리는 가족들 품으로 돌아가야지. 나를 아들처럼 여기며 도와 준 로즈마리에게 한국으로 돌아가게 되었다고 말해야겠어.'

며칠 후 로즈마리를 찾아갔다. 혹시나 하는 기대가 없진 않았지만, 좋은 수가 있었다면 로즈마리가 먼저 연락했을 터였다.

"헤르 박! 시간이 얼마 없네."

"네, 이제 열흘 남았어요. 한국으로 돌아가기로 했습니다."

"무슨 소리야? 지금 당장 가서 그동안 일한 경력증명서와 봉사활동 확인서를 떼어 와. 그렇지 않아도 연락하려던 참이었어."

로즈마리의 말에 가슴이 두근거렸다.

"확인서는 왜요?"

"아헨 사범대학 학장을 만났어. 그동안 헤르 박이 어떤 일을 했는지 일단 서류를 준비해 오래. 빨리 서둘러요."

나는 다시 희망의 불씨를 살려냈다. 탄광에서 경력증명서를 떼고, 한인교회에서 일요일마다 했던 봉사활동 확인서도 받고, 아르바이트를 한 사과농장에서 그동안 일을 했다는 증명서도 얻었다.

"헤르 박, 끝까지 포기하지 말아요. 나도 최선을 다하고 있으니까. 무슨 일이 있으면 바로 연락할게. 어서 돌아가서 마지막까지 몸조심하고 최선을 다해요."

"네, 고맙습니다."

로즈마리를 만나고 나니 발걸음이 다시 가벼워졌다. 아헨대학 학장에게 직접 내 이야기를 하다니, 꿈인가 생시인가 싶었다. 로즈마리가 새삼 대단하고 고맙게 느껴졌다. 그런데 바로 연락이 올 줄 알았는데 닷새가 지나도록 아무 연락이 없었다. 혹시나 하며 기다리는 하루하루가 점점 버거웠다.

귀국일이 사흘 밖에 남지 않았을 때까지도 로즈마리에게선 아무 연락이 없었다.

'안 되는 거야. 될 것 같으면 벌써 연락을 했겠지. 로즈마리도 내게 안 된다는 말을 할 수가 없었을 거야. 그래, 허황된 꿈이었어. 더 이상 로즈마리를 괴롭히지 말자.'

나는 혼자서 스스로를 위로했다. 마지막으로 대학 공기나 실컷 마시고 오자는 생각에 아헨대학교에 갔다. 혼자서 사범대학 곳곳을 돌아다니며 벤치에도 앉아보고 강의실도 기웃거렸다. 아버지가 늘 얘기하던 송충이는 솔잎을 먹어야 하고 오를 수 없는 나무는 쳐다보지도 말아야 한다는 말이 떠올랐다. 바로 나를 두고 하는 말들이었다. 캠퍼스를 뒤로하고 집으로 오는 발걸음이 한없이 무거웠다.

이튿날 우체국에 가서 한국으로 보낼 짐을 부쳤다.

/ 갈등 \

'로즈마리에게 마지막 인사는 하고 가야지.'

우체국에서 나와 로즈마리를 찾아가려다 다시 발길을 돌렸다. 로즈마리도 나를 만나면 더 곤란해할 것 같았다. 지금까지 받은 은혜만 해도 넘치는데 더 이상 마음 아프게 하지 말자는 생각이 들었다.

방으로 돌아오니 꼬질꼬질한 옷만 나를 반겼다. 석탄가루로 새까맣게 된 독일어 책을 펼쳤다.

'책을 가져갈까 말까? 한국에 돌아가서 이 책을 보면 눈물만 나올 텐데, 버리고 갈까? 아냐, 그래도 막장에서 나와 함께 한 책인데 가지고 가야지.'

페이지마다 손때와 석탄재와 눈물이 얼룩져 있는 책장을 넘기다 보니, 그토록 하고 싶던 공부를 포기한다는 사실이 너무 서글펐다.

어머니는 막내아들이 입고 쓰던 물건을 받아보고 얼마나 우실까. 넘어져서 다친 다리는 이제 다 나았을까.

'어서 돌아가서 어머니를 잘 모셔야지.'

드디어 탄광과 이별하는 날이 되었다. 3년 동안 끔찍하게 느껴졌던 막장에 다시 들어가지 않아도 된다는 사실이 기쁘면서도, 막상 슈타이거를 만나자 가슴이 울컥했다. 슈타이거는 건강한 몸으로 귀국하게 되어 축하한다며 뜨겁게 포옹했다. 광부숙소도 찾아갔다. 나와 함께 귀국하는 광부들은 모두 축제 분위기였다. 황수형은 당분간 유학생 친구 집에서 유학 준비를 할 거라고 했다.

"로즈마리한테 무슨 소식 없어?"

나는 이미 모든 걸 포기한 상태라 담담하게 말했다.

"없어. 안 되는 거지 뭐. 그냥 한국으로 돌아갈 거야."

형이 고개를 저으며 말했다.

"야 박상우! 나는 널 보며 새로운 꿈을 꾸기 시작했는데, 정작 넌 그렇게 쉽게 가 버릴 거야? 끝까지 기다려 보자. 미리 포기하진 마."

"…… 그만 해 형. 나 정리 끝냈어."

"이렇게 가버릴 거면 잠도 못 자면서 독일어 공부는 왜 했냐? 끝까지 지푸라기라도 잡고 매달려 봐. 막말로 독일에서 쫓아낼 때까지 기를 쓰고 버텨 봐야 할 거 아니야? 해보지도 않고 이대로 간다는 게 말이 되냐? 사내자식이 배짱도 없어?"

형이 흥분하는 걸 보니 더 속이 상했다.

"해 봤는데 안 되면? 형이 책임 질 거야?"

"상우야, 나는…….."

"나중에 따로 가려면 비행기 표도 비싸잖아. 그리고 이제 돈도 못 버는데 먹고 잘 곳도 없어."

"내 친구 집에서 지내면서 더 알아보자."

"안 돼, 형. 보나마나 안 되는 게 뻔한데. 사방이 꽉 막혀 있는데 뭘 어쩌라고? 나도 괴로워 미칠 것 같단 말야. 모든 걸 다 갖춘 형이 내 맘을 어떻게 알겠어? 부잣집 도련님이 나 같은 가난뱅이를 어떻게 이해하겠냐고!"

나도 모르게 마음속에 쌓여 있던 말들이 튀어나왔다. 황수형의 얼굴이 굳어졌다.

"내가 널 잘못 봤어. 나와 한마디 상의도 없이 혼자 가버리겠다고 벌써 짐까지 부쳤단 말이지? 야, 이 자식아, 난 너한테 뭐였냐? 응? 아무것도 아니었지? 그래, 갈 테면 가버려!"

형이 화를 내며 나가 버렸다. 형의 뒷모습을 보니 또 눈물이 나왔다. 큰 덩치에 성격은 급하고 건듯하면 주먹질을 하는 형이었지만 나한테만큼은 특별했다. 내가 몸이 약하다고 족발을 사다 삶아주고, 입원했을 때는 가족처럼 날마다 찾아와 위로해 주었다. 겉으로는 철이 없어 보여도 속마음은 언제나 친형처럼 따뜻했다. 그런 형에게 한마디 의논도 없이 혼자 가겠다고 결정한 게 너무 서운한 모양이었다. 그래도 어쩔 수가 없었다.

'그래. 형과 나는 애초부터 모든 게 달랐어.'

동료 광부들과 마지막 인사를 하고 미경을 만나러 갔다. 미경이는 나를 보자마자 내 마음을 읽은 것 같았다.

"아헨대학에서는 연락이 없어요?"

나는 말없이 고개를 저었다.

"전혀 방법이 없는 거예요?"

나는 또 말없이 고개를 끄덕였다. 미경이 앞에서 말을 꺼내면 눈물이 나올 것 같았다. 초라한 모습을 미경에게 보여주기 싫었다.

"너무 안타깝네요. 어쩌면 좋아요?"

"넌 한국에 안 올 거야?"

이대로 헤어지면 미경이를 다시 볼 수 없을 것 같았다.

"언젠간 돌아가야죠."

"그동안 고마웠어. 한국에 가서 편지할게."

미경의 눈가가 촉촉했다.

"내일 근무라서 공항에 못 나가요."

"알았어. 부디 몸조심하고 꼭 대학 가길 바래."

헤어지기 힘들수록 빨리 떠나는 게 좋을 것 같아 서둘러 발길을 돌렸다. 발걸음이 허공을 걷는 것처럼 휘청거렸다. 한참 후 뒤돌아보니 미경이 그때까지 나를 바라보고 있다가 손을 흔들었다. 나도 손을 크게 흔들어 주었다.

드디어 떠나는 날 아침이었다. 로즈마리에게선 여전히 아무 연락이 오지 않았다.

'로즈마리, 미안해요. 한국에 가더라도 평생 양어머니로 모실게요.'

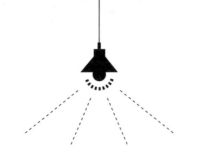

뒤셀도르프 공항

　3년 전 내가 독일에 첫발을 딛었던 뒤셀도르프 공항에서 수속을 마치고 한국행 보딩패스를 막 받아들 때였다.

　"헤르 박! 오! 헤르 박! 안 돼요."

　로즈마리가 헬가의 부축을 받으며 달려오고 있었다.

　"아, 로즈마리!"

　로즈마리가 내 손에서 비행기 티켓을 빼앗았다. 로즈마리는 눈물을 글썽이며 말했다.

　"헤르 박! 어떻게 이럴 수가 있어? 이대로 돌아가려고? 안 돼요!"

　"죄송합니다. 너무 부담을 드리는 것 같아서 한국에 가서 연락하려고 했어요. 정말 죄송합니다."

　내 목소리에 물기가 배어들었다. 로즈마리가 의자에 털썩 주저앉으며 나를 억지로 앉혔다. 그때였다. 황수형이 저 멀리서 두리번거리며 나타났다. 형은 우리를 보자마자 달려와 로즈마리에게 물었다.

"아헨대학에서 연락이 왔나요?"

차마 묻고 싶어도 입이 떨어지지 않았는데, 형이 나를 대신해서 물어 주었다. 로즈마리는 천천히 고개를 저었다.

"하지만 실망하긴 일러. 아직 안 된다는 연락은 안 왔어."

혹시나 하던 기대가 와르르 무너졌다. 안 된다는 연락은 안 왔지만, 된다는 연락도 없지 않은가. 나는 더욱 절망스러웠다. 로즈마리에게도 너무 미안해서 얼굴을 마주할 수가 없었다.

로즈마리가 내 손을 잡고 애원하듯 말했다.

"헤르 박, 3년 동안 지하 막장에서 죽음과 함께 했던 순간들을 생각해봐. 꿈을 버렸어? 헤르 박은 꿈을 이룰 수 있어. 우리가 도울게."

"하지만 전혀 길이 보이지 않는데 어떻게요."

"내가 알아본다고 했잖아. 기다리라고 했잖아."

로즈마리가 손수건을 꺼내 눈물을 훔쳤다. 나도 눈시울이 뜨거워졌다. 황수형이 내 어깨에 손을 얹고 말했다.

"너한테 화를 내고 돌아서서 나도 마음이 편치 않았다. 이대로 보내면 안 되겠다 싶어서 달려왔어. 상우야, 미안하다. 하지만 로즈마리 말 들어. 우린 널 이대로는 못 보내."

형이 울먹이며 말했다. 나도 눈물이 마구 쏟아졌다. 옆에 서 있던 헬가도 눈물을 글썽이며 원망스럽게 말했다.

"어떻게 나한테 작별인사도 없이 그냥 갈 수가 있어요?"

"미안해, 헬가. 만나면 헤어지기가 더 힘들 것 같아서."

"로즈마리 아줌마 말이 맞아요. 한국으로 돌아가면 기회는 다시 없을 거예요."

내가 로즈마리의 손에 붙들려 있는 동안, 다른 광부들은 입국장으로 들어가고 있었다. 배웅하러 온 광부들이 입국장을 향해 손을 흔드는 모습이 보였다. 한국행 비행기를 타지 않는다고 무슨 수가 있을까. 로즈마리가 나를 아끼고 도우려는 것은 알지만, 로즈마리도 내가 기뻐할 소식을 가져오지는 못했다.

'동료들과 함께 비행기에 타면 내일이면 한국에 도착할 텐데. 내가 안 오는 줄 알면 어머니는 얼마나 낙담을 하실까? 아, 이럴 수도 저럴 수도 없는 나는 과연 어떻게 해야 할까?'

한국에서 나를 기다리고 있는 가족들 모습이 눈앞에 어른거렸다. 내가 돌아오지 않는다는 걸 알면 혹시 어머니가 쓰러지지 않을까.

'한국으로 돌아가면 다시는 대학에 갈 기회가 없겠지. 광부, 광부, 그냥 파독 광부였을 뿐이야.'

나는 로즈마리의 손을 뿌리치지 못한 채 두 갈래의 마음으로 갈팡질팡했다. 그러는 사이 어느덧 입국장의 문이 닫혔다.

이제 비행기를 타고 싶어도 탈 수 없었다. 나는 구조선을 놓치고 무인도에 남겨진 신세나 마찬가지였다. 지난 3년간 이곳에서 보낸 시간들이 머릿속을 빠르게 스쳐갔다. 샘골아저씨의 얼굴도 떠올랐다.

나는 두 주먹을 불끈 쥐었다.

'그래, 해 보는 거야! 정말로 나중에 쫓겨 가는 한이 있더라도, 가

는 데까지 가 보는 거야. 이제 물러설 수도 없어.'

로즈마리가 무작정 내 손을 끌고 공항 주차장으로 향했다. 황수형과 헬가도 말없이 나를 따라왔다. 형은 한국에서 대학 졸업증명서가 오기를 기다리는 중이었다.

"상우야, 갈 데 없으면 나랑 있어도 돼."

형의 말에 로즈마리가 고개를 저었다.

"헤르 박은 당분간 우리 집에 있어야 해요. 헤르 박을 위해 방을 비워 놓았어요."

나는 로즈마리를 따라가며 어머니를 생각했다. 3년 동안 타국에서 돈을 벌어 보내던 아들이 무사히 돌아온다고 잔치까지 준비하며 밤잠을 설쳤을 어머니, 아버지, 형님과 형수의 얼굴이 눈앞에 어른거렸다. 애타게 돌아가고 싶던 고향, 가족들과 고향이 그리워 어린애처럼 울부짖던 순간들, 날마다 지옥에 들어가듯 지긋지긋했던 탄광생활이 이제 다 끝났는데, 고국에 돌아가지 않고 다시 미아처럼 방황하는 게 잘하는 일일까. 그러나 이제 머뭇거릴 시간이 없었다. 마지막까지 최선을 다해 부딪쳐 보는 일만 남았다. 나는 속으로 두 번, 세 번, 네 번, 계속해서 이를 악물었다.

차창 밖으로 뒤셀도르프 공항이 점점 멀어지고 있었다.

"헤르 박, 어젯밤 늦게까지 헤르 박을 기다렸어. 자정이 넘은 후에야 헤르 박이 한국으로 그냥 돌아간다는 걸 알았지. 그래도 혹시나 하고 아침까지 기다리다가 문득 나를 피해 달아난다는 생각이 들더

/ 뒤셀도르프 공항 \

군. 그때 헬가가 전화를 했어. 헬가도 헤르 박을 찾고 있었어. 그래서 함께 달려온 거야."

로즈마리의 말에 또다시 눈물이 주르르 흘렀다. 나는 얼른 눈물을 훔쳤다. 황수형이 내 어깨를 다독이며 말했다.

"야 박상우, 힘내. 잘될 거야. 이렇게 좋은 양어머니가 계신데 뭘 걱정하냐? 짜식, 이제야 나를 깨우쳐 줬던 너를 다시 찾은 것 같다. 힘내!"

형이 먼저 내리고, 얼마 안 있어 차가 로즈마리의 집 앞에 도착했다.

"어서 들어가자."

로즈마리를 따라 집으로 들어갔다. 헬가도 함께 들어왔다.

"헤르 박, 우선 푹 쉬고 나서 의논해 보자구. 방이 비좁더라도 참고 견디도록 해. 어제 짐을 치우고 침대보와 이불을 새로 깔았어."

"잘 될 거예요. 난 그렇게 믿어요."

헬가가 방문을 닫으며 윙크를 했다. 로즈마리와 헬가가 방에서 나가자 나는 침대에 벌러덩 누웠다. 아무것도 가진 것 없이 혈혈단신으로 이국땅에 내동댕이쳐진 내 신세를 생각하니 또 눈물이 나오려고 했다.

'안 돼. 울지 말자. 눈물은 사치일 뿐이야. 울 힘이 남아 있으면 그 힘으로 세상과 맞서 싸워야 해.'

나는 귀국해서 어머니에게 돌려 드리려던 종이돈을 꺼내 얼굴에 댔다. 너덜너덜해진 돈에서 어머니의 체취를 느낄 수 있었다.

'어머니, 저는 다시 출발선에 섰어요. 어머니, 저에게 용기를 주세요.'

침대에서 벌떡 일어나 크게 심호흡을 했다.

'하늘이 무너져도 솟아날 구멍이 있다는 말을 믿어 보자.'

우선 독일 체류연장 허가를 받아야 했다. 탄광일은 불가능하니 다른 직장에 들어가서 고용계약서를 써야 체류허가를 받을 수 있었다.

그러나 모든 게 산 넘어 산이었다. 내 꿈대로 대학에 입학을 한다 해도, 집과 생활비는 어떻게 해결할 것인가. 귀국을 앞두고 남은 돈은 물론 여분의 신발과 옷까지 모두 고국으로 부쳤다. 다시 이방인이 된 내게 남은 것은 맨몸뚱이와 입고 있는 옷, 석탄가루투성이의 독일어 사전이 전부였다.

나는 다시 주문을 외우듯 중얼거렸다.

'지하 막장에서 죽음도 견뎌냈는데 그보다 더한 일이 있을까. 그동안 아르바이트까지 해가며 독일어 공부에 매달렸던 열정에 다시 불씨를 지펴보자.'

그렇게 다짐하면서도 내 처지를 생각하면 암담하기 그지없었다. 독일로 유학을 온 학생들은 다들 고위층 자녀들이거나, 부자 부모를 둔 아들딸들, 한국의 명문대학교 학생들이었다.

'그들을 부러워만 하면서 실의에 빠져 내 꿈을 포기하지 말자. 황수형 말처럼 이렇게 좋은 양어머니도 있는데, 가난하다고 모든 걸 포기하는 건 비겁한 일이야. 막장인생보다 힘든 건 세상에 없을 거야. 막장에서 석탄을 캐내던 정신으로 세상과 맞서면 뭐가 무섭겠어.'

/ 뒤셀도르프 공항 \

불법체류자

로즈마리의 집에서 하루를 보내고 다음 날, 도저히 앉아서만 기다
릴 수가 없었다.

"제가 학장님을 찾아가 볼게요. 무작정 기다리느니 직접 찾아가서
만나고 싶어요."

로즈마리가 고개를 저었다.

"서류를 검토하고 연락을 준다고 했으니 기다려야 해. 무작정 찾아
가는 건 예의에 어긋나는 행동이야. 상대의 시간과 여건을 무시하는
일이지. 게다가 지금 헤르 박은 불법체류자 신분이라는 걸 한시도 잊
으면 안 돼. 만약 사고라도 나서 적발되는 날엔 무조건 추방이라고.
알겠어?"

로즈마리의 말을 듣고 보니 다급하다고 무작정 학장을 찾아갈 수
도 없었다. 초조하게 시간을 보내는 게 너무 힘들었지만, 나에게 안
전한 장소는 로즈마리의 집뿐이었다. 불안감을 재우려고 머리에 들

어가지도 않는 독일어를 중얼거렸다.

그렇게 시간을 보낸 지 닷새 째 되는 날, 로즈마리가 급하게 나를 불렀다.

"헤르 박! 아헨대학교 사범대학장이 면담을 요청했어."

그 말을 듣는 순간 꿈을 꾸는 것 같았다.

"면담이요? 정말이에요?"

나는 너무 벅차서 감정을 주체할 수가 없었다. 면담을 한다는 것은 가능성이 있다는 게 아닌가.

로즈마리가 나의 등을 토닥이며 말했다.

"학장을 만난다고 입학을 허락해 줄지는 아직 몰라. 전에도 말했 듯이 나는 헤르 박이 아들처럼 느껴져. 그래서 학장에게 이리저리 다리를 놓았는데, 일단 만나자고 하니 최선을 다해 보자구. 나는 헤르 박처럼 성실한 청년이 공부할 기회를 놓친다는 게 너무 아까워. 그래서 어떻게든 도우려고 하는 거야. 마음의 준비 단단히 하고 만나보도록 해."

나는 로즈마리의 말에 가슴이 뜨거웠다. 가족도 친척도 아닌, 낯선 땅에서 만난 외국 사람이 날 위해 이렇게까지 애를 써 주다니. 이제 순간순간 최선을 다하는 것만이 로즈마리의 친절에 대한 보답이고, 의무이며, 내 꿈을 향한 도전이었다.

드디어 면담일이 되어 로즈마리와 함께 아헨대학교를 찾아갔다. 내가 얼마나 열심히 공부했는지 증거 삼아 시커먼 독일어 사전도 챙

/ 불법체류자 \

겼다. 학교에 들어서자 며칠 전 혼자 돌아볼 때는 너무나 멀게 느껴지던 캠퍼스가 오늘은 나를 반겨주는 것 같았다. 젊음과 패기가 넘치는 학생들이 빠른 걸음으로 내 곁을 스쳐 지나갔다. 나는 떨리는 가슴을 애써 진정시키며 사범대학 학장실 앞에 이르렀다.

몇 번이나 심호흡을 한 다음 문을 두드렸다. 학장은 키가 크고 몸집도 건장했는데, 두꺼운 안경이 학자적인 인상을 강하게 풍겼다. 로즈마리의 소개로 인사를 하자 학장이 내게 앉으라고 말했다.

"어서 오게나. 우리 사범대학에 들어오고 싶어 한다고?"

"네, 꼭 이 대학에서 공부하고 싶습니다."

"하지만 아헨대학교에 사범대학이 생긴 이후로 지금까지 외국인 학생을 받은 적이 없다네."

학장의 입에서 환영한다는 말을 기대하고 있던 나는 어리둥절했다. 내 앞에 허물 수 없는 커다란 절벽을 마주한 것 같았다. 왜 면담을 하자고 했을까. 도저히 안 되는 거냐고 따져 묻고 싶었지만, 내 입으로 안 된다는 단어조차 말하기 싫었다. 아니 두려웠다.

학장이 한참 뜸을 들인 후 나의 입학을 허가할 수 없는 이유를 내가 알아듣기 쉽게 또박또박 설명했다.

"독일 대학은 대부분 국립대학이라서 모든 대학이 국가 예산으로 운영되고 있다네. 사범대학을 졸업하면 독일 학교에서 선생을 해야 하는데, 아이들 교육을 외국인에게 맡길 수는 없다는 게 우리의 교육정책이야. 교육공무원을 독일 국민으로만 제한하고 있기 때문에,

학교에서 맘대로 할 수가 없는 게 유감이군. 로즈마리 여사로부터 자네의 성실성에 대해 얘기는 들었네."

학장의 말에 한숨이 절로 나왔다. 그 말을 하려고 사람을 불렀느냐고, 그냥 안 된다고 통보하면 될 것을 왜 잠시라도 헛된 꿈을 꾸게 했느냐고 따져 묻고 싶었다.

이제 더 이상 희망이 없었다. 그러나 쉽게 인정하고 싶지 않았다. 이대로 '네, 잘 알았습니다. 안녕히 계십시오.'라고 물러나면 모든 게 끝이었다. 내가 어떻게 여기 남게 되었는데, 학장에게 되든 안 되든 하소연이라도 하고 싶었다.

나는 밑져야 본전이라는 생각으로 두 주먹을 불끈 쥐고 입을 열었다.

"학장님, 처음부터 안 된다는 말씀을 하실 거면 저를 왜 보자고 하셨습니까? 제발, 저에게도 기회를 주십시오. 저는 3년 전에 머나먼 한국에서 광부의 신분으로 독일 땅에 첫발을 딛었습니다. 지하 막장에서 일을 하면서도 독일어 사전과 문법책을 손에서 놓아본 적이 없습니다. 석탄가루로 범벅이 된 이 독일어 사전을 보십시오. 저의 눈물과 땀방울로 이렇게 얼룩져 있습니다. 저는 어린 시절부터 선생님이 되고 싶었습니다. 그 꿈을 이루기 위해서 3년간의 광부생활도 이를 악물고 견디며 공부를 했습니다. 아헨대학에서 저를 받아주시지 않으면, 저는 이제 한국으로 쫓겨나게 되고, 제 모든 노력과 꿈은 물거품이 됩니다. 학장님, 저의 꿈을 이루게 도와주십시오. 그 누구보다 열심히 공부해서 꼭 훌륭한 선생이 되겠습니다."

나는 서툰 독일어로 울먹이며 말했다. 학장이 내 손에서 독일어 사전을 받아들고 여기저기 펼쳐 보았다. 그 모습을 보니 갑자기 그동안의 설움이 걷잡을 수 없이 터져 나왔다. 창피한 줄도 모르고 나오려는 눈물을 참으려 이를 악물었다. 로즈마리도 학장에게 애원하듯 말했다.

"학장님, 아까운 청년입니다. 꿈을 펼칠 수 있게 도와주세요."

학장이 한참 동안 나를 바라보다가 입을 열었다.

"우리 대학에 오면 생활은 어떻게 할 생각인가?"

"학장님, 저는 무슨 일이든지 자신이 있습니다. 막장에서 석탄을 캐는 일보다 어려운 일은 없을 테니까요. 석탄을 캐면서도 아르바이트를 했습니다. 공부만 할 수 있다면 아무리 어려운 일이라도 마다하지 않을 겁니다. 학장님, 제발 입학만 시켜 주십시오!"

무릎이라도 꿇고 싶은 심정이었다.

학장이 다시 물었다.

"선생이 되고 싶다고 했지? 그동안 선생이 되기 위해 무엇을 준비했나?"

나는 한국에서 고등학교 때 RCY 적십자 활동을 한 것부터 군인으로 복무할 때 교회에서 주일학교 선생을 했던 일, 그리고 독일에서 광부로 일하면서도 쉬는 날 한인교회 주일학교 선생을 한 것까지, 조목조목 말했다. 학장이 한참동안 생각을 하더니 고개를 끄덕였다.

"꿈을 이루기 위해 최선을 다해 노력했다는 것은 알겠네. 하지만 우리 대학에 외국인을 입학시킨 전례가 없으니 어찌해야 좋을지 모르겠네. 일단 교수회의를 통해 고려는 해보겠지만 장담할 수는 없어. 돌아가서 기다리고 있게나."

일단 고려해 본다는 말이 얼마나 반가운지 몰랐다. 나는 학장 앞에 넙죽 엎드려 큰절을 했다.

"제발 저를 받아주세요. 부탁드립니다."

지금까지 살아오면서 누군가에게 이렇게 매달려 보긴 처음이었다. 이렇게 매달려서라도 내 꿈을 이룰 수만 있다면 뭘 못할까 싶었다. 이제 물러설 곳도 없고 돌아갈 길도 없었다. 로즈마리가 말없이 내 등을 토닥거렸다.

이튿날부터 아침을 먹자마자 아헨대학교로 달려갔다. 사범대학 학장실 앞에서 무작정 기다렸다. 교수들과 학생들이 나를 흘낏거렸지만, 나는 남의 눈치를 볼 만큼 한가한 사람이 아니었다. 문득 나를 중학교에 보내기 위해 심부자네 대문 밖에서 밤을 꼴딱 새웠던 어머니가 떠올랐다.

'나도 나를 받아줄 때까지 날마다 찾아와 버텨야지.'

어머니를 떠올리니 다른 사람들의 시선도 참아낼 수 있었다.

점심시간이었다. 학장실 문이 열리더니 학장의 모습이 보였다. 나는 얼른 앞으로 달려가 정중하게 인사를 했다.

"학장님, 안녕하십니까. 어제 찾아뵈었던 한국 광부 박상우입니다. 제발 저를 받아주십시오. 꼭 이 학교의 학생이 되고 싶습니다."

/ 불법체류자 \

학장이 첫눈에 나를 알아보았다. 사범대학에 외국학생을 받은 일이 없다고 했으니 동양인인 나를 첫눈에 알아보는 게 당연했다.

"아직 회의를 하지 못했네. 집에 가서 기다리고 있게."

나는 학장에게 고개를 숙여 인사를 했지만, 답을 듣기 전에는 발길을 돌릴 수가 없었다. 나는 점심도 굶고 학장실이 바라다 보이는 곳에서 학장이 퇴근할 때까지 무작정 기다렸다. 이튿날도 마찬가지였다. 로즈마리가 집에서 기다리라고 했지만, 집에 있으면 안 된다는 연락이 올 것만 같았다.

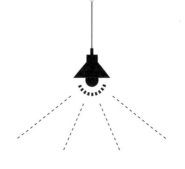

지성이면 감천

학장실 앞에서 기다린 지 나흘 째 되는 날, 학장이 나를 불렀다.

"자네의 끈기에 모두 감탄했네. 오늘 교수회의에서 자네의 입학허가가 결정되었어. 축하하네."

며칠간 초조해서 잠을 제대로 못 잤더니 꿈을 꾸는 건가 싶었다.

"정말입니까? 정말 제가 입학이 되는 건가요?"

"우리 학교의 교칙에 어긋나는 부분도 있지만, 여러 가지가 참작이 되었다네. 무엇보다 배우려고 하는 청년에게 배움의 기회를 주는 것이 우리 교육의 의무라고 생각했네. 졸업하고 독일에서 선생을 할 수는 없지만 자네 나라에 돌아가서 교육을 할 수도 있지 않겠나. 그리고 우리 학교에 자네처럼 러시아에 광부로 갔다가 공부를 하고 돌아온 교수가 있다네. 그 교수가 적극적으로 자네를 지지했어. 결국 자네에게 기회를 주자는 데 모든 교수들의 의견이 일치했네. 축하하네."

나는 연신 허리를 숙이며 인사를 했다.

"고맙습니다. 정말 고맙습니다. 열심히 노력해서 훌륭한 선생이 되겠습니다."

나는 바람처럼 로즈마리가 근무하는 병원으로 달려갔다. 로즈마리는 이미 학장의 연락을 받아 알고 있었다며 나를 보자마자 끌어안았다.

"헤르 박, 축하해요! 날마다 학장실 앞에서 기다렸다면서."

"네, 가만히 있을 수가 없어서……."

목이 메어 말을 이을 수가 없었다. 드디어 나를 둘러싸고 있던 철옹성 같은 장애물이 무너지고 밝은 햇살이 찬란하게 비쳐드는 것 같았다.

"감사합니다. 저에게 이런 은혜를 베풀어 주시다니. 꼭 이 은혜를 갚겠습니다. 정말 고맙습니다."

로즈마리가 내 두 손을 감싸 쥐고 어루만졌다. 그 손길이 어머니 손길처럼 포근하게 느껴졌다.

"로즈마리! 이제 뭘 해야 하죠?"

"빠른 시일 안에 후속서류를 준비해야지."

대학 입학이 결정되었지만 후속서류를 만들지 못하면 입학허가는 무용지물이 된다고 했다. 우선 체류허가가 필요했다. 나는 취업비자로 독일에 온 데다가, 한국에서 대학을 졸업했다는 증명서도, 대학에 다니고 있다는 재학증명서도 없어서, 반드시 정식으로 취업이 되지 않으면 불법체류자에서 벗어날 수 없었다.

나 같은 외국인이 체류허가를 받는 길은 세 가지였다. 정식으로 직장에 취직을 하거나, 독일 여성과 결혼을 하거나, 노동허가가 남아 있는 한국 여성과 결혼을 하는 방법이었다. 문득 미경이 떠올랐다. 그러나 이내 고개를 저었다.

로즈마리가 퇴근 후에 여기저기 내 취직자리를 알아보느라 전화통이 쉴 틈이 없었다. 체류허가가 아니더라도 언제까지 마냥 로즈마리의 집에 얹혀 있을 수는 없었다. 나도 직접 일자리를 알아보러 다니고 싶었지만, 로즈마리는 내가 불법체류자라서 항상 위험하다고 말렸다.

며칠 후, 헬가가 찾아왔다.

"우리 아빠에게 부탁했어요. 고용계약서를 받을 수 있는 정식 직장은 차차 찾아보기로 하고, 우선 우리 가게에 나와서 일을 하래요."

내 처지를 이해해 주는 헬가가 너무 고마웠다. 다음 날 바로 사과농장을 찾아갔다.

"우리 헬가가 자네 걱정이 이만저만이 아닐세. 자네만 좋다면 전에 하던 일을 계속하게나."

"고맙습니다."

나는 곧바로 일을 시작했다. 그러나 헬가 말대로 사과농장은 체류허가를 받을 수 있는 직장은 아니었다. 로즈마리는 고용계약서를 받을 만한 취직자리를 구하기가 생각보다 쉽지 않다며 좀 더 알아보겠다고 했다. 나는 로즈마리만 바라볼 수밖에 없는 내 처지가 너무 답답해서 사과농장 사장에게도 부탁했다.

/ 지성이면 감천 \

"헤르 박, 나도 알아보고 있는데 쉽지가 않네."

모두가 절망적인 말만 했다. 하지만 나는 절대로 포기할 수 없었다.

'꼭 길이 있을 거야. 이대로 물러설 거면 공항에서 되돌아오지도 않았어.'

며칠 후 병원에서 퇴근하고 온 로즈마리가 답답하다는 듯 말했다.

"남편 친구들 중에 사업하는 사람들을 직접 찾아가서 매달려 봐야겠어. 전화로는 안 되겠고 휴가라도 내야 할 텐데."

나는 로즈마리에게 너무 미안했다.

"전화로 말씀만 해 놓으시면 제가 직접 찾아가서 부탁해 볼게요."

"헤르 박이 찾아갈 수 있을까? 지리도 잘 모르는데."

"어차피 그 분들도 저를 뽑으려면 직접 보셔야 하잖아요. 위치를 자세히 알려 주세요."

로즈마리가 불안하게 고개를 끄덕였다.

"절대로 사고를 당해서는 안 돼. 교통수칙 철저하게 지키고, 그럴 리야 없겠지만 싸움이나 시비에 말려들면 큰일이야. 불법체류자라는 사실을 잠시도 잊으면 안 돼."

"알았습니다. 조심할게요."

나는 아르바이트 시간을 조절하며 로즈마리가 소개해 준 사람들을 직접 찾아다녔다. 어떤 날은 버스를 잘못 타서 허탕을 치기도 하고, 어떤 날은 헤매다 시간이 늦어 만나지 못하고 그냥 돌아오기도 했다. 도중에 경찰을 만나면 가슴이 콩알만 해져서 얼른 사람들 속으로 몸을 숨겼다. 저녁에 집에 돌아오면 다리가 아파 녹초가 되었다. 하지만 이튿날이 되면 다시 일어나 또 다른 사람을 만나러 다녔다.

"헤르 박, 어쩌면 좋아. 왜 이렇게 취직이 어렵담!"

로즈마리가 나보다 더 초조해했다. 나는 대학 입학허가만 받으면 모든 게 해결될 줄 알고 좋아했던 자신이 점점 한심하게 느껴졌다.

'그냥 한국으로 돌아갈 걸 잘못했나? 내가 너무 큰 꿈을 꾼 걸까? 한국에서 대학도 못 나온 촌놈이 무슨 수로 독일 대학에 가겠다고. 할 수 없지 뭐. 하는 데까지 해 보다가 불법체류자로 걸리면 쫓겨 가야지. 아, 탄광에서라도 다시 일할 수만 있다면 좋을 텐데.'

탄광 쪽은 쳐다보기도 싫었는데 이토록 일자리가 없으니 탄광이라도 받아만 주면 다시 들어가고 싶었다. 그러나 계약기간이 만료된 나를 탄광에서도 받아줄 리가 없었다.

며칠 후, 로즈마리가 전화로 연락해 놓았다며 마르셀이란 사람을 찾아가 보라고 했다. 마르셀 사장은 로즈마리의 남편에게 신세를 진 적이 있어서, 일자리만 있으면 도와줄 거라고 했다. 나는 버스를 두 번이나 갈아타고 마르셀 사장을 찾아갔다. 마르셀 사장이 운영하는 회사는 유럽연합군에 소속된 군납회사인데, 여러 나라의 부대에 군수품을 납품하는 곳이었다.

마르셀 사장은 나를 보자마자 로즈마리와 어떤 사이냐고 물었다. 나는 로즈마리의 양아들이라며, 대학공부를 하고 싶으니 체류허가를 받을 수 있게 꼭 도와달라고 간절하게 부탁했다. 마르셀 사장은

/ 지성이면 감천 \

나의 탄광생활에 대해 이것저것 물어본 후, 된다는 말도 안 된다는 말도 하지 않고, 그저 지금은 자리가 없다고만 무뚝뚝하게 말했다.

역시나 실망스러웠다. 돌아오는 발걸음이 천근만근 무거웠다. 사과농장 가게로 가서 낮 동안 하지 못한 일을 밤늦게까지 하고 로즈마리 집으로 돌아왔다. 오자마자 곯아떨어졌다가 이튿날 눈을 떴는데 벌써 창문에 햇살이 환하게 들어와 있었다.

전화벨 소리가 하도 요란해서 눈을 비비며 전화를 받았더니 로즈마리였다.

"헤르 박! 헤르 박, 일어났어? 마르셀 사장한테 전화가 왔어!"

"네? 뭐래요? 어제는 자리가 없다고 했는데."

"헤르 박을 보내고 난 후에 바로 자리가 났대. 글쎄 물건을 운반하던 차가 사고가 나서 직원이 둘이나 병원에 입원을 했대. 그래서 당장 사람이 필요하다네. 이건 하늘이 헤르 박에게 주신 기회야. 다친 사람들한텐 안됐지만 말야."

나는 꿈을 꾸는 것 같았다. 곧바로 마르셀 사장한테 달려갔다. 마르셀 사장은 만나자마자 입사수속은 알아서 할 테니 당장 물건을 차에 싣고 내리는 일부터 하라고 했다. 이제 일자리를 구했으니 체류허가는 자동적으로 나올 것이고, 서독의 수도 본에 있는 한국대사관에 가서 여권 연장신청만 하면 된다고 했다.

나는 로즈마리가 쉬는 날 로즈마리와 함께 한국대사관이 있는 본으로 서둘러 떠났다. 대사관에 도착하자마자 들뜬 마음을 진정시키

며 입학허가서와 고용계약서를 내밀었다. 나는 한국대사관이니 담당
직원도 나를 축하하며 흔쾌히 여권을 연장해 줄 거라 믿었다.

"안 되겠는데요."

담당직원이 짧게 말했다. 나는 어리둥절했다.

"도대체 왜 안 된다는 겁니까?"

"광부로 와서 기한이 끝났는데 돌아가지 않은 것도 걸리고, 또 한
국에서는 대학에 다닌 적이 없다면서요?"

"아니, 한국에서 대학에 못 갔으면 다른 나라 대학에도 못 들어갑
니까? 독일까지 와서 대학에 들어가고 싶다는데 당연히 도와줘야 하
는 거 아닙니까?"

"관례가 없어서 우리도 어쩔 수가 없어요."

담당직원의 말에 정나미가 뚝 떨어졌다. 없는 법도 만들어가며 입
학허가를 해 주는 독일에 비해 무조건 안 된다는 한국대사관이 원망
스러웠다.

"관례가 없다면 만들면 되지 않습니까?"

나는 담당직원에게 따지듯 물었다.

"글쎄, 우리도 어쩔 수가 없어요. 그만 가 보세요. 그리고 불법체류
니까 조심해야 합니다. 잘못 걸리는 날엔 우리나라 이미지만 곤란해
져요."

담당직원이 한국 사람이 맞는지 의문이 들었다. 피 한 방울 섞이지
않고도 나를 위해 잠을 설치며, 죽은 남편의 친구한테까지 부탁해서

/ 지성이면 감천 \

내 꿈을 이뤄주려는 독일 사람도 있는데, 성의도 없이 간단하게 거절해 버리다니. 나는 로즈마리에게 오히려 미안하고 부끄러웠다.

뜬눈으로 밤을 지새운 나는 이튿날 혼자서 한국대사관을 다시 찾아갔다. 로즈마리에게 창피해서 제대로 따지지도 못한 게 후회가 되어, 혼자서 사정을 해보고 싶었다. 그런데 담당직원의 말은 점점 더 기가 막혔다.

"이보세요. 독일에 남아서 공부를 하고 싶으면 독일 여성과 결혼을 하세요."

"아니 결혼이 장난입니까? 난 한국 여자와 결혼할 거예요."

"그럼 체류허가가 난 한국 여성과 결혼부터 하고 와요."

갈수록 태산이었다. 담당직원은 결혼이 무슨 시장에 가서 물건을 사는 일인 것처럼 말했다. 나는 분통이 터졌다.

"한국 사람끼리 너무한 거 아닙니까? 나는 3년 전에 독일에 와서 성실하게 광부생활을 마쳤어요. 그리고 지금은 독일 대학에서 입학허가도 받았고, 나에게 일자리를 준다는 독일 사람도 만났습니다. 내가 범죄자도 아니고 특별히 잘못한 것도 없는데, 도대체 왜 안 된다는 겁니까?"

"지금 법을 어기고 한국에 돌아가지 않아서 불법체류자라는 거 잊었어요?"

"불법체류자가 안 되도록 나를 고용하겠다는 이 증명서가 있지 않습니까?"

"글쎄, 우리도 어쩔 수가 없어요. 내 말대로 결혼을 하든지, 안 되면 얼른 한국으로 돌아가라구요!"

담당직원은 나를 고발이라도 할 것처럼 냉정하게 말했다. 나는 할 수 없이 터덜터덜 로즈마리 집으로 돌아왔다. 로즈마리가 나를 위로했다.

"상심하지 말고 기운을 내, 헤르 박. 무슨 방법이 있을 거야. 희망을 잃으면 안 돼요."

나는 로즈마리의 말에 또다시 울컥했다. 사과농장 가게에 출근해서 일을 하면서도 생각할수록 대사관 직원이 야속하기만 했다. 그 직원이 탄광에서 막장일을 해 봤다면, 절대로 그렇게 함부로 말할 수 없을 것 같았다.

'어렵게 입학허가를 받았는데 입학도 못 해보고 한국으로 쫓겨 갈 수는 없어. 절대로!'

여권연장이 안 되어 내 꿈이 무너진다고 생각할 때마다 기가 막혔다. 그동안 한국에서 갖춰야 할 서류들은 다 보내줘서 대사관에서 여권만 연장해 주면 곧바로 대학생이 될 수 있었다. 그런데 정작 여권이 연장이 안 된다니. 차라리 아헨대학교 학장이 안 된다고 하면 받아들일 수 있을 것 같았다. 나는 꿈을 꿀 때보다 꿈을 잃어버릴 때가 훨씬 더 괴롭다는 것을 깨달았다. 벼랑 끝으로 떨어지는 기분이었다.

'마르셀 사장과 의논이라도 해 볼까?'

나는 아침 일찍 마르셀 사장을 찾아갔다.

"여권은 연장했겠죠?"

나는 고개를 저었다. 한국대사관에서 거절당했다는 말을 하려니 부끄럽기도 하고 서럽기도 했다.

"관례가 없어서 안 된다고 합니다. 저에게 일을 할 수 있게 해주셨는데 어떻게 해야 할지……. 너무 죄송합니다."

"법을 어길 수는 없겠지. 하지만 법이 법을 피해가는 길도 있을 텐데……."

마르셀 사장의 말이 무슨 말인지 이해할 수가 없었다.

"죄송합니다."

"아닙니다. 우선 일부터 하세요."

나는 상자를 나르면서도 어떻게 해야 여권을 연장할 수 있을지 고심했다. 내 힘으로 어쩔 수 없는 한계라는 사실을 인정하면서도 기적이 일어나기를 빌었다.

이제 로즈마리와 마주치는 것도 미안했다. 일을 끝내고 황수형을 찾아갔다. 형은 그동안 많이 바뀌어 있었다. 시커멓던 얼굴도 하얗게 변한 것 같았다.

"상우야, 어떻게 됐냐? 잘됐어?"

형에게 자초지종을 설명하려니 화가 나서 얼굴이 시뻘게졌다.

"너무 속상해. 독일 사람들은 다 날 도와주는데 정작 한국대사관에서 안 된대. 아무래도 허황된 꿈을 꾼 것 같아. 이렇게 불법체류자로 살다가 언젠가는 한국으로 추방당하겠지."

"뭐라고? 대사관이 대체 뭐하는 곳인데? 한국 사람을 도와주는 곳이잖아. 내일 나랑 같이 가 보자. 광부로 왔다고 우습게 아는 거야 뭐야? 가서 똑바로 알아듣게 얘길 해야지."

"아냐, 형. 두 번이나 찾아갔었어. 설득한다고 될 일이 아닌 것 같아."

황수형도 나 못지않게 열 받아 했다. 예전 같았으면 당장 대사관에 찾아가서 직원 멱살이라도 잡겠다고 했을 텐데, 이제는 안 그러는 게 다행이었다.

"너무 실망하지 마. 지금까지 잘 해결해 왔잖아."

"형, 독일 사람들은 모두 실망하지 마라, 용기를 내라, 잘될 거다, 다 똑같이 말해. 이제 그런 말들도 위로가 안 돼."

"에이, 참. 어떡하냐? 무슨 방법이 없을까?"

나는 말없이 고개를 저었다.

"형은 좋아 보이네."

"나는 요즘 석탄문신 빼내느라 생고생 좀 하고 있다."

형은 종아리에 박힌 석탄문신을 빼내느라 피부를 절개했다며 붕대를 감고 있었다.

"야, 참 되는 일이 하나도 없다. 나도 이 석탄문신이 웬수 같아. 탄광에 있을 때는 몰랐는데 왜 이렇게 많냐?"

나는 석탄문신을 걱정하는 황수형이 너무 부러웠다. 형과 헤어져 정처 없이 걷다가 새벽이 다 되어 집으로 돌아왔다.

로즈마리는 그때까지 안 자고 나를 기다리고 있었다.

"어디 갔다 이제 와? 얼마나 기다렸는데. 아무 일 없었지?"

"죄송해요. 여기저기 돌아다니다가 황수형을 만나고 왔어요."

"다행이야. 난 또 불법체류자 단속에 걸린 줄 알았지. 힘내. 드디어 해결됐어."

"뭐가요? 무슨 말입니까?"

"당장 날이 밝는 대로 한국대사관에 가 봐."

로즈마리의 말에 나는 내 귀를 의심했다. 갑자기 법이 바뀌었을 리도 없고 도대체 무슨 일일까.

"마르셀 사장이 헤르 박의 여권을 연장할 수 있도록 신원보증을 했대. 한국대사관에 연락해서 헤르 박의 여권을 연장해주기로 약속을 받았다네."

"네? 정말요? 어떻게요?"

"마르셀 사장이 헤르 박의 신분을 책임지겠다는 서류를 한국대사관에 보냈다는 거야."

"어제는 아무 말도 없었는데…….."

"헤르 박을 보내고 여기저기 알아봤나 봐. 헤르 박의 간절함이 이긴 거야. 어서 가서 여권연장 확인을 받아 와."

나는 또 눈물이 나왔다. 한국 사람이 아니라, 독일 사람들의 친절 때문에 매번 뜨거운 눈물이 나왔다. 날이 밝을 때까지 너무 기뻐서 잠도 오지 않았다.

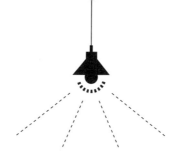

새 출발

날이 밝자마자 한국대사관으로 달려갔다. 대사관 직원이 고개를 갸웃거렸다.

"나도 이런 경우는 처음이라 이래도 되는지 모르겠습니다. 하여튼 독일에서 신분을 보장한다고 여권연장 신청을 했으니, 우리도 허락해야죠. 좋은 사람들을 만났으니 열심히 공부하세요."

담당직원이 그제야 같은 동포로 느껴졌다. 연장된 여권을 받으니 세상을 다 얻은 것 같았다. 이제 불법체류자 신분에서 당당하게 벗어난 것이다. 마음속으로 한국에 있는 어머니에게 기뻐해 달라고 외쳤다. 로즈마리도 자신의 일보다 더 기쁘다며 나를 안고 '내 아들이 살아온 것 같아.'라고 말하면서 눈물을 흘렸다.

나는 한국에서 보내온 서류들을 다시 확인했다. 한국에서 대학에 다닌 적이 없기 때문에, 여러 가지 봉사활동 경력이 중요했다. 경력을 채우기 위해 정신병원에서 3개월 동안 더 봉사를 했다.

드디어 광부 3년에, 정신병원 3개월 봉사활동에, 교민교회에서 주일학교 교사로 일한 경력까지 모두 합쳐서 아헨대학에 제출했다. 그 결과 경력과 실천을 중요시하는 독일 교육제도에 특례로 인정을 받아, 그토록 원하던 아헨대학교 사범대학 학생증을 받을 수 있었다.

고등학교 졸업 후 7년 만인 스물여섯 살에 독일 대학생이 된 것이었다. 나는 학생증을 내밀며 로즈마리에게 큰절을 했다.

"모든 게 양어머니 덕분이에요. 정말 고맙습니다."

"나도 기뻐요. 헤르 박, 이제 다시 시작이야. 꼭 성공해서 헤르 박의 꿈을 이뤄요."

"네, 꼭 그럴게요."

나는 너무 감격스러워 어린애처럼 로즈마리를 끌어안았다. 그날 밤 고향에 계신 어머니에게 긴 편지를 썼다.

어머님께

어머니, 막내아들 상우예요. 기뻐해 주세요. 드디어 제가 독일에서 대학생이 되었어요. 그동안 제가 보고 싶어서 눈가가 짓물렀을 어머니를 생각하면 지금 당장 한국으로 달려가고 싶습니다. 하지만 이제 제 꿈을 이뤄서 더 멋진 아들이 되어 돌아갈게요.

독일에서 대학생이 될 수 있기까지 정말 많은 사람들이 저를 도와주었어요. 그러나 저는 그 모든 게 또한 어머니의 기도 덕분이라는 걸 압니다. 어머니가 날마다 절에 가서 저를 위해 불공을 드

렸다는 소식을 형님의 편지를 통해서 들었어요. 어머니의 그 정성
이 이곳 머나먼 독일까지 미쳐서 제가 그렇게도 꿈꾸던 독일 대학
생이 되었어요.

독일 대학교를 졸업하면 선생이 될 수 있어요. 그러나 그 길이
절대로 쉽지는 않아요. 어쩌면 탄광에서 석탄을 캐는 일보다 더
어려울 지도 몰라요. 하지만 무슨 일이 있어도 어머니를 생각하며
이겨내려고 해요.

저를 중학교에 보낼 때 등록금을 꾸어 오셨었죠. 어려운 살림
에도 저에게 공부를 시키려고 그렇게 애쓰시던 어머니 생각을 하
며 힘들 때마다 용기를 내고 있습니다.

어머니, 제가 돌아갈 때까지 건강하셔서 선생이 된 저를 안아주
세요.

머나먼 독일 땅에서
막내아들 상우 올림

어머니에게 쓴 편지를 소리 내어 읽으니 나도 모르게 눈물이 나왔
다. 이제 울지 않겠다고 수없이 다짐을 했는데도 어머니만 생각하면
금세 눈시울이 젖었다.

로즈마리가 헬가와 황수형, 그리고 미경에게까지 연락을 해서 축
하파티를 열자고 했다.

"이렇게 기쁜 일이 또 있겠어? 그냥 넘길 수가 없지. 당연히 축하파

/ 새 출발 \

티를 열어야지."

로즈마리의 집에 정말 오랜만에 모두 모였다. 몇 주 전만 해도 이렇게 다시 모이는 건 상상도 못 했었다. 로즈마리가 손수 간단한 다과와 음료를 차려 주었다.

"우리 모두 독일에 남게 돼서 정말 기뻐요. 이제 곧 상우오빠는 대학생이 되겠네요. 오빠는 꼭 해낼 줄 알았어요."

미경이와 헬가가 함께 준비한 꽃다발을 나에게 건넸다. 로즈마리는 책을 주었다.

"헤르 박, 대학입학 선물이야. 이제 광부의 알을 깨고 새로운 세상으로 출발하게 된 걸 축하하려고 이 책을 준비했어. 앞으로 훌륭한 선생이 되어야 해."

로즈마리가 준 책은 헤르만 헤세의 소설 『데미안』이었다.

"고맙습니다. 꼭 훌륭한 선생이 될 수 있도록 노력할게요."

이어서 황수형도 선물을 내밀었다.

"이거 뭔지 알지?"

황수형이 내민 선물은 앙증맞은 장식용 삽이었다.

"어머, 이런 깜찍한 삽을 어디서 구했어요? 너무 귀엽다."

미경이가 손가락만한 삽을 돌려보며 신기해했다.

"며칠 동안 시내를 샅샅이 뒤졌지."

형의 말에 코끝이 찡했다. 막장에 들어가서 첫 번째로 한 일이 삽질이었다.

"이제 이 삽으로 석탄 대신 지식을 퍼 담으라는 의미야."

"오오!"

모두들 황수형의 말에 감탄했다. 형은 갈수록 멋지게 변하고 있는 것 같았다.

"고마워. 형은 멋진 태권도 사범이 될 거야."

형이 내 말에 고개를 절레절레 흔들었다.

"야, 난 벌써부터 공부가 겁난다. 책만 펼쳐도 머리에 쥐가 나려고 해. 너 앞으로 나 많이 도와줘야 된다."

"무슨 소리야? 대학물 먹어 본 형이 날 도와줘야지."

"난 독일어를 잘 못하잖아. 독일어를 해야 대학공부를 할 거 아냐. 그러니까 네가 날 도와줘야 해."

"알았어, 형. 함께 하자구."

우리는 지난 3년을 추억하며 시간 가는 줄을 몰랐다.

밤늦게 모두 돌아가고 난 후 혼자서 창밖을 보며 샘골아저씨에게 속삭였다.

'아재, 꼭 아재 몫까지 꿈을 이루고 돌아갈게요. 나중에 선생이 되어 한국에 가면 아재 아이들도 가르칠게요. 이제 하늘에서 편안히 쉬세요.'

그동안 샘골아저씨 생각만 하면 가슴에 커다란 구멍이 뚫린 것 같았다. 나는 오랜만에 두 다리를 편안히 뻗고 침대에 누웠다.

드디어 첫 강의가 시작되는 날, 로즈마리의 배웅을 받으며 집을 나

/ 새 출발 \

섰다. 햇빛도 더 반짝이고 바람결도 여느 때와 사뭇 달랐다. 캠퍼스에 늘어선 무성한 나무들도 축하한다고 인사를 하는 것 같았다.

'그래, 꼭 성공해서 나를 도와준 모든 사람에게 보답을 하자. 3년 동안 땅속에서 일했던 내 몸에게도 보상을 해 줘야지. 자, 이제부터 다시 시작이야!'

첫 강의가 시작될 강의실이 보이는 순간 가슴이 터질 것 같았다. 학장실 앞에서 무작정 시위하듯 버티던 일이 떠올랐다.

이제 나의 새로운 무대는 메르크슈타인 광산촌이 아니라, 역사와 전통이 숨 쉬는 아헨대학교였다. 시커먼 석탄가루를 공기처럼 들이마시며 수없이 흘렸던 검은 땀과 검은 눈물이 이제는 새로운 삶의 거름이 될 차례였다.

캠퍼스에 찬란한 지상의 햇살이 내리 쬐었다. 나는 파란 하늘을 바라보며 어깨를 쫙 펴고 희망찬 첫걸음을 내딛었다.

에필로그

암흑천지였다. 온 세상이 까맣고 어두웠다. 들리는 건 거친 숨소리와 신음소리, 흐느낌뿐이었다. 팔다리가 돌무더기에 깔려 옴짝달싹할 수 없었다. 견딜 수 없는 고통이 밀려와 정신마저 아득해졌다. 그때, 앞을 가로막은 돌무더기를 파헤치는 소리가 들리고, 곧이어 한 줄기 빛이 들어왔다. 동료 광부들과 마이스터의 얼굴이 보였다.

극장 여기저기서 탄식이 터져 나왔다. 반백의 할아버지가 된 상우는 말없이 눈물을 삼켰다. 함께 온 손자손녀들에게 눈물을 들킬까 봐 순간순간 화면을 외면하기도 했다. 옆자리에 앉은 아내는 줄곧 얼굴에서 손수건을 떼지 못했다. 상우는 아내의 손을 더욱 힘주어 잡았다.

영화가 끝나자 젊은이들은 서둘러 자리에서 일어났다. 상우는 엔딩 크레딧이 모두 올라갈 때까지 멍하니 앉아 있었다. 돌아보면 바로 엊그제 같은데 어느새 50여 년이 흘러 역사의 한 증인이 되었다는 사실이 꿈만 같았다.

"그만 일어나요."

아내가 재촉하지 않았으면 상우는 마냥 앉아 있었을 지도 몰랐다. 극장 밖으로 나오는 순간, 아득했던 과거의 시간 속에서 타임머신을 타고 현재로 이동한 것 같았다.

극장 출구 옆에서 D방송사의 사회부 기자가 카메라맨들과 함께 상우를 기다리고 있었다.

"박사님, 안녕하십니까? 아침에 전화를 드렸던 D방송국 기자입니다."

"아, 네. 안녕하세요."

"먼저 인터뷰에 응해주셔서 감사합니다."

취재진이 상우에게 카메라와 마이크를 들이대자, 극장 앞에 있던 관객들이 인터뷰를 지켜보기 위해 금세 모여들었다. 기자가 상우에게 물었다.

"방금 보신 영화에서 파독 광부의 이야기는 어쩌면 박사님 이야기라고 할 수도 있을 텐데요. 영화를 보신 소감 좀 부탁드립니다."

"감회가 무척 새로웠습니다. 바로 어제처럼 생생했어요. 특히 광부들이 탄광에서 석탄을 캐다가 사고를 당하는 장면에서는 그때 당시처럼 아픔이 되살아나서……."

상우는 잠시 숨을 골랐다.

"그러셨군요. 박사님이 독일에 가셨을 때가 정확하게 몇 년이었습니까?"

"지금으로부터 꼭 51년 전입니다. 1964년 가을이었으니까요."

"가족들과 함께 영화를 보신 것 같은데요. 가족들을 좀 소개해 주시겠습니까?"

"네, 우리 집사람과 아들 내외, 딸 가족, 그리고 손자손녀들입니다."

"대가족이 함께 오셨네요. 손자 분에게 질문을 드려도 될까요?"

"네, 그럼요."

기자가 올해 중학교 2학년이 된 상우의 큰손자에게 물었다.

"할아버님이 독일에 광부로 가셨었다는 걸 알고 있었나요?"

"네, 광부로 가셨다가 독일 대학에 들어가서 박사과정까지 마치고 돌아오셨다고 들었어요."

"영화를 보면서 실제 할아버지가 탄광에서 일하는 장면을 상상했을 것 같은데요. 느낌이 어땠나요?"

"그렇게까지 위험한 일인 줄은 몰랐어요. 막상 영화로 보니 너무 무서웠어요. 할아버지 진짜 대단하세요."

"대단하기는. 그땐 다 그렇게 힘들게 살았지."

큰손자의 머리를 쓰다듬으며 상우는 대견한 듯 미소를 지었다.

"박사님, 광부 계약기간이 끝나고 난 후에 독일에 남아 대학에 들어가셨는데요. 유학시절 얘기를 간단하게 들려주시겠습니까?"

상우는 기자의 질문에 잠깐 동안 생각을 정리했다.

"뭐 말로 할 수 없이 힘들었죠. 독일어만 해도 탄광에서 배운 언어와 대학에서 공부하는 언어는 완전히 달랐으니까요. 게다가 독일의 토론식 수업에 전혀 적응을 못 했어요. 첫해는 낙제만 겨우 면했습니다. 말도 안 통하지, 생활비도 벌어야지. 막장에서 흘린 눈물만큼 대학 다니면서도 눈물을 많이 흘렸습니다."

"박사님 다니신 사범대학교에 한국 학생이 또 있었습니까?"

"제가 유일했어요. 마치 미운 오리새끼 같았죠. 유일한 외국인이라 어디서나 표가 났으니까요."

"어떻게 극복하셨는지 궁금한데요."

"짧은 시간에 어떻게 말로 다 하겠어요? 성적부진에 문화적 차이, 이방인이라는 고독감이 더해져서 우울증까지 앓았습니다. 제가 무사히 박사과정까지 마칠 수 있었던 건 첫째는 꼭 성공해서 고국으로 돌아가야겠다는 의지였구요. 가족의 힘도 컸지요. 또 저를 도와주는 독일 사람들도 많았어요. 특히 우리 집사람의 도움이 컸습니다."

"아, 사모님의 도움이 컸다고 하셨는데, 옆에 계신 사모님에 대해서 말씀 좀 해 주시겠습니까?"

상우는 기자에게 아내를 소개했다. 아내는 손사래를 치며 상우에게 마이크를 돌렸다.

"우리는 당시 독일에서 만났습니다. 내가 광부였을 때 집사람은 간호원이었죠. 서로 많이 의지했어요. 특히 내가 박사를 하게 된 건 전적으로 집사람의 도움이 컸습니다. 아, 이거 팔불출이 따로 없군요."

상우는 아내 미경의 이야기를 하면서 얼굴이 붉어졌다. 기자가 다시 물었다.

"박사님은 그 모든 역경을 극복하시고 마침내 독일에서 교육학 박사학위를 받아 돌아오셨는데요. 한국에 오신 후에는 어떤 일을 하셨습니까?"

"제 꿈이 선생이었으니 그 꿈을 이뤘죠. 대학에서 한국의 청소년 교육과 평생교육을 위해 가르치며 제자들을 키웠습니다."

"박사님 같은 분들 덕분에 지금 우리가 이만큼 누리고 사는 것 같습니다. 요즘은 무슨 일을 하고 지내시는지요?"

"지금은 정년퇴직을 하고 교육 분야에서 이런저런 봉사활동을 하고 있습니다. 특히 우리나라뿐만 아니라, 아시아와 아프리카의 어린이와 청소년들을 위한 교육 봉사를 하며 살고 있습니다."

"지금도 훌륭한 일을 하고 계시는 군요. 오늘 이렇게 박사님과 이야기를 나누게 되어 영광입니다. 마지막으로 우리 청소년들에게 하고 싶으신 말씀이 있다면 한 말씀 부탁드립니다."

상우는 자신의 어린 시절이 떠올라 잠시 생각을 가다듬었다.

"모두들 옛날에 비하면 요즘 아이들은 행복하다고들 말합니다. 하지만 어느 시대나 정체성을 확립해 나가는 중요한 시기에 있는 아이들은 나름대로 다 고민이 있기 마련입니다. 우리 때는 경제적 궁핍 때문에 힘들었지만, 요즘 청소년들은 정신적 결핍이 많은 것 같아요. 아이들이 스스로의 결핍을 딛고 꿈을 키워나갈 수 있도록 어른들이 먼저 바른 사회를 만들어야 한다고 생각합니다."

"긴 시간 좋은 말씀 감사합니다. 지금까지 최근 극장가를 뜨겁게

에필로그

달구고 있는 영화 〈글뤽 아우프〉의 실제 모델이 된 박상우 박사님을
모시고 이야기를 들었습니다. 감사합니다."

인터뷰가 끝나자 손주들이 양쪽에서 상우의 손을 잡았다. 어느새
손자들의 부축을 받을 나이가 되었나 싶어 상우는 허리를 꼿꼿이 폈
다. 극장을 나온 지 한참 지났는데도 머리 위로 쏟아지는 봄 햇살에
자꾸만 눈이 부셨다.

작가의 말

　코리안 드림을 꿈꾸며 세계 곳곳에서 한국으로 일자리를 찾으러 오는 사람들이 늘어나고 있다. 외국인 노동자들은 대부분 우리보다 못사는 나라의 사람들이다. 이들이 우리나라에 와서 하는 일은 우리가 힘들어서 기피하는 소위 3D 업종이 많다.

　대한민국은 언제부터 이만큼 잘 살게 되었을까?

　일제는 36년 식민통치 기간 동안 우리나라에서 수많은 물자를 빼앗아갔다. 가장 기본적인 쌀은 물론이고 광물, 산림, 수산 자원에 문화재까지, 일본의 수탈로 인해 우리나라는 가난할 수밖에 없었다. 일본은 우리나라 곡창지대에서 나는 쌀을 일본 본토로 실어가기 위해 김제에서 군산까지 도로를 건설했다. 이것이 우리나라 최초의 아스팔트 포장도로였다는 사실을 나는 최근에야 알았다. 해방이 된 후, 수탈의 현장에서 피눈물을 흘리며 굶주림을 겪은 농민들이 원통한 마음에 그 도로를 없애버렸다고 한다. 우리가 일제의 수탈로 얼마나 뼈저린 가난을 겪어야 했는지를 증명하는 일이라고 할 수 있다.

　해방이 되자마자 동족상잔의 전쟁으로 온 국토가 폐허가 되어, 정부는 기간시설들을 복구하는 것만도 버거웠다. 젊은이들은 취직을 하고 싶어도 일자리가 없었다. 고학력자들도 막노동을 하며 불확실한 미래를 안고 살아갈 때였다.

　이 무렵, 2차 세계대전으로 잿더미가 된 독일은 우리나라처럼 자유민주주의 진영인 서독과 공산주의 진영인 동독으로 두 동강이 나 있었다. 라인강의 기적을 일으키며 급속도로 산업화의 길을 걷고 있던 서독에서는 전쟁터에서 죽어간 수많은 젊은이들을 대신할 노동자가 필요했다. 그 중에서도 산업화의 원동력이 되는 석탄을 캘 광부가 가장 많이 필요했다고 한다. 그래서 독일은 이웃 나라 터키나 그리스의 이주노동자들을 광부로 데려왔다. 그리고 동양에서는 유일하게 한국 청년들이 광부가 되어 독일로 갔다. 1963년부터 1977년까지 독일에 간 한국 광부의 숫자는 약 8천 명이었다.

　같은 시기에 간호사들도 이주노동자가 되어 독일로 갔다. 당시 독일에서는 간호사도 3D 업종이었다. 초기에 간호학생으로 간 사람들이 일부 있었고, 이후에 정부에서 공식적으로 파견한 간호사는 1966년부터 1970년대 초반까지 약 1만 2천 명이었다. 이로써 독일에 이주노동자로 간 한국인들의 숫자는 광부와 간호사를 합해 총 2만여 명에 이른다.

　파독 근로자들이 독일에서 버는 돈은 당시 한국에서 받는 월급의 적게는 여섯 배, 많게는 열 배도 넘었다고 한다. 이들이 벌어들인 외화는 우리나라의 어려운 경제를 일으키는 데 밑거름이 되었다.

나는 그동안 우리 근현대사를 소재로 많은 글을 쓰면서, 독일에 근로자로 파견된 광부와 간호사들의 이야기도 써야겠다고 오래 전부터 생각하고 있었다. 처음에 간호사를 주인공으로 생각하고 자료조사를 하던 중, 우연치고는 너무나 신기한 필연처럼, 독일에 광부로 갔다가 박사학위를 받고 돌아와 한국 청소년교육과 평생교육에 산파 역할을 하신 권이종 박사님을 동네 이웃으로 만나게 되었다. 그 후 간호사를 주인공으로 하려던 계획을 바꿔 광부를 주인공으로 한 소설을 쓰게 되었다.

이 책을 쓰기까지 많은 자료와 경험을 제공해주시고, 상당 부분 주인공 상우의 실제 모델이 되신 권이종 박사님께 감사를 드린다. 또 파독 간호사, 간호조무사들의 생생한 체험담을 들려주신 윤기복 선생님께도 고마움을 전한다. 파독 근로자에 관한 글 씨앗을 마음속에 심은 지 3년여 만에 책이 나오게 되어 기쁘다.

2015년 7월
문영숙

추천사

1964년 10월, 나는 고향과 사랑하는 부모 형제를 뒤로한 채 서독으로 광부 일을 하기 위해 떠났다. 당시 독일은 산업화가 한창 진행 중이었기 때문에 산업의 주요 에너지원이 되는 석탄이 엄청나게 필요했다. 그후 3년 동안, 석탄을 캐는 막장생활은 날마다 죽음과 함께 해야 하는 끔찍한 일이었다. 하지만 나는 체력의 열세에도 불구하고 노력하는 자에게 인간의 한계점은 존재하지 않는다는 것을 실감했다.

3년의 계약기간이 만료된 후, 나는 외국인에게는 절대로 입학을 허가하지 않는다는 독일 사범대학에 들어갔다. 대학생활을 하는 동안 막장생활에 버금가는 생활고와 언어의 장벽 앞에서 악전고투를 이겨내며 대학을 졸업했고, 석사에 이어 박사학위를 받고 1979년에 귀국했다.

이후 우리나라는 놀라운 발전을 거듭해 내가 광부로 갔던 당시의 독일보다도 더 눈부신 발전을 이뤄냈다. 그동안 나는 독일에서 배운 교육학을 바탕으로 대학에서 우리나라의 청소년교육과 평생교육을 위해 일생을 바쳤고, 지금은 은퇴를 한 뒤 교육봉사를 하고 있다.

2014년 말에 영화 〈국제시장〉이 당시 나의 아픔과 추억을 반추하게 했는데, 올해 2015년에는 문영숙 작가가 독일에 간 광부들과 간호사들을 소재로 『글뤽 아우프: 독일로 간 광부』를 펴냈다. 참으로 반갑고 고마운 일이 아닐 수 없다.

나는 독일에 있는 동안 철저한 독일정신을 배웠고, 지금도 그대로 지키려고 노력하고 있다. 독일 사람들은 모든 일에 지나치다 싶을 정도로 원리원칙을 중요시한다. 또한 독일 교육은 가정, 학교, 사회에서 인성교육을 지식전달보다 더 중요하게 여긴다. 자립심, 독립심을 강조하며 대학에 가지 못해도, 꼴찌를 해도 성공할 수 있다는 교육관을 기본으로 하고 있다. 경쟁이 아닌 협동, 남을 위한 배려를 성적보다 더 중요하게 여기며, 누구나 행복을 느낄 수 있게 하는 교육을 실시한다. 나는 바로 이러한 독일정신이 독일을 일등국가로 만든 비결이라고 생각한다.

현재 우리나라 청소년들은 물질적 풍요 속에 정신적 결핍을 느끼는 시대를 살고 있다. 청소년교육학을 연구하는 사람으로서 오늘날 청소년들이 성적지상주의 때문에 상대적 박탈감이나 정신적 허탈감을 안고 살아갈 수밖에 없는 현실이 가슴 아프고 안타깝다. 나는 교단생활 40년 동안 우리나라도 세계 1등 국가가 되려면 원칙주의에 충실하고 실력보다 인성이 바로 서야 한다고 강조해 왔다. 이렇듯 교육현장에서부터 편법이 발붙이지 못하는 정도(正道)를 걷게 하고, 공부보다 인성을 중요시한다면, 세월호 사건처럼 불행한 일은 절대로 일어나지 않을 것이다.

이런 시점에 미래를 짊어지고 나갈 청소년들에게 지난 시대의 생생한 장면들을 글로 보여주는 문영숙 작가에게 고마움을 전하며, 『글뤽 아우프: 독일로 간 광부』의 출간을 진심으로 축하한다. 이 책이 오늘을 사는 청소년들의 정신적 허기를 채워주고 위로해줄 수 있기를 기원한다.

아울러 내가 독일에서 이주노동자로 일할 때 독일 노동자에 비해 그 어떤 차별도 받지 않은 것처럼, 우리나라에 들어와 일하고 있는 외국인 이주노동자들도 차별이나 억울한 대우를 받는 일이 없기를 바라며, 이 책이 그들에게도 위로가 되기를 기대한다.

2015년 7월

권이종

한국교원대학교 명예교수

ADRF 아프리카 아시아 난민교육후원회장

전 파독근로자기념관장